W0300283

Rote Krimi

Von Arthur W. Upfield
sind außerdem im Goldmann Verlag lieferbar:

Bony kauft eine Frau. 263
Bony stellt eine Falle. 1168
Bony übernimmt den Fall. 2031
Bony und der Bumerang. 2215
Bony und die Maus. 1011
Bony und die schwarze Jungfrau. 1074
Bony und die Todesotter. 2088
Bony und die weiße Wilde. 1135
Bony wird verhaftet. 1281
Fremde sind unerwünscht. 1230
Gefahr für Bony. 2289
Die Giftvilla. 180
Ein glücklicher Zufall. 1044
Mr. Jellys Geheimnis. 2141
Der Kopf im Netz. 167
Die Leute von nebenan. 198
Der neue Schuh. 219
Der schwarze Brunnen. 224
Der sterbende See. 214
Der streitbare Prophet. 232
Todeszäuber. 2111
Viermal bei Neumond. 276
Wer war der zweite Mann? 1208
Die Witwen von Broome. 142

ARTHUR W. UPFIELD

Die Junggesellen von Broken Hill

THE BACHELORS OF BROKEN HILL

Kriminalroman

Wilhelm Goldmann Verlag

Die Hauptpersonen des Romans sind:

Inspektor Napoleon Bonaparte	wird von seinen Freunden ›Bony‹ genannt
George Henry Tuttaway ›Der Große Scarsby‹	ein berühmter Zauberkünstler
Jim Nimmo	›Jimmy der Schloßknacker‹
Louis Pavier	Polizeidirektor von Broken Hill
Luke Pavier	sein Sohn
Inspektor Gordon Stillman	Kriminalbeamte
Sergeant Bill Crome	Kriminalbeamte
Oberwachtmeister Jack Abbot	Kriminalbeamte
Samuel Goldspink	ältere Junggesellen
Alfred Parsons	ältere Junggesellen
Hans Gromberg	ältere Junggesellen
Lena Robinow	Goldspinks Haushälterin
Mary Isaacs	Verkäuferin
Wally Sloan	Hotelbesitzer
Muriel Lodding	Sekretärin des Polizeidirektors
Henrietta Dalton	Muriels Schwester
Madge Goddard	Besitzerin eines Lebensmittelgeschäftes
Patrick O'Hara	ein Buchmacher

Der Roman spielt in Broken Hill im Staat Neusüdwales, Australien.

Gesamtauflage: 53.000

Made in Germany · 11/78 · 4. Auflage · 48.–53. Tsd.

Aus dem Englischen übertragen von Dr. Arno Dohm
Umschlagentwurf: Creativ Shop, A. + A. Bachmann, München
Umschlagfoto: H. Flossmann, München
Druck: Mohndruck Reinhard Mohn GmbH, Gütersloh
Krimi 241 · Berens/Hofmann
ISBN 3-442-00241-9

I

Vor sehr langer Zeit hatten die Ureinwohner, als sie dorthin kamen, den Hügel ›Wilya, Wilya-Yong‹ genannt. Es war ein düsterer, grünloser Rücken in der Form eines Bumerangs, oben und an den Seiten voller Spalten, Risse und Narben. Kahl, von der Sonne verbrannt und vom Wind geätzt. Eines Tages sprach ein Weißer mit einem der schwarzen Männer und erfuhr, daß ›Wilya, Wilya-Yong‹ bedeutete: Stätte der Jugend.

Weiße brachten ihre Schafe in das Gebiet und nahmen einen armen deutschen Einwanderer, Charles Rasp, als Hirten in Dienst. Rasp betrachtete den Felsrücken, kletterte an den Hängen umher und fand etwas. Da er nichts von Edelmetallen verstand, begab er sich in die nächste Stadt, wo er sich das kleine Buch ›Leitfaden für Mineraliensucher‹ kaufte. Als er zurückkam, brach er aus dem Hügel ein Stück Gestein heraus – an welcher Stelle, war ganz einerlei –, und Fachleute erklärten ihm, es sei silberhaltiger Bleiglanz.

Wie ein Lauffeuer verbreitete sich die Kunde von der Entdekkung über die tischglatten Ebenen bis zu den fernen Küsten dieses neuerschlossenen Landes Australien, und herbei strömten die Männer – zu Pferde und zu Fuß, in Planwagen und alten Überlandpostkutschen. Sie bohrten Löcher und stellten Maschinen auf. Andere kamen und bauten in der Nähe der ›Stätte der Jugend‹ ein Wohnlager für die Schürfer, das sie – nach dem Bild des zerklüfteten Hügels – ›Broken Hill‹ nannten. Aus dem Lager wurde eine Stadt von Holzhäusern. Arme Teufel wurden über Nacht reich in Broken Hill, reiche Männer verspielten ihr Vermögen in Minuten. Es floß der Champagner, ein Schluck Wasser galt wenig.

Rasp und seine Partner starben. Die Toten wurden hastig in flachen Gräbern bestattet. Immer neue Männer kamen nach Broken Hill, blieben eine Weile und verschwanden wieder – Generationen –, während die Holzschuppensiedlung zur drittgrößten Stadt im Staat Neusüdwales wurde. Auch berühmte Leute kamen: Ingenieure, Wissenschaftler, Industrielle, und schließlich, als ihre Zeit gekommen war, erschienen dort Jim Nimmo – Jimmy der Schloßknacker – und Inspektor Napoleon Bonaparte von der Kriminalpolizei des Staates Queensland.

Jimmys Reiseziel war eigentlich nicht Broken Hill gewesen, als er Sydney nach einem gelungenen Einbruch verließ, dessen Planung mehr als drei Wochen lang seine ganzen Fähigkeiten beansprucht hatte. In großer Vorfreude auf eine lange ›Berufspause‹ hatte Jimmy einen in Schwarzmarktgeschäften tätigen Lastzugfahrer gefunden, der ihn nach Melbourne mitzunehmen versprach, denn für ihn kamen Eisenbahn und Flugzeug wegen der strengen Polizeikontrolle an der Staatsgrenze nicht in Betracht. Als der Lastzug in der Nähe von Albury haltmachte und der Fahrer sich mit einem aus der Gegenrichtung kommenden Kollegen unterhielt, erfuhren sie, daß der Straßenverkehr zwischen den beiden Großstädten scharf überwacht wurde, weil der ›Große Scarsby‹ aus dem Gefängnis in Ballarat ausgebrochen war.

Am Stadtrand von Albury kamen ihnen drei Lieferwagen entgegen, in die ein Teil der Ladung des Lastzuges übernommen wurde. Mit einem dieser Wagen setzte Jimmy seine Reise fort, um sich schließlich in der weiter im Binnenland gelegenen Stadt Balranald wiederzufinden.

Dort ersah er aus der Zeitung, daß der ›Große Scarsby‹ noch in Freiheit war und die Polizei dreier Staaten nach ihm fahndete. Scarsby war 1940 wegen einer Entführung verurteilt worden. Nach Ansicht der Zeitung bestand, da er ein Zauberkünstler von hohem Ruf war, wenig Aussicht, ihn bald wieder dingfest zu machen. Also war Melbourne jetzt auch für Jimmy heißer Boden. Er entschloß sich daher, weiter nach Westen zu ziehen und seine ›Ferien‹ bei einer verheirateten Schwester im fernen, abgelegenen Broken Hill zu verbringen.

In Broken Hill tauchte er am 2. Oktober auf, und zwar kam er mit dem Postauto aus Wilcannia dorthin. Der Großstädte müde und von seinen geistigen Anstrengungen erschöpft, wollte er sich beschaulicher Ruhe hingeben.

Broken Hill, das durchaus keine spießbürgerliche oder bäuerliche Note hat, läßt sich mit keiner Stadt in ganz Australien vergleichen, höchstens mit der Goldgräberstadt Kalgoorlie. In Broken Hill herrscht nicht wie in Melbourne der Snobismus oder die rücksichtslose Konkurrenz wie in Sydney, und keine Hauptstraße in Australien hat Ähnlichkeit mit der Argent Street, der ›Silbernen Straße‹, dem Einkaufszentrum von Broken Hill.

Diese Straße ist einzig in ihrer Art. Abgesehen von ihren Läden, ist sie auch der beliebteste Treffpunkt. »Wir treffen uns auf der Argent Street«, sagt der Mann zu seiner Frau, der Freund zum Freunde. Dort kann man plötzlich vor einem in der Mitte des vorigen Jahrhunderts erbauten Hause stehen oder an einer anderen

Stelle einen ganzen Block noch so finden, wie er als Camp in den siebziger Jahren angelegt wurde. Man kann in einem Hotel logieren, das genau jenen gleicht, aus denen die schießfreudigen Abenteurer im amerikanischen Wilden Westen herauszukommen pflegten, oder kann im ultramodernen Café eines geschäftstüchtigen Griechen oder Italieners sitzen, kann sich ein blitzendes Auto mieten und in warenreichen Läden seine Einkäufe machen.

Auf der Argent Street war Mr. Samuel Goldspink schon Besitzer eines Textilwarenladens, als Königin Viktoria ihr strapaziöses Leben noch nicht beschlossen hatte. Sein Geschäft gedieh weniger durch seine eigene Tüchtigkeit als infolge des wachsenden Reichtums der Stadt, an deren Aufstieg er teilnahm. Goldspink war ein liebenswürdiger kleiner Mann, dessen glucksendes Lachen anstekkend wirkte, und er verstand, vielerlei Witze über sich selbst zu machen, so daß seine Kunden gern die leicht überhöhten Preise bezahlten.

Er war Junggeselle, 59 Jahre alt, offenbar kräftig und völlig gesund, und doch starb er wenig elegant direkt vor einem seiner Ladentische. Der Arzt wurde bei diesem Todesfall so mißtrauisch, daß er eine Obduktion vornahm, die Zyankalivergiftung ergab. Da alsbald festgestellt werden konnte, daß Goldspink keineswegs in Selbstmordstimmung gewesen war, ließ sich die Wirkung seines Hinscheidens mit dem Stich in einen Ameisenhaufen vergleichen, wobei man sich den Kriminalsergeanten Bill Crome als wütend gewordene Ameise vorstellen kann.

Da Crome seit drei Jahren keinen Mordfall bearbeitet hatte, war er durch diesen so überrascht, daß es ihm wohl schon deshalb nicht gelang, den Täter zu fassen.

Bei einem Wirrwarr von Vermutungen gab es nur wenige feststehende Tatsachen, eine äußerst bescheidene Grundlage für die weiteren Ermittlungen der örtlichen Polizei.

Das Drama ereignete sich an einem Freitagnachmittag, der lebhaftesten Verkaufszeit der Woche, ungefähr zwanzig Minuten nach drei Uhr. Der Laden war überfüllt, alle elf Verkäuferinnen waren voll beschäftigt, die gewandtesten mußten zwei Kunden oder Kundinnen gleichzeitig bedienen. Goldspink selbst verkaufte nur selten hinter den Ladentischen; er war sein eigener Empfangschef, begrüßte die Kunden wie gute Freunde, begleitete sie, lebhaft redend, in die Abteilungen, die sie suchten, und sorgte, wenn sie auf Bedienung warten mußten, für ihre Bequemlichkeit.

Ab drei Uhr nachmittags gestattete er allen Angestellten, abwechselnd in einem hinten gelegenen Anproberaum eine Tasse Tee zu trinken und Sandwiches zu essen, die seine eigene Haushälterin zubereitete. Wie der Bauer, der da glaubte, daß gut gefütterte Pferde mehr leisten als magere, hielt Mr. Goldspink es für richtig, sein Personal in dieser Weise zu betreuen, aber man kannte ihn auch sonst als gütigen Menschen.

Die eine oder andere Verkäuferin pflegte, wenn sie ihre Pause gehabt hatte, für den Chef Tee und ein paar Biskuits mit nach vorn in den Laden zu bringen, wo er manchmal auch eine besonders geschätzte Kundin einlud, ebenfalls eine Tasse zu trinken.

An diesem Freitag nachmittag hatte er mit einer Dame geplaudert, die Taschentücher auswählte, und dabei dem jungen Mädchen gesagt, sie möge die Tasse auf dem Ladentisch abstellen, da er persönlich der unentschlossenen Kundin Tücher empfahl und bemüht war, die Überredungskünste der Verkäuferin, die zuerst allein bedient hatte, zu verstärken.

Die Verkäuferin, die den Tee gebracht hatte, schilderte den Vorgang wie folgt: Die Kundin hatte vor dem Ladentisch auf einem Stuhl gesessen, während Mr. Goldspink neben ihr stand. Beschreiben konnte sie die Frau nur oberflächlich – daß sie nicht mehr ganz jung war und ihr fremd. Sie erinnerte sich deshalb daran, daß sie eine neue Kundin war, weil der Chef mehrere schlaue Fragen stellte, um der Dame ihre Adresse zu entlocken. Schließlich hatte die Fremde ihre Taschentücher gewählt, sie bezahlt und war gegangen, ohne den Kassenzettel mitzunehmen. Mr. Goldspink hatte nun die Tasse mit dem lauwarmen Tee genommen und ausgetrunken. Er wollte sich zur Mitte des Ladens begeben, doch kaum hatte er sich halb herumgedreht, als er taumelte und mit gekrümmtem Rücken zusammenbrach.

Mrs. Lena Robinow, die Haushälterin, hatte das Weitere in die Hand genommen: den Laden vom Publikum räumen lassen, die Türen zur Straße zugeschlossen und den Arzt gerufen, der Mr. Goldspink schon seit einiger Zeit behandelte. Die Leiche wurde in den Anproberaum gebracht und auf den Schneidertisch gelegt. Der Arzt, der wußte, daß Mr. Goldspink ein sehr schwaches Herz gehabt hatte, kam erst nach einer Stunde.

Tasse und Untertasse waren mit dem übrigen Geschirr abgewaschen worden.

Zyankali wurde weder im Laden noch sonstwo im Haus gefunden. Da Mrs. Robinow die Alleinerbin des verstorbenen Prinzipals war, eröffnete sie das Geschäft am Tag nach der Bestattung wieder.

Bei der gerichtlichen Leichenschau wurde die Verhandlung auf unbestimmte Zeit vertagt.

Sergeant Crome war durch die Affäre ganz niedergedrückt, weil er jetzt zum ersten Male seit seiner Beförderung in einem Fall keine Ergebnisse vorweisen konnte.

Goldspink war am 28. Oktober vergiftet worden. Am Nachmittag des 10. November meldete die Frau eines Bergwerksdirektors, daß aus ihrer Wohnung Schmuck im Wert von 65 Pfund gestohlen worden sei. Diesen Fall nahm Oberwachtmeister Abbot in Bearbeitung.

Anscheinend hatte die Frau ihr Haus verlassen, um in der Argent Street einzukaufen. Die Haustür hatte sie abgeschlossen und den Schlüssel unter die Fußmatte gelegt. Sie nahm ihn bei ihrer Rückkehr von dort wieder auf, ging ins Haus und fand eine gewisse Unordnung vor. Alsbald entdeckte sie den Verlust der Schmuckstücke, die sie, wie sie genau wußte, in einem unverschlossenen Schubfach ihres Frisiertisches gelassen hatte.

Gewiß, eine bescheidene Angelegenheit im Vergleich mit Mord, und doch ein verblüffender Fall, weil zu erkennen war, daß der Diebstahl nach keiner der bei einheimischen Kriminellen üblichen Methoden inszeniert war. Abbot kam zu der Überzeugung, daß die Unordnung das Resultat eines plötzlichen Entschlusses, die Hausarbeit liegenzulassen und einkaufen zu gehen, gewesen war, und daß die Besitzerin, die zeitweilig vergessen haben mochte, wohin sie die Schmucksachen gelegt hatte, sie schließlich selbst wiederfinden würde. Niemand weiß besser als ein erfahrener Kriminalbeamter, wie schwach das Gedächtnis der Menschen sein kann. Schwach! Crome pflegte das ›beduselt‹ zu nennen.

Anfang Dezember verschwanden 417 Pfund aus dem Safe im Büro des Lokals ›Goldgräbers Ruh‹. Es fanden sich keinerlei Anzeichen von Gewaltanwendung an dem Safe, auch keine fremden Fingerabdrücke. Den Schlüssel hatte der Wirt ständig in der Hosentasche und, wenn er zu Bett ging, im Pyjama getragen. Nun, der Wirt war bereits ein paarmal mit Delirium tremens im Krankenhaus auf dem Berg gewesen.

Ja, Sergeant Crome war nicht in heiterer Stimmung, als er am Nachmittag des 23. Dezember durch die Argent Street ging. Auf den Gehsteigen drängten sich die für Weihnachten Einkaufenden, und auf dem Fahrdamm herrschte zwischen den an den Bordsteinen parkenden Wagen lebhafter Verkehr von Autos und Pferdegespannen. Bergleute lehnten sich schnaufend gegen Verandapfosten, so bepackt waren sie mit den Einkäufen ihrer Frauen. In kleinen

Gruppen standen überall schwatzende Frauen, während die Kinder an den Kleidern ihrer Mütter zerrten, weil sie unbedingt Fruchteis oder Spielsachen haben wollten.

Crome traf unterwegs – und grüßte durch Kopfnicken – Luke Pavier, den Sohn des Polizeidirektors, der als Reporter bei der Zeitung ›Barrier Miner‹ tätig war. Er traf ferner – freilich ohne ihn zu grüßen, da er ihn nicht kannte – Jimmy den Schloßknacker, der einen rohseidenen Anzug und einen weißen Panamahut trug.

Aus einem Juweliergeschäft kam der Arzt Dr. John Hoadly, ein großer, junger und äußerst energischer Mensch.

»Tag, Bill«, sagte er. »Na, nichts zu tun?«

Sergeant Crome verzog den Mund, schob seinen Filzhut auf den Hinterkopf, rückte ihn gleich wieder gerade und erwiderte: »Sie wären platt, was ich so wegarbeite, während Sie Ihre unehrlich verdienten Honorare verprassen! Wie geht's Weib und Kind?«

»Gut, Bill, wirklich gut. Hab' meiner Frau gerade eine Halskette mit Opalen gekauft und für den Jungen einen goldenen Taufbecher. Werde mich Weihnachten schrecklich langweilen, da meine Frau noch in der Klinik liegen muß, doch das ist die Sache mir wert. Der Junge ist nämlich ein Prachtkerl!«

»Wie soll er heißen?«

»John. Meine Frau will's absolut so.«

Die frohe Stimmung des Doktors färbte auf Crome ein wenig ab. Er lächelte.

»Da können Sie stolz sein, Doktor, aber nun sorgen Sie dafür, daß der kleine John einen Spielgefährten kriegt, klar? Einzige Kinder kommen sich so verloren vor – ich weiß das.«

Ein schlankes Männchen in weißem Jackett und schwarzer Hose tauchte plötzlich auf, faßte den Arzt beim Arm, betrachtete Sergeant Crome aus schwarzen, vor Entrüstung blitzenden Augen und rief: »Ein Gaast – in meine Café! Erst er steht, dann er fallt zurück über eine Tisch von meine – Tisch kaputt. Ich zu ihm gehen und frage, was bedeuten das soll, und er sagen nix – ibberhapt nix. Tott ist er!«

»Arbeit für Sie, Doktor«, bemerkte Crome.

Dr. Hoadly nickte. Während der kleine Italiener ihn noch am Arm gepackt hielt, als müsse er aufpassen, daß ihm der Arzt nicht wegliefe, betraten sie das neben dem Juweliergeschäft liegende Café.

Ein schmaler, langer Raum, in dem jetzt die Gäste so aufgeregt und unentschlossen standen wie Känguruhs, die von einem ihrer ›Späher‹ vor einer Gefahr gewarnt werden. Zwischen den Gruppen hindurch steuerte der Besitzer des Cafés wie ein Schiff zwischen gefährlichen Klippen den Arzt, dem Crome auf dem Fuße folgte.

Ein älterer Mann lag über einem zusammengebrochenen kleinen Tisch. Sein Gesicht war bläulich angelaufen; die weitaufgerissenen Augen waren verdreht, die entblößten, unregelmäßigen Zähne gelb vom Rauchen. Crome kannte ihn: Es war ein Bergmann, der sich zur Ruhe gesetzt hatte und bei seiner Nichte und deren Mann im Südteil von Broken Hill wohnte.

Die Gäste verließen das Café, da die erste Sensation vorüber war und die Aussicht, als Zeuge vernommen zu werden, größer wurde. Crome nahm an den Leuten kein besonderes Interesse. Hitzschlag, meinte er bei sich. Viele von diesen alten Knaben konnten das, was sie in der Jugend leicht ausgehalten hatten, nicht mehr vertragen. Der alte Alf Parsons war gewissermaßen schon ›fällig‹ gewesen. Eigentlich schön, so hinzuscheiden, ausgelöscht wie eine Kerze.

Der Arzt nahm erst nur eine oberflächliche Untersuchung vor, dann bückte er sich tief und roch am Munde des Toten. Als er aufstand, den Staub von seiner Hose klopfte und sich die Hände am Taschentuch abwischte, sagte er zu dem aufgeregten Italiener, daß er einen Sanitätswagen bestellen werde. Dann nahm er Sergeant Crome beiseite und flüsterte: »Ich will hier nicht offiziell erklären, daß er an Zyankali gestorben ist, Bill, aber es scheint mir ziemlich sicher.«

Crome packte Favalora, den Cafeter, am Arm und knurrte ihn an: »Wo hat er gesessen?«

In der Teetasse des Toten, die Crome Dr. Hoadly zur Untersuchung des Inhalts übergab, wurde Zyankali gefunden.

Crome war sechzig Stunden auf den Beinen, führte eine Vernehmung nach der anderen durch, schrieb Protokolle, Berichte und Vermutungen nieder. Er konnte vor Müdigkeit fast nicht mehr klar denken, als Inspektor Gordon Stillman von der Kriminalpolizei in Sydney ankam. Stillman brachte mit seiner betont sanften Sprache, die von Hohn und bissigen Beleidigungen triefte, Favalora fast zum Kreischen vor Wut, Mary Isaacs, die Verkäuferin, zum Weinen und Mrs. Robinow so in Zorn, daß sie ihn aus dem Laden wies. Er verstand es auch, Crome so in Erregung zu bringen, daß dieser ihn um ein Haar auf seinen sadistischen Mund geschlagen hätte, und Abbot war dicht daran, sich diesen Ton aufs energischste zu verbitten.

Eine Frau, die Anzeige erstattete, daß während ihrer Abwesenheit aus ihrer Wohnung im Norden der Stadt 180 Pfund gestohlen worden waren, die sie in der Uhr auf dem Kaminsims versteckt hatte, wurde von Stillman sofort beschimpft. Ihr geschähe ganz recht – wozu gäbe es denn Banken, zum Donnerwetter!

Stillman, dieser ekelhafte Kerl, der großartige Stillman aus Sydney saß jetzt auch fest, haha! Seine Schlußfolgerungen gingen daneben, seine Theorien zerplatzten wie Seifenblasen. Fragen und immer wieder Vernehmungen, aus denen nichts Verläßliches gewonnen wurde. Stillman zog sich aus der Affäre, indem er seine Beziehungen in Sydney einspannte. Er wurde abberufen und überließ Crome den ganzen Segen. Protokolle – Berichte – Theorien – Konferenzen – Enttäuschung – Hoffnung – Enttäuschung – Geduld – Geduld – Geduld.

Bei der gerichtlichen Leichenschau im Fall Alfred Parsons wurde die Verhandlung auf unbestimmte Zeit vertagt.

2

Es war ein großer Raum mit Fenstern zur Argent Street. Nur bei offener Tür konnte das Klappern der Schreibmaschinen eindringen. Durch die weitgeöffneten Fenster wehten aus der Ferne das Geräusch der Bergwerksmaschinen und aus der Nähe der Lärm der Straßenbahnen und Autos herein. Ein Zimmer, das dem höchsten Beamten der Polizeidirektion Südwest des Staates Neusüdwales durchaus angemessen war.

Ihn, den Polizeidirektor Louis Pavier, hatte noch niemand nervös erlebt. Er lächelte selten, doch wenn er es tat, liefen kleine Fältchen durch sein ruhiges Gesicht, wie die Kräuselwellen auf einem Teich, in den ein Stein geworfen wird. Der ganze Mann strahlte ruhige Festigkeit aus, die er nicht bewußter Beherrschung verdankte.

Aus einem Briefkorb mit der Aufschrift ›Eingänge‹ nahm er einen Bericht nach dem anderen, las ihn, setzte sein Signum darauf und legte ihn in den Korb ›Ausgänge‹. Es war die alltägliche Arbeit, durch die er gleichsam die Hand am Puls einer Gemeinde hielt und wobei er im allgemeinen den Patienten, bis auf gelegentliche Fieberanfälle, normal fand.

Noch drei Schriftstücke befanden sich auf seiner Schreibunterlage, als er die Klingel am Schreibtisch drückte.

Die Tür ging auf, herein kam seine Sekretärin, die sich neben ihn stellte, um die Papiere aus dem Korb ›Ausgänge‹ zu nehmen. Pavier drehte sich, während er die noch vor ihm liegenden Schreiben zur Hand nahm, ein wenig zur Seite, um das Mädchen zu betrachten. Sie war jung und hübsch.

»Ich muß Sie bitten, diese noch einmal zu schreiben, Miss Ball«, sagte er mit einer Stimme, die so ruhig war wie sein Gesicht und ebenso wenig verriet. »Sie haben doch ein Wörterbuch?«

»Ja, Sir. Wenn ich Fehler gemacht habe, entschuldigen Sie das bitte.«

»Die habe ich unterstrichen.« Er sah in ihren Augen die Verlegenheit. »Sie machen Ihre Sache in Vertretung von Miss Lodding ganz gut, und ich erwarte auch gar nicht, daß Sie schon in allem dieselbe Sicherheit haben. Die werden Sie nur durch Erfahrung und – durch Ausdauer gewinnen. Sie besuchen doch noch abends die Handelsschule?«

»O ja, Sir.«

»Bleiben Sie dabei. – Also schön, Miss Ball.«

»Entschuldigen Sie, Sir, der Wachtmeister vom Dienst sagte mir, daß draußen jemand wartet, der Sie sprechen möchte. Knapp heißt er. Will nicht sagen, in welcher Angelegenheit.«

Polizeidirektor Pavier blickte auf seine Armbanduhr, zog die Stirn kraus und sagte zu seiner Aushilfssekretärin: »So, Knapp heißt er? Führen Sie ihn herein.«

Zufall. Mußte Zufall sein. Es gab viele Leute, die Knapp hießen. Aber während er nachdachte, tauchte vor seinem geistigen Auge ein Gesicht auf, das er vor mehreren Jahren bei einer Polizeikonferenz gesehen hatte – und schon strahlte ihn jetzt dasselbe Gesicht in seinem Büro an.

»Nanu, Inspektor Bonaparte! Wie geht's Ihnen?«

»Gut, Mr. Pavier. Und Ihnen?«

»So eine Überraschung! Nehmen Sie Platz. Bin erfreut, daß Sie mich besuchen.«

Der Mann im tadellos gebügelten hellgrauen Anzug setzte sich auf den bezeichneten Stuhl und schlug die Beine übereinander. Die erstaunlich blauen Augen in dem schwach braun getönten Gesicht strahlten vor Heiterkeit und Zufriedenheit, als er aus der Brusttasche seines zweireihigen Jacketts ein langes Dienstkuvert holte.

»In Sydney habe ich gestern mit Ihrem Chef zu Mittag gegessen«, sagte Bony, das Kuvert hin und her drehend. »Unter anderem sprachen wir auch über die zwei Fälle von Vergiftungen, die Freund Stillman nicht zu klären vermochte. Ich übernahm es, von meiner Abteilung einen Sonderurlaub zu erbitten, um zu sehen, was ich in diesen Affären ausrichten kann, und man hat mir vierzehn Tage zugestanden. Hier habe ich einen Brief von Ihrem Chef. Die

Sache wird ganz in Ihr Ermessen gestellt, da ich deutlich zum Ausdruck gebracht habe, daß es nicht mein Wunsch ist, in Ihren Bereich einzudringen, sofern ich nicht Ihre spezielle Genehmigung bekomme.«

Pavier nahm das Kuvert entgegen, schlitzte es mit einer Nagelfeile auf und zog zwei Briefe heraus. Aus dem obersten erfuhr er, daß Inspektor Bonaparte für zwei Wochen zur Polizeidirektion Südwest des Staates Neusüdwales delegiert werde, während in dem zweiten Brief der Schreiber privatim mitteilte, daß der Staat Queensland seinen ›kostbaren‹ Bonaparte für vierzehn Tage leihweise hergäbe. Ob er, Pavier, dafür sorgen wolle, daß Bonaparte nach Ablauf dieser Zeit wieder zu seiner Abteilung käme, denn besagter Bonaparte pflege häufig zu rebellieren.

Polizeidirektor Pavier sagte, indem er die Schreiben auf die Tischplatte fallen ließ: »Seien Sie versichert, Bonaparte, daß wir uns sehr, sehr freuen, Sie bei uns zu haben. Im Hinblick auf die Zeit, die seit der letzten Vergiftung schon vergangen ist, werden Sie in zwei Wochen kaum viel ausrichten können, aber wir sind Ihnen im voraus dankbar für das, was Sie sicher für uns tun werden.«

Bony beendete die Anfertigung eines Objekts, das einer Zigarette ähnlich sein sollte. Seine Augen strahlten, die Zähne blitzten schneeweiß vor dunklem Hintergrund.

»Praktisch verlangt man von mir, daß ich den schwierigsten Mordfall in fünf Minuten kläre«, meinte er. »Mir vierzehn Tage dafür zu gewähren, ist höchst großzügig von meinem Chef. Wir arbeiten schon viele Jahre zusammen, und bisher habe ich noch nicht erlebt, daß seine Strenge nachgelassen hätte. Sie kennen ihn ja. Ein Mann mit unverblümter Sprache. Sagt mir, ich sei nicht wert, einem einfachen Polizisten die Schuhriemen zu lösen, und dabei bin ich der einzige wahre Detektiv, den er hat. Jetzt wissen Sie also, Mr. Pavier, was für ein Kreuz ich zu tragen habe.«

»Zwei Wochen sind nur bewilligt«, entgegnete Pavier energisch.

»Lassen Sie sich nicht aus der Ruhe bringen«, fuhr Bony beharrlich fort, indem er die gräßliche Zigarette anzündete. »Ich bin eine Schildkröte, und seit zwanzig Jahren haben meine Vorgesetzten sich die größte Mühe gegeben, mich in einen Hasen zu verwandeln. Ist natürlich blöd, weil so viele Hasen den Wettlauf nie beenden. Ich jedoch beende jedes Rennen, an dem ich teilnehme, ich kläre jeden Kriminalfall, den zu übernehmen ich mich herbeilasse.«

»Zu übernehmen mich herbeilasse?«

»Sehr richtig. Herbeilassen hatte ich gesagt. Wie oft ich schon

›entlassen‹ worden bin, interessiert mich nicht mehr, denn ich wurde stets wieder eingesetzt. Machen Sie sich also um mich keine Sorgen, der Chef kennt meine Methoden. Darf ich mit einer guten Zusammenarbeit rechnen?«

Paviers strenge Falten zwischen den Augenbrauen glätteten sich, und er strich sich das überlange weiße Haar aus der hohen, schmalen Stirn. Das Licht vom Fenster wurde in seinen dunklen Augen reflektiert.

»Wüßte ich nichts von Ihrem Ruf, Bonaparte, so wäre ich jetzt wohl über Ihre . . . hm . . . Ihre Selbständigkeit wütend geworden«, sagte er.

Das Lächeln auf Bonys Gesicht verriet kein bißchen Einbildung oder Arroganz, sondern sprach nur von der Sicherheit, mit der er Wissen in Macht zu verwandeln wußte.

»Mir sind im allgemeinen jeder Papierkrieg und alle Dienstvorschriften zuwider, da sie nur zu Magengeschwüren führen«, erklärte er. »Lassen Sie uns also unsere Aufmerksamkeit auf diese Zyankaliaffären richten, in denen Stillman, ein typischer Anbeter der Behördenmaschinerie, so hervorragend versagt hat. Ich dagegen habe noch nie versagt, und das kommt, glaube ich, von meiner eisernen Entschlossenheit, mich durch Launen von Vorgesetzten nicht ablenken zu lassen, und von der angeborenen Gabe der Hartnäckigkeit. Ich bin kein Stillman, der seine Versager auf die leichte Schulter nehmen kann. Ich darf nicht versagen, denn versagen hieße für mich: das einzige töten, was mich von den Lagerfeuern der Ureinwohner fernhält. Das näher zu erläutern, würde uns jetzt zuviel Zeit kosten. Ich hoffe, diese Vergiftungsfälle in den vierzehn Tagen zu klären. Wenn nicht, werde ich – mit oder ohne amtliche Genehmigung – meine Ermittlungen fortsetzen, bis ich den Giftmörder entdeckt habe.«

»Aber Sie müssen sich doch nach den Befehlen richten«, rief Pavier, in dessen ganzer Laufbahn das Sichbeugen vor Befehlen und der Erlaß von Befehlen oberster Leitsatz gewesen waren. »Der Mensch kann kein nützliches Mitglied einer Organisation sein, wenn er deren Befehle nicht ausführt.«

»Ich gehorche den Befehlen, wenn sie in meine Arbeit hineinpassen«, gab Bony zurück, während Pavier sich wunderte, daß er keinen Zorn empfand. »Ich bin einzig in meiner Art, weil ich in der Mitte zwischen der weißen und der schwarzen Rasse stehe, alle Vorzüge der weißen in mir vereine und nur wenige Fehler der schwarzen besitze. Ich habe die Kunst gelernt, schwere Mühen auf mich zu nehmen, und die Fähigkeiten eines guten Beobachters sind mir angeboren. Auf der Jagd nach einem Mörder verfalle ich nie in Hast, verzögere aber auch nie den Beginn meiner Aktionen. – Könnten Sie mir einen stillen Winkel einräumen? Zunächst werde ich an den bisherigen Ermittlungsresultaten viel zu studieren haben.«

»Ja, ich kann Ihnen ein Büro zur Verfügung stellen.«

»Schönen Dank. Hm – schon ein Uhr. Vielleicht wollten Sie mich gern zum Mittagessen einladen?«

»Ihr Vorschlag ist akzeptiert«, erwiderte Pavier trocken. »Einen Moment.«

Er ließ sich von der Telefonistin in der Zentrale mit dem ›Sunset Club‹ verbinden, mit dessen Oberkellner er kurz sprach. Als er dann vom Schreibtisch aufstand, wußte er nicht, ob er über sich selbst oder über diesen außergewöhnlichen Bonaparte lachen sollte.

»Wollen gehen«, sagte er und holte seinen Hut.

Er hielt sich sehr aufrecht – daß er früher einmal als uniformierter Polizeibeamter Dienst getan hatte, war ihm noch immer anzumerken. Größer als Bony, bewegte er sich mit der Wucht einer Meereswoge. Eine Gestalt, die jeder, der ihr begegnete, mehr als einmal ansah und in deren Gegenwart man unwillkürlich ›kleiner‹ wurde.

Als sie die Straße überquert hatten, holte ein junger Mensch sie ein, der ihnen zurief: »Hallo, hallo – schon auf der Spur?«

Er hatte blaue Augen und blondes Haar, Mund und Nase zeugten von großer Energie. Pavier maß ihn mit gelassenem Blick, es klang resigniert, als er zu Bony sagte: »Mein Sohn Luke. – Ein Freund von mir, Luke.«

»Hurra!« rief Luke Pavier und begrüßte Bony mit einem kurzen Nicken. »Hab' Sie heute früh aus dem Flugzeug von Sydney steigen sehen, Mr. Freund. Als ›Bona Knapp‹ in der Passagierliste verzeichnet. Unter demselben Namen im Zimmerregister des ›Western Mail Hotel‹ eingetragen. Erfreut, Sie kennenzulernen, Mr. Freund.«

»Ganz meinerseits, Mr. Pavier.«

»Ich darf hoffen, daß es Ihrer Gattin gut geht, Mr. Bonaparte?« fragte der junge Mann, während sein Vater murmelte: »Verdammt, häng mir nur nicht Inspektor Bonapartes Erscheinen an die große Glocke.«

»All right – habe meinen Preis für entsprechende Diskretion«, sagte Pavier junior, indem er seinen Vater anlachte und Bony zublinzelte.

»Und der wäre?« fragte Bony halblaut.

»Das Versprechen, mich heranzuziehen, wenn der Fall vor der Aufklärung steht. Ist nicht schwer zu erraten, weshalb Sie hier sind.«

»Vielleicht verdienen Sie das gar nicht. Was wissen Sie über die Menschen in Broken Hill zu sagen?«

»Alles«, behauptete Luke Pavier. »Ich kenne hier jeden; alle üblen Spielhöllen und alle ›Puppen‹. Kenne jedes Bergwerk von innen und den Inhalt aller Berichte über ihre Ausbeute, schon ehe die Direktoren sie bekommen, und –«

»Aber Sie wissen nicht, wer zwei Männer mit Zyankali vergiftet hat«, warf Bony ein. »Haben Sie Geduld, dann werde ich's Ihnen eines Tages berichten. Sind Sie bereit, mitzuarbeiten?«

»Ich helfe stets der Polizei bei ihrer Tätigkeit.«

»Quatsch«, bemerkte sein Vater.

Der junge Mann lächelte, winkte mit der Hand und empfahl sich, während sein Vater Bony zum ›Sunset Club‹ führte, wo sie einen Tisch in einer Nische bekamen.

»Ich glaube, Sie werden mit Crome gut zurechtkommen«, sagte Pavier, als sie bei Käse und Sellerie angelangt waren. »Crome ist nämlich ein tüchtiger Mann, nur haben wir hier nicht die Gelegenheit, raffinierte Verbrechen zu entschleiern. Er ist Leiter unserer Kriminalabteilung. Sie werden allmählich unsere begrenzten Möglichkeiten und die Schwierigkeiten, die ein Ort wie Broken Hill bietet, kennenlernen. Die Leute hier sind wohlhabend, gesund und geistig wie körperlich sauber. Auch zufrieden sind sie, weil die Arbeiter mit ihren Firmen in Eintracht leben – nicht ohne in früheren Jahren darum gekämpft zu haben. Vor diesen Zyankalivergiftungen hat es hier jahrzehntelang kein Kapitalverbrechen gegeben.«

»Ihr Sohn Luke – ist er Journalist?«

»Ist er, und wie man mir sagt, ein guter. Bei ihm kommt stets zuerst die Zeitung, so wie bei mir meine Polizei. Zu Hause vermeiden wir jede Fachsimpelei. Der Junge saugt Sie aus, wenn Sie nicht achtgeben, aber er kann Ihnen auch nützlich sein. Den Stillman hat er in seiner Zeitung ordentlich runtergeputzt.«

»Für mich ist Stillman immer ein höchst unangenehmer Zeitgenosse gewesen«, meinte Bony. »Seine Beobachtungen sind durch auffallend verdrehte Ansichten getrübt. Man hat mir angedeutet, daß er bei einem Wechsel seines Vorgesetzten nichts zu lachen haben würde.«

»Ich habe unseren jungen Wachtmeistern stets eingeschärft, daß es für einen Polizisten keinen Grund gibt, nicht auch ein Gentleman zu sein«, erklärte Pavier. »Sie haben sicher eine Kopie von Stillmans offiziellem Bericht bei Ihren Akten?«

»Ja. Im Kern enttäuschend. Ladet die Verantwortung großenteils auf Crome ab, weil der geduldet hat, daß die Gäste das Café Favalora verließen, ehe sie verhört werden konnten. Genau besehen, hat sich Stillman aus der Affäre gezogen, indem er alle Beteiligten mit Vorwürfen überhäuft, nur sich selbst nicht.«

»Kein Mensch macht sich wegen der Vorgänge im Café größere Vorwürfe als Sergeant Crome«, sagte Pavier. »Den Umständen nach ist er allerdings weniger zu tadeln. Es war ein heißer, schwüler Tag, wie er in Broken Hill selten vorkommt, denn hier sind die Sommer zwar sehr heiß, aber die Luft hat durchweg nur geringe Feuchtigkeit. Und der alte Parsons gehörte zu den Leuten, bei denen mit einem Hitzschlag zu rechnen war. Crome kannte ihn auch persönlich.«

»Aber mit Stillman kam Crome nicht zurecht, wie?«

Der Polizeidirektor reagierte auf diese Frage mit seinem seltenen Lächeln, das jedoch nicht heiter wirkte. Bony wich daher vom Thema Stillman ab.

»Wenn Crome mit mir Hand in Hand arbeiten will, werden wir Stillman mit Tempo und Schwung in seine Schranken zurückweisen«, sagte er. »Schönen Dank auch für das Essen.«

Pavier ging als erster die Stufen zur Straße hinab. Er hatte das beruhigende Gefühl, daß Bonaparte mit Crome und dessen Leuten gut zusammenarbeiten würde, und er freute sich, daß sein erster Eindruck nicht vorgehalten hatte.

Als er auf dem Bürgersteig war, hörte er Bony rufen: »Jimmy! Wie geht's dir denn, Jimmy?«

Pavier hörte das Gespräch der beiden nicht, da er quer über die Straße zur Polizeistation ging, während Bony ihn im Auge behielt und Jimmy zulächelte, dem deutlich seine Unsicherheit in dieser Situation anzumerken war.

»Bin auf Erholungsreise, Inspektor«, versicherte Jimmy, innerlich sein Pech verfluchend. Er sah das Lächeln aus den blauen Augen schwinden. »Ehrlich, Inspektor, habe schon jahrelang nichts mehr –«

»Natürlich hast du nicht, Jimmy. Schon lange in Broken Hill?«

»Seit Oktober. Hab' beschlossen, ehrlich zu leben, und hab' festgestellt, daß das nur möglich ist, wenn ich die großen Städte meide.«

»Also warst du schon hier, als Goldspink ermordet wurde, desgleichen ein gewisser Parsons, wie?«

»Nun hören Sie aber mal zu, Inspektor«, bat Jimmy. »Sie wissen doch, daß ich mich auf Mord nie einlassen würde, und Sie wissen auch sehr gut, daß ich niemals ein Schießeisen bei mir gehabt und nie einem den Schädel eingeschlagen habe.«

»Arbeitest du hier?«

»N ... ein. Mache Ferien, wie schon gesagt.«

»Muß mich wundern, daß dich hier keiner von den Knaben aus Sydney aufgegriffen hat, zumal Inspektor Stillman hier war.«

»Bin nie aus der Bude gegangen«, erklärte Jimmy, der sich wünschte, das Pflaster unter ihm möge so weich werden, daß er darin versinken konnte. Die furchterregenden blauen Augen sondierten weiter wie heiße Nadeln in seinem Innern.

»Wo wohnst du?« kam scharf Bonys Frage.

»King Street 22, im Süden.«

»Noch viel übrig von dem Geld, das du aus der Wohnung des Buchmachers in der King's Cross gestohlen hast?«

Jimmy sah, daß Ausflüchte nichts halfen. Die blauen Augen waren zu erschreckend.

»Das meiste«, gestand er. »Schlage Ihnen ein Geschäft vor, Inspektor: Ich werde das Geld zurückgeben, wenn Sie –«

»Versuche mit mir nicht zu handeln, Jimmy! Ich werde Befehle erteilen und du wirst stillhalten. Solltest du aus Broken Hill ohne meine Erlaubnis verduften, so werde ich dich, wenn nötig, zehnmal um den Erdball verfolgen und dir mindestens sieben Jahre verschaffen.« Jetzt sahen die blauen Augen milder aus, wofür Jimmy ihnen wirklich Dank wußte. »Bleib erreichbar und laß dich nicht verhaften. Übrigens: Deine Krawatte ist ja furchtbar geschmacklos. Lauf mal und kauf dir ein paar andere in dem Laden, der dem seligen Sam Goldspink gehörte. Dann trink deinen Nachmittagstee im Café Favalora und poussiere nach Noten mit der Kellnerin, die dem alten Parsons seine letzte Tasse Tee serviert hat. Kapiert, Jimmy?«

»Sie wünschen also meine Mitarbeit, Inspektor?«

»So direkt habe ich's nicht ausgedrückt, Jimmy. Da hinten auf der Straße sehe ich gerade einen Jüngling, der Reporter ist. Du kennst mich nur ganz flüchtig, verstanden? Hast mich – wie du dich erinnern wirst – bei einem Empfang in der Regierung in Brisbane kennengelernt.«

Bis ins Mark erschrocken, schlenderte Jimmy, der Schloßknacker, die Argent Street hinab.

3

Bony war von seinem Büro begeistert, einem kleinen, schlicht möblierten Raum am Ende eines Korridors. Wenn er Sergeant Crome haben wollte, brauchte er sich bloß auf dem Stuhl umzudrehen und an die Wand zu klopfen.

Crome, groß von Gestalt und zur Korpulenz neigend, mit spärlichem grauem Haar, energisch und von freundlichem Wesen, duldsam gegen andere, aber streng gegen sich selbst, war ihm von Anfang an sympathisch gewesen. Schon bald war Bony aufgefallen, wie sehr es Crome aus dem Gleichgewicht brachte, daß er den Ereignissen nicht gewachsen gewesen war. Was dieser Mann nötig hatte, war eine Stärkung seines Selbstbewußtseins.

»Setzen Sie sich, Crome, und rauchen Sie, wenn Sie wollen«, sagte Bony, nachdem Pavier, der sie miteinander bekannt gemacht hatte, hinausgegangen war. »Wir werden noch tüchtig paffen müssen, bis wir mit dem Kram hier durch sind. Erzählen Sie mir zuerst von sich selbst. Verheiratet?«

»Ja, Sir«, erwiderte der Sergeant, während er Pfeife und Tabak aus der Tasche holte. »Habe zwei Mädels von elf und dreizehn. Als unser Direktor noch Inspektor war, saß ich als Oberwachtmeister in Bathurst. Vor acht Jahren. Der Direktor hat mich immer sehr nett behandelt.«

»Ich habe den Eindruck, daß er nett sein kann. Mit wie vielen Mordfällen haben Sie zu tun gehabt, seitdem Sie hier in Broken Hill sind?«

»Ohne die zwei Zyankalifälle waren es neun. Und von den neun war nur einer schwierig aufzuklären. Wir haben hier ja keine Bandenkämpfe, keine wüsten Totschläger, und ein Sexualverbrechen kommt nur selten vor.« Crome steckte seine Pfeife an und warf das erloschene Streichholz in den Papierkorb. »Direktor Pavier ist der beste Vorgesetzte, den wir bisher hier hatten. Er hat uns fast alle persönlich ausgebildet, und er hat ein System erfunden, um kriminelle Elemente, über die wir Meldung aus anderen Bezirken kriegen, schnell zu identifizieren. Wir überwachen jeden ankommenden Zug und jedes Flugzeug. Soziale Mißstände, die erfahrungsgemäß hier ebensowenig beseitigt werden können wie anderswo, halten wir ohne großes Aufsehen unter Kontrolle, und unsere Frauen sind hier, obwohl wir einen Überschuß an Männern haben, so sicher wie in keiner Stadt Australiens.«

»Wie steht's mit den leichteren Delikten – Diebstählen und so?«

»Wenig vorgekommen, bis auf die letzten paar Monate.«

»Verurteilungen?«

In Cromes kleine graue Augen kam ein härterer Ausdruck: Er forschte, welche Absicht bei dieser Frage die blauen Augen verraten mochten, die ihn gütig anblickten.

»Diesen Sommer hatten wir vier Diebstahlsfälle, von denen wir nur einen aufgeklärt haben. Die drei anderen wurden von einem Fachmann begangen, der ohne unser Wissen in die Stadt gekommen sein muß.«

Bony machte sich in Gedanken einen Vermerk.

»Wieviel Mann haben Sie für die kriminalistische Arbeit?« fragte er.

»Als dienstältester Beamter habe ich unter mir noch den Oberwachtmeister Jack Abbot und sieben weitere Beamte, von denen einer Fingerabdruckmann, Fotograf und Protokollführer zugleich ist. Tüchtiger Mensch. Chemische Analysen können wir selbst nicht ausführen, da müssen wir uns auf Dr. Hoadly verlassen, ohne den wir schwer in der Tinte säßen.«

»Streifenwagen?«

»Zwei, aber ohne Sprechfunkanlagen.«

»Hm. Nun machen Sie's sich erst einmal gemütlich und berichten Sie mir über die zwei Vergiftungsfälle.«

»Sie wissen gar nichts darüber?« fragte Crome, offensichtlich erstaunt.

»Ich habe den von Inspektor Stillman abgefaßten offiziellen Bericht gelesen«, antwortete Bony geringschätzig. »Nichts von Wert darin enthalten. Geben Sie mir lieber einen Überblick.«

Crome versuchte sich die Befriedigung nicht anmerken zu lassen.

»Der alte Sam Goldspink war das erste Opfer, und wir erfuhren erst acht Stunden später, daß er an Zyankalivergiftung gestorben war. Infolgedessen war im Gedächtnis der Zeugen der Vorgang schon ganz verworren. Passiert war es an einem Freitagnachmittag, da ist in den Geschäften auf der Argent Street immer der stärkste Betrieb. Eine der Angestellten brachte dem alten Herrn eine Tasse Tee und stellte diese, da er mit einer Kundin sprach, auf den Ladentisch. Als die Kundin gegangen war, nahm Goldspink seine Tasse, trank den Tee, drehte sich um, und schon lag er lang auf dem Fußboden.

Tatsächlich war er schon wegen Herzbeschwerden in ärztlicher Behandlung gewesen, deshalb hielt auch Mrs. Robinow, seine Wirtschafterin, das für die Todesursache. Als sie herbeigerufen wurde, bugsierte sie das Publikum aus dem Laden, rief den Arzt – Dr. Whyte – an und trug zusammen mit dem Chauffeur des Lieferwagens den Toten in den Anproberaum hinter dem Laden. Dr. Whyte war gerade im Krankenhaus bei einer schwierigen Entbindung und hat sich, da er ja wußte, daß er Goldspink nicht mehr retten konnte, nicht sonderlich beeilt, hinzukommen.

Inzwischen hatte man Tasse und Teegeschirr abgewaschen und weggestellt. Als der Arzt den Toten zu Gesicht bekam, fand er sein Aussehen verdächtig, doch wir erfuhren erst abends, nach der Obduktion, daß da etwas nicht stimmte. Auf den Gedanken, daß es Mord sein könnte, waren wir nicht gekommen, da der alte Mann keine Feinde hatte. Er war eine ganz ulkige Type und allgemein beliebt.

Als wir wußten, daß es eine Zyankalivergiftung war, traten wir in Aktion. Mit dem Tee in Goldspinks Laden ging es folgendermaßen vor sich: Jeden Nachmittag um drei Uhr brachte Mrs. Robinow eine große Kanne Tee sowie Milch, Zucker, Sandwiches und Biskuits in den Anproberaum, und sobald die Verkäuferinnen zwischendurch einmal frei waren, schlüpften sie rasch da hinein und bedienten sich. Meistens brachte schon die erste, die Gelegenheit zur Erfrischungspause hatte, dem Chef eine Tasse in den Laden.«

»Und welche hat das an dem fraglichen Nachmittag besorgt?«

»Ein Mädchen namens Shirley Andrews. Achtzehn Jahre alt, bei Goldspink seit fünf Monaten tätig. Von gutem Charakter.«

»Wie war der Mann als Arbeitgeber?«

»Einer der besten. Pflegte sich zu rühmen, daß bei ihm Verkäuferinnen nur kündigten, wenn sie heiraten wollten.«

»Als sie den Tee auf den Ladentisch stellte, wie weit war da die Tasse von der Kundin entfernt?«

»Shirley Andrews behauptet, etwa einen Meter. Die Verkäuferin, die dort bediente – Mary Isaacs heißt sie –, sagt, anderthalb. Die sind ja gewohnt, in Metern zu denken. Die Kundin stand, als der Tee gebracht wurde; sie hatte aber bis dahin, als sie noch auf Bedienung wartete, auf einem Stuhl gesessen. Goldspink stand zwischen ihr und der Teetasse, also kann die Kundin nicht die Tat begangen haben. Trotzdem haben wir aber wie verrückt nach ihr gefahndet.«

»Sie hat sich nicht gemeldet? Haben Sie auch einen Aufruf in der Zeitung gehabt?«

»Ja, haben wir«, antwortete Crome. »Immer die alte Geschichte: Die Leute wollen nicht in einen Mordfall verwickelt werden.«

»Hat denn die Öffentlichkeit erfahren, daß es sich um einen Mord handelte?«

»Ja, dafür sorgte schon der junge Pavier, Sohn unseres Direktors. Ist Reporter beim ›Barrier Miner‹.«

»Schade! Haben Sie sich eine Beschreibung der Kundin sichern können?«

»Ja, aber gut ist die nicht. Beide Mädels machten ziemlich unklare Angaben.«

»Den Laden und so weiter haben Sie selbstverständlich durchsucht?«

»Keine Spur von Zyankali gefunden, das einzige im Haus vorhandene Gift war Arsenik in einem Pulver zur Vertilgung von Schaben. Nachfragen bei den Drogerien ergaben nichts. Hatte ich auch kaum erwartet. In Broken Hill muß die Abgabe der kleinsten Menge Gift quittiert werden, dabei kann man es in anderen Städten in der Umgebung pfundweise kaufen. Auf den großen Farmen wird es ja massenhaft gebraucht.«

»Schön. Kommen wir nochmals auf die Wirtschafterin zurück.«

»Mrs. Robinow. Hat Samuel Goldspink fünfzehn Jahre den Haushalt geführt. Er hinterließ ihr sein ganzes Vermögen. Aber sie hatte wohl immer Geld genug.«

»Wann wurde das Testament gemacht?«

»Vor acht Jahren. Verwandte existieren nicht, also kann von Ränke schmieden und so nicht die Rede sein.«

»Irgendwo ein Kodizill oder ein neues Testament erwähnt gefunden?«

»Absolut nichts.«

Bony bewegte langsam die Finger seiner verschränkten Hände hin und her, und Crome begriff nicht, warum er so zufrieden lächelte.

»Interessant, Crome«, sagte er. »Es muß ein ungewöhnliches Motiv zugrunde liegen – falls wir es ausbuddeln können.«

»Motiv!« platzte der Sergeant los. »Ein Motiv gibt es hier nicht. Kann ja gar keins vorhanden sein, wenn man bedenkt, daß Papa Parsons auf dieselbe Art getötet wurde.«

»Ein Motiv gibt's, verlassen Sie sich darauf. Sogar wenn ich mir diese Zigarette anzünde, habe ich eins. Berichten Sie mir jetzt über Parsons.«

»Da habe ich einen tollen Bock geschossen«, erklärte Crome, dessen Stimme plötzlich grimmig klang. »Bin einfach aus dem Gleichgewicht gekommen, als das passierte. Parsons, der früher Bergmann gewesen war, wohnte bei seiner Nichte und deren Mann. Ich kannte ihn seit Jahren. Er hatte eine kleine Rente, die mit seinem Tod erlosch. Großer kräftiger Mensch, der tüchtig aß und auch gern ein Glas trank. An einem Freitagnachmittag im Dezember ging er in ein Café, wo lebhafter Betrieb herrschte – wie stets um diese Zeit. Setzte sich an einen der kleinen Wandtische für zwei Personen. Ihm gegenüber saß ein Buchhalter mit Namen Rogers.

Rogers sagt, Parsons – den er nicht kannte – hätte sich Tee und Sandwiches bestellt und ganz langsam gegessen und getrunken, während er in einem Magazin las. Er war noch an seinem Platz, als Rogers fortging, und der meint sich zu erinnern, daß Parsons inzwischen die Sandwiches gegessen und eine Tasse Tee getrunken hatte.

Diese Aussage wird bestätigt durch die der Kellnerin. Ein dummes Ding. Sie erklärt, zu der Zeit sei großer Andrang von Gästen gewesen. Sie erinnert sich an Rogers, und sie kannte Parsons, der oft am Freitagnachmittag in das Café kam. Als Rogers wegging, nahm eine Frau seinen Platz ein, die sich Tee und Kuchen bestellte. Diese Frau ging wieder, während Parsons noch in der Zeitschrift las, und ihm gegenüber setzte sich nun eine andere Frau. Diese zweite Frau war noch da, als Parsons den Rest von seinem Tee trank, das Gesicht verzerrte, sich erhob und etwas vor sich hinmurmelte. Sie nahm kaum Notiz von ihm, bis sie plötzlich sah, daß er, einen Nebentisch umreißend, zu Boden krachte – tot.«

»Der Name dieser zweiten Frau?«

»Den wissen wir nicht.«

»Wissen wir nicht!« rief Bony wie als Echo. »Sie deuteten doch an, daß Sie eine Aussage von ihr bekommen haben.«

»Ja, ohne Unterschrift und ohne Datum, beim Hauptpostamt am nächsten Vormittag zwischen neun und ein Uhr aufgegeben.«

»Und was halten Sie davon?«

»Daß die Frau, als sie Parsons über den Tisch gestreckt liegen sah, noch im Café blieb, um zu sehen, was sich weiter ereignete – wie viele andere neugierige Gäste. Sie sah, wie der Besitzer hinauseilte, und sah den Arzt mit mir zusammen hereinkommen. Als sie wußte, daß Parsons tot war, schlich sie davon mit dem Entschluß, sich nicht in diese Affäre verwickeln zu lassen. Erstaunlich, wie viele Menschen eine Scheu davor haben, im Zeugenstand aufzutreten. Na, egal: Entweder hat ihr Gewissen sie wenigstens dazu gebracht, ihre Beobachtungen aufzuschreiben, oder ihr Mann oder sonst jemand hat sie dazu veranlaßt. Wir haben sie durch die Zeitung aufgefordert, sich zu melden, doch sie ließ sich nicht blicken, wie dieser Rogers es getan hat.«

»Die erste Frau – die den Platz von Rogers einnahm –, hat die sich bei Ihnen gemeldet, oder haben Sie sich mit ihr in Verbindung gesetzt?«

Crome schüttelte den Kopf. Bony notierte etwas, während Crome sich auf die Lippen biß.

»Können Sie sich für diesen zweiten Mord ein Motiv vorstellen?«

»Gar keins, höchstens Wahnsinn, und das ist ja kein Motiv«, erwiderte Crome. »In dem Tee in Parsons' Tasse war Zyankali. Ich war wenigstens klug genug, die Tasse gleich sicherzustellen. Eigentlich hätte ich – Ach, es hat ja jetzt keinen Sinn mehr!«

»›Es ist Dummheit, zu frieren, weil es im vergangenen Jahr kalt war‹, so hat Whately oder ein anderer geschrieben«, erklärte Bony mit Nachdruck. »Hatten Sie das Café nach Zyankali durchsucht?«

»Nachdem Abbot und ich mit der Suche fertig waren, hätten Sie das Café nicht wiedererkannt«, antwortete der Sergeant. »Nicht die kleinste Spur. Wir haben nach Zyankali sogar unter und auf dem Dach des Hauses gesucht, wo Parsons bei seinen Verwandten wohnte. Nichts. Und in dem Hause gab's keine Streitigkeiten; Parsons hatte keine Feinde. So gab es nicht den kleinsten Fingerzeig. Ebensowenig ja im Fall Goldspink.«

»Vermutungen?«

»Eine. Ein Wahnsinniger, der herumwandert und hier und da eine Prise Zyankali in Teetassen wirft. Nur einen gemeinsamen Nenner sozusagen haben die Fälle: Beide Männer waren Junggesellen. Macht den ganzen Kram noch verzwickter.«

»Nein, weniger verzwickt«, hielt Bony ihm entgegen. »Noch eine Vergleichsbasis ist hier zu finden: Beide Männer waren in vorgerücktem Alter. Aber befreundet waren sie wohl nicht, wie?«

»Nein. Auch verwandt waren sie nicht oder in demselben Klub. Der eine war Jude, der andere Christ, der eine arm, der andere reich. Einer war Bergmann gewesen, der andere Besitzer eines Geschäfts. Sie hatten nichts Gemeinsames außer ihrem Alter und daß sie ledig waren. Kein Sinn, kein Verstand in all dem zu finden.«

»Ob wir hier wohl eine Tasse Tee bekommen können?«

»Wie?« Über die geradezu bestürzte Miene, die Crome jetzt machte, mußte Bony lachen. »Tee? Ach so, ja. Das Mädchen bringt ihn von selbst.«

»Wenn wir in einer Viertelstunde nicht mit einer Erfrischung versorgt sind, Crome, gehen wir in ein Café. Ohne seinen Tee am Morgen und am Nachmittag kann der Beamte dem Staat schlecht dienen. Wenn mich ein Beamter anblafft, sage ich immer, im stillen natürlich: ›Keinen Tee gehabt, was?‹

Crome stopfte Tabak in seine Pfeife, als müsse er ein Leck in einem Schiff dicht machen, und Bony sagte leise: »Mord kommt in jeder Gemeinschaft von Menschen immer wieder vor, und wir werden es leid, von der Leiche zum Mörder zu schreiten und ihm darzulegen, von welcher verbohrten Dummheit er ist. Manchmal jedoch – selten – präsentiert sich uns ein Mord, den ein wahrer Künstler begangen hat, und dann ist der Überdruß, den uns die plumpen und dummen Mörder bereiten, wie weggeblasen. So geht es mir jetzt auch bei Ihrem Mörder hier, der Zyankali in Teetassen wirft. Weshalb, wissen wir nicht. Wenn wir es erst wissen, werden wir uns wieder unseren ›Amateuren‹ widmen müssen, die mehr auffällige Spuren hinterlassen, als wenn sie eine ganze Woche lang jeden Abend nachgedacht hätten, wie viele Fehler sie begehen könnten, wenn sie nur wollten. Also hätten wir jetzt allen Grund, uns zu freuen. Haben Sie schon je mit einem Künstler im Morden zu tun gehabt? – Nein? Dann müßten Sie jetzt, da sich diese Gelegenheit bietet, direkt glücklich sein. Ich bin es.«

Crome legte seine Pfeife auf den Schreibtisch. Sein Gesicht lief langsam rot an. Er stieß einen Fluch aus, dann lachte er schallend.

Die Aushilfssekretärin des Polizeidirektors erschien mit einem Tablett. Bony erhob sich und nahm lächelnd seine Tasse Tee in Empfang.

»Ich danke Ihnen . . . Miss Ball, nicht wahr?«

»Ja, Sir.«

Das junge Mädchen lächelte ihn schüchtern an.

»Tee und Biskuits werden Ihnen mit zwei Schilling wöchentlich berechnet«, erklärte sie ihm. »Das deckt gerade unsere Auslagen.«

»Er ist sogar zwei Pfund die Woche wert, Miss Ball«, meinte Bony, indem er seinen Obolus schon hervorholte. »Außerdem sollten wir jeden Monat ein kleines Geschenk für Sie kaufen.«

»Vielen Dank für die gute Absicht, Sir. Ich mache den Tee gern zurecht, darf es aber nur jetzt, weil Miss Lodding wegen Krankheit beurlaubt ist.«

Das Mädchen ging hinaus. Bony tauchte ein Biskuit ein, und Crome sagte: »Die Lodding ist die eigentliche Sekretärin des Direktors. Ein Gesicht wie Bauchgrimmen, sage ich Ihnen.«

4

Jimmy war noch jugendlich, er verstand, unwichtige Dinge von sich abzuschütteln – ein Sportsmann mit viel Spaß am Spiel des Lebens, in dem er seine Freiheit für jeden guten Treffer riskierte und – weil er gelernt hatte, seine Gegner nicht zu unterschätzen – selten verlor.

In Polizeikreisen war bekannt, daß er nie eine Waffe bei sich trug und nie Gewalttaten beging, außer, wenn er – doch das gab es kaum – in die Enge getrieben wurde. Ferner war bekannt, was freilich nie offen zugegeben wurde, daß Jimmy bisweilen der Polizei bei der Aufklärung schwerer Verbrechen wertvolle Dienste leistete.

Das Paket ›Zaster‹, das er in der Wohnung eines Buchmachers in Sydney ergattert hatte, war weit größer als erwartet, doch nicht diese Tatsache hatte ihn veranlaßt, ausgerechnet Broken Hill als ›Erholungsort‹ zu wählen. Wie viele Tausende, die in Australiens Küstenstädten wohnen, hatte er sich Broken Hill wie ein Hinterwälderdorf weit hinter einer täuschenden Fata Morgana vorgestellt und war daher von der Wirklichkeit angenehm überrascht gewesen.

Er stellte fest, daß es in Broken Hill viele Leute gab, die eine Masse Geld hatten. Ferner, daß die Menschen in dieser Stadt äußerst gemütlich, großzügig und liebenswürdig waren. Und – merkwürdigerweise – mit Geld offenbar recht leichtsinnig umgingen. Ein wunderbarer Ort! Wenn Jimmy zur Zeit auch viel Geld besaß, konnte er doch nicht der Versuchung widerstehen, noch mehr anzusammeln, ohne sich damit plagen zu müssen, es aus dem Innern des Hügels, von dem die Stadt ihren Namen hatte, herauszuholen.

Aber nun reute ihn sein Entschluß, denn zweifellos würde Inspektor Bonaparte jetzt von den drei ›Dingern‹ hören, die er ›gedreht‹ hatte und die sicherlich – durch die besondere Art ihrer Ausführung – für Bony unverkennbar den Prägestempel ›Jim Nimmo‹ trugen. Wirklich ganz übles Pech, diesem Mann auf der Argent Street einfach in die Arme zu laufen! Er hätte wissen müssen, daß da, wo dieser widerliche Stillman nicht weiterkonnte, ein erstklassiger Beamter einspringen würde und daß nach zwei in gleicher Weise ausgeführten Morden Broken Hill viel zu heiß werden mußte, von der Temperatur völlig abgesehen.

Was die Sache für einen Einbrecher, der sich auf sein Format etwas zugute tat, noch schlimmer machte, war, daß dieser Napoleon Bonaparte so verflixt unberechenbar sein konnte. Der arbeitete nicht mit der sturen Gleichmäßigkeit wie der normale, auf der Polizeischule gedrillte und an vielerlei Vorschriften gebundene ›Plattfuß‹ – nein. Im Krieg, als sich Jimmy in Adelaide aufhielt und zwei feine Dinger gedreht hatte, wer erschien da wie aus der Versenkung? Dieser Kerl, der Bonaparte, war in seinem Logis aufgetaucht, hatte ihm rundweg erklärt, über diese beiden ›Jobs‹ sei er vollkommen im Bilde, und hatte ihm vorgeschlagen, sie durch einen dritten abzurunden. Der dritte ›Job‹ hatte ein mageres Bündel Briefe erbracht, aber Briefe, durch die zwei Männer und eine Frau hinter Stacheldraht befördert wurden. Und dann hatte ihm Bonaparte allen Ernstes ehrliche Arbeit angeboten. Jimmy schauderte es bei der Erinnerung daran.

Und nun deutete Bonaparte ihm wieder etwas von einer Arbeit für die Polizei an, ausgerechnet in diesen Zyankaligeschichten, wo Jimmy doch von Zyankali schon deshalb bestimmt nichts wissen wollte, weil er sich gleich nach der Ankunft in Broken Hill ein ehrgeiziges Ziel gesteckt hatte. Jetzt aber aus dieser Stadt leise weinend verduften, das wäre großer Blödsinn, denn die ganze Erde war zu klein, als daß er auf ihr dem Spürsinn dieses vermaledeiten Bonaparte entgehen könnte. Daher fühlte Jimmy sich so unbehaglich wie eine Nuß zwischen den Stahlzähnen des Nußknackers.

In leichtem Sportanzug und mit Panamahut, um den Kopf kühl zu halten, schlenderte er durch die Argent Street. Der Nachmittag war still und heiß. Auf den schattigen Gehsteigen drängten sich die Menschen, an den Bordsteinen standen dicht die Personenautos und Lieferwagen. Die Schaufenster waren gefüllt mit Luxuswaren, um den wohlhabenden Käufern in dieser blühenden Bergwerksstadt recht viel zu bieten, und die Einkaufenden waren ebenso elegant gekleidet wie Jimmy selbst.

Das früher von Samuel Goldspink geführte Geschäft war ungefähr das drittfeinste auf der Argent Street. Jimmy blieb vor ihm stehen, um die hübsch angeordneten Oberhemden und Krawatten zu betrachten. Krawatten! Er besaß schon Dutzende, da er eine Passion für die Dinger hatte – und ausgerechnet Krawatten hatte Bony ihm zu kaufen ›empfohlen‹.

Es waren nur wenige Kunden im Laden. Jimmy kam zufällig am Ladentisch neben einen Herrn zu stehen, der sich für Handschuhe interessierte. Er erspähte einen leeren Stuhl und nahm Platz mit der Miene eines Menschen, der unendlich viel Zeit hat.

Vor dem Mann, der Handschuhe anprobierte, wurden reihenweise die Kartons geöffnet. Er war groß und starkknochig und hatte einen nicht wegzuleugnenden Bauch. Sehr gut gekleidet, selbst für die Maßstäbe von Broken Hill. Seine Stimme klang angenehm, er sprach fast akzentfrei. Man hätte ihn für einen Börsenmakler im Ruhestand, einen Bestattungsunternehmer oder einen Filmproduzenten halten können. Oder auch – aber Jimmy war der Mann gleichgültig. Wie hätte er wohl viel auf diesen ihm Fremden achten sollen, während er die interessante Verkäuferin bewundern konnte, die ihn bediente? Sie war zwischen dreißig und vierzig, von stattlicher Figur, und sie trug ein straff anliegendes schwarzes Kleid aus teurem Stoff. Die Perlenkette, die sich auf ihrem sehr üppigen Busen ausbreitete, erregte Jimmys höchste Aufmerksamkeit, denn sie bestand aus echten Perlen! Und die funkelnden Brillanten in den Platinringen an den dicken Fingern der Dame zwangen Jimmy geradezu, sich das hübsche Behältnis vorzustellen, in das alle diese Juwelen nachts behaglich ›gebettet‹ wurden. Sicher gab es bei dem Haus einen Hof und Zimmer, deren Fenster nach hinten hinausgingen. Und die Alarmvorrichtungen boten zweifellos kein ernstes Hindernis.

Damit der Trägerin der Juwelen sein Interesse an ihrem Schmuck nicht allzusehr auffiel, beobachtete Jimmy nebenbei lässig den Mann, der Handschuhe anprobierte. Seine Hände hatten lange Finger – Hände, die zweifellos geschickt waren. Er konnte Chirurg sein oder Uhrmacher – oder Einbrecher. Feste, starke Hände. Jimmy bemerkte auch, wie sich die langen, schmal zulaufenden Finger, über die jetzt feines Wildleder gezogen war, nach der Handfläche einwärts bogen und eine kraftvolle Faust bildeten, während der Kunde aufmerksam die Spannung des Materials an den Knöcheln studierte.

So beflissen suchte Jimmy die Perlen und Brillanten zu ignorieren, daß er für den Handschuhkäufer zu großes Interesse bewies und plötzlich gewahr wurde, wie ihn dessen fast schwarze Augen eindringlich musterten. Geschah das auch nur für einen Moment, so prägte sich Jimmy doch schnell das Bild dieses Gesichts ein: die buschigen grauen Augenbrauen und den grauen Schnurrbart über einem kleinen Spitzbart.

Eine Verkäuferin, die eben eine Kundin mit einem kleinen Jungen abgefertigt hatte, kam zu Jimmy und fragte nach seinen Wünschen. Sie war noch jung, dunkelhaarig und temperamentvoll. Jimmy war sofort bereit, es ihr leichtzumachen.

»Krawatten, bitte. Nicht allzu teure. Mir gefallen die im Fenster zu fünfzehn Schilling.«

Um nicht auf die Perlen und Brillanten zu starren, blickte Jimmy jetzt auf die Hand, die sich in einen anderen Handschuh schob, einen braunen aus Ziegenleder. Die Verkäuferin nahm hinter dem Ladentisch weitere Kartons aus dem Regal. Der Kunde war sehr wählerisch. Handschuhe! Kein Mensch in Broken Hill trug Handschuhe, es sei denn bei Hochzeiten oder Begräbnissen.

Ah! Eine gemusterte Krawatte aus hellblauer Seide. Ja, hübsch, aber vielleicht ein bißchen zu matt? Eine andere von leichtem Opalgrün fing das Licht ein, als die Verkäuferin sie geschickt um die Hand drapierte. Ein wenig kraß, aber doch recht geschmackvoll. Ja, die würde gut zu seinem neuesten Sakkoanzug passen. Jimmy nahm die Krawatte, drehte sie auch ein wenig im Licht, um den seidigen Glanz noch einmal wirken zu lassen, und legte sie zur Seite.

»Die nehme ich.«

»Diese hier würde Ihnen auch vorzüglich stehen, Sir«, sagte das junge Mädchen und brachte eine ›Création‹ in Rot zum Vorschein. Sie mußte durch die Dame mit den Perlen und Brillanten gut geschult sein, denn sie zeigte Interesse an dem Kunden. Jimmy lächelte sie an und hielt das kostbare Stück gegen sein Jackett. Er gab zu, daß die Farben ausgezeichnet harmonierten.

»Ich habe eine Schwäche für Krawatten«, gestand er, worauf das Mädchen sofort verständnisvoll lächelte. »Zeigen Sie mir jetzt bitte noch ein paar flottere, ja?«

»Dieses Paar möchte ich nehmen«, sagte soeben der Handschuhkunde. »Wie war noch der Preis?«

Jimmy blinzelte verdutzt; die ausgewählten Handschuhe waren schwarz. Als die Verkäuferin sie zusammenlegte, um sie in die Cellophanhülle zu schieben, funkelten die Brillanten an ihren Fingern noch prächtiger. Diese Frau – nach Jimmys Ansicht mußte das Mrs. Robinow sein, die Wirtschafterin des seligen Sam Goldspink – schien große Gemütsruhe zu haben, da sie die Marotten des Käufers so tapfer ertrug.

Seine eigene Verkäuferin zeigte ihm jetzt Krawatten, die gut für eine Aktionärsversammlung gepaßt hätten. Der Handschuhkäufer verließ den Laden, und Jimmy wartete eine volle Minute, ehe er Mrs. Robinow, die das Sortiment in die Kartons zurückpackte, fragte: »In einer Stadt mit diesem Klima verkaufen Sie gewiß nicht oft Handschuhe – oder doch?«

Mrs. Robinow lächelte, und siehe da: Sie hatte sogar vorn in einem Zahn einen Brillanten!

»Häufiger, als man denken sollte«, erwiderte sie. »Meistens natürlich für Hochzeiten und Beerdigungen. Gewöhnlich handelt es sich bei den Käufern um Leute, die nach Adelaide oder nach

Sydney reisen wollen. Hier oben ist's ja für Handschuhe viel zu warm – im Sommer.«

Jimmy erfuhr, was er zu bezahlen hatte, und reichte eine Fünfpfundnote über den Ladentisch, die das Mädchen entgegennahm wie ein persönliches Geschenk, um sie gleich in einem der kleinen Wägelchen der ›Drahtseilbahn‹ über dem Ladentisch zur Kassiererin rollen zu lassen.

»Bleiben Sie noch bis zu den Rennen in der Stadt?« fragte die an Schmuck so reiche Dame ihn höflich.

»Voraussichtlich ja«, antwortete Jimmy, »mir gefällt Broken Hill, sogar im Sommer.«

»Mir das ganze Jahr.« Die Perlen schimmerten, als sähe Jimmy sie durch ein paar Meter tropischen Seewassers. »Mir gefallen die Menschen hier. Wir sind alle recht gesellig in Broken Hill. Ich hoffe, Sie haben das auch festgestellt.«

»Das habe ich«, gab Jimmy wahrheitsgemäß zurück.

Mrs. Robinow bedankte sich bei ihm für den Einkauf und wandte sich ab, um einen Jüngling nach seinem Begehr zu fragen, der es lieber gesehen hätte, von dem jungen Mädchen bedient zu werden. Jimmy lächelte die Verkäuferin an, als er sein Wechselgeld in Empfang nahm, zog grüßend den Hut und schlenderte wieder in die Hitze auf der Straße hinaus.

Seine Armbanduhr zeigte zehn Minuten vor vier. Er dachte an seine durstige Kehle und die Kanne Tee, die gemäß dem Befehl dieses verdammten Bonaparte noch zu trinken war. Erst blieb er noch vor einem Schaufenster stehen, in dem neue Romane ausgestellt waren, dann betrat er das Café Favalora. Es war nicht voll dort. Er setzte sich an eins der Wandtischchen. Eine Kellnerin nahm seine Bestellung auf Tee und gerösteten Rosinenkuchen entgegen, und – ihm gegenüber saß Bony.

»Schönes Wetter, wie?« sagte Bony.

»Ja. Bißchen warm eigentlich für die Jahreszeit. Mag Regen im Anzug sein. Soll ja hier angeblich auch manchmal regnen.«

Die Kellnerin brachte Jimmy seinen Tee und Toast, und Bony bestellte sich dasselbe. Als sie gegangen war, fragte er nonchalant: »Bist du dir auch klar darüber, daß du einen Platz einnimmst, auf dem einer vergifteten Tee getrunken hat?«

»Ja. Und sind Sie sich darüber klar, daß Ihr Stuhl der ist, auf dem die Person gesessen hat, die eine Handvoll Zyankali in den Tee geworfen hat?«

»Also sitzen wir beide gut. Wie mag es vor sich gegangen sein, Jimmy?«

»Ganz einfach. Das Opfer las doch in einem Magazin, nicht wahr? Hat also nichts bemerkt.«

»Und der Grund zu der Tat?«

»Der Grund . . . Bloß, um zu beobachten, wie der Alte das trank und einging. Gibt ja allerlei merkwürdige Typen in so einer Stadt.«

»Wenn du Zyankali haben wolltest, meinst du, daß dir die Beschaffung schwerfallen würde?«

»Bestimmt nicht«, erwiderte Jimmy. »Es gibt keine Ware, die ich nicht kriegen könnte – vorausgesetzt, ich habe das Geld.«

»Hast du dir die Kellnerin angesehen, die Parsons damals bedient hat?«

Jimmy seufzte und blickte Bony mit den Augen eines gekränkten Hundes an. Er wies mit seiner Tasse nach einem Mädchen, das an einem der Tische in der Mitte bediente.

»Das ist sie«, sagte er. »Mit der gehe ich heute abend ins Kino.«

Verstohlen musterte Bony das Mächen.

»Meinen Glückwunsch«, murmelte er, und jetzt wurde Jimmy erst richtig ärgerlich.

»Vergeudete Zeit«, meinte er bissig. »Man überlasse die Jugend der Jugend. Ich bin achtunddreißig. Mein Typ trägt echte Perlen um den fetten Hals und Brillantringe an den dicken Fingern. Sie hat eine Alarmvorrichtung an der Tür und sicherlich auch welche an sämtlichen Hinterfenstern. Aber was bedeuten Alarmvorrichtungen, wenn die Liebe spricht?«

»Trugbilder, die im Zwielicht verschwinden«, antwortete Bony. »Deine Freundin sieht übrigens nicht gerade intelligent aus. Sie war verstockt, als Stillman sie verhörte. Stillman kennst du doch sicher?«

»Das größte zur Zeit lebende Wundertier auf dieser Welt.«

»Inwiefern?«

»Daß der Kerl so lange am Leben bleibt.«

»Hm. – Aber zurück zu deiner Freundin. Die läßt sich nicht drängen, vielleicht aber führen. Ein Mann und zwei Frauen haben hier an dem Nachmittag gesessen, als Parsons sein Magazin las und den Tee trank. Der Mann lebt nicht mehr, aber die zwei Frauen sind von Bedeutung. Die erste verließ das Lokal, ehe Parsons den vergifteten Tee zu sich nahm. Sie hätte das Gift hineintun können. Die zweite saß auch auf dem Platz, den ich jetzt innehabe, als Parsons trank und dann umfiel. Auch sie hätte Zyankali in seine Tasse schütten können. Über diese Frauen mußt du deine Freundin ausquetschen. Lenke ihr Gedächtnis auf sie zurück, auf ihr Alter, ihre Kleidung, ihr Benehmen.«

Jimmy ächzte.

»Gestern abend habe ich sie mit zum Boxkampf genommen. Und was tat sie? Futterte die ganze Zeit pausenlos Bonbons und drückte meine Hand wie einen Putzlappen. Und ein Gekicher! Die würde noch kichern mit einem Liter Zyankalilösung im Bauch! – Was gekomme ich als Lohn für die Qualen, die ich ausstehen muß?«

»Daß du die bei dem Buchmacher gestohlene Summe – seine unredlich erworbenen Gewinne – nicht zurückzugeben brauchst«, erwiderte Bony.

»Donnerkiel! Daran denken Sie noch immer?«

Bony nickte und goß sich Tee ein.

»Es gibt auch viele ehrliche Buchmacher«, sagte er. »Vielleicht wußtest du nicht, daß gerade der von dir beklaute ein Erpresser war?«

»Das weiß ich, aber es berührt mich nicht.«

Bony lächelte, wobei es Jimmy noch unbehaglicher wurde.

»Was die Dinger betrifft, die du hier gedreht hast – drei insgesamt, die dir an Bargeld und Werten 662 Pfund eingebracht haben –, so muß ich auf Rückerstattung bestehen. Sorge dafür, daß ich das Geld, sauber gebündelt, morgen zur selben Zeit hier in Empfang nehmen kann.«

Jimmy blickte böse in die Welt. Die blauen Augen, die ihn fixierten, verschwammen. An ihrer Stelle sah er ein geräumiges zweistöckiges Haus in der Argent Street, das für ihn ein ungewöhnlich lohnendes Ziel bildete. Was er jetzt offenbar an den ›Eintreiber‹ Bonaparte verlieren sollte, konnte er sich aus jenem zweistökkigen Haus zurückholen.

Er sagte gelassen: »Das ist ein ganzer Haufen Geld, Inspektor.«

»Du ›verdienst‹ ja wohl auch jedes Jahr einen anständigen Batzen, Jimmy.«

»So an die dreitausend Pfund durchschnittlich.«

»Und zahlst keine Einkommensteuer. Bist ein glücklicher Vogel.«

»Das bezweifle ich. All right, Sie sind mir über. Was soll ich weiter erledigen?«

»Dein Stil gefällt mir, Jimmy«, konzedierte Bony ihm großmütig. »Es tut mir, offen gesagt, leid, daß ich ihn dir manchmal verderben muß. Meine Ermittlungen in Sachen dieser Zyankalivergiftungen werden mich stark in Anspruch nehmen und werden dir bestimmt noch allerhand Spaß und Sport bringen. Freue dich, wenn du dich fernerhin noch von deinen Geschäften ausruhen kannst, und sorge dich nicht um die Zukunft. Du bist in Broken Hill der einzige Mensch, der sich in der Welt des Verbrechens durch und durch auskennt und – kein Polizist ist. Wer weiß – vielleicht brauche ich dich noch, ehe ich mit der Geschichte fertig bin, um in ein paar Häuser zu spähen. Kann sogar sein, daß ich dich bitten werde, auch die Schätze deiner charmanten Freundin zu inspizieren, die nach deinen Angaben ellenlange Perlenketten und dicke Brillantringe trägt. Der Betrag, den du dir damals an dem Samstagabend aus der Wohnung des Buchmachers geholt hast, war, wenn ich recht informiert bin, unter dreitausend Pfund.«

»Nein, ein bißchen höher«, korrigierte Jim.

»Soll mir egal sein. Machen wir das Spiel so?«

»Machen wir«, antwortete Jimmy der Schloßknacker vergnügt.

5

Nach dem Verlassen des Cafés schlug Bony den Weg zum Geschäft von Samuel Goldspink ein. Als er dort sah, daß die imposante Dame mit der Perlenkette keinen Kunden zu bedienen hatte, trat er zu ihr und zeigte seinen Ausweis. Noch bevor sie seinen Namen lesen konnte, hatte er sich in den hinteren Teil des Ladens begeben, wo er den Fußbodenbelag musterte.

Sie folgte ihm dorthin und fragte kühl: »Nun, Inspektor, was gibt's?«

Ihre dunkelbraunen Augen blitzten feindselig, ihr Mund bekam einen grimmigen Zug. Die Perlen erglänzten bei den vehementen Bewegungen des üppigen Busens, auf dem sie ruhten – ein Zeichen ihrer inneren Erregung.

»Ich darf wohl annehmen, daß Sie Mrs. Robinow sind«, sagte Bony, indem er die Augenbrauen ein wenig hochzog. Sie bejahte das durch leichtes Kopfneigen, ohne eine Miene zu verziehen. »Könnten wir uns einen Augenblick ungestört unterhalten?«

Sie führte ihn in einen Raum, der offensichtlich für Anproben diente, denn er enthielt einen großen Schneidertisch, mehrere Stühle und drei Wandspiegel. Dort forderte sie ihn auf, Platz zu nehmen.

»Mir ist die Aufklärung des Todes von Mr. Goldspink übertragen worden«, erklärte Bony. »Es gibt da –«

Mrs. Robinow unterbrach ihn, sie sprach in ihrer Wut sehr energisch.

»Ich denke nicht daran, Ihnen Fragen zu beantworten, und

möchte auch nicht, daß meine Mädchen ausgefragt werden, ohne daß mein Anwalt dabei ist. Sie können hier warten, während ich ihn anrufe.«

»Das würde doch nur unnötige Kosten verursachen«, sagte Bony, als sei er entsetzt über solchen Leichtsinn. »Ich sehe doch gewiß nicht wie ein Ungeheuer aus. Selbstverständlich können Sie machen, was Ihnen beliebt, aber weshalb es nicht erst mal mit mir probieren? Ich verdächtige doch weder Sie noch jemanden von Ihren Angestellten auch nur im geringsten, am Tod von Mr. Goldspink schuld zu sein.«

»Aber Inspektor Stillman ging davon aus«, erwiderte Mrs. Robinow. »Er hat mich fast bis zum Verrücktwerden geärgert und aus Mary Isaacs ein Nervenbündel gemacht. Ich will von der Sache nichts mehr wissen!«

»Inspektor Stillman!« rief Bony und ließ ein langgedehntes sehr bezeichnendes »Oh!« ertönen.

Mrs. Robinow, schon auf dem Weg zum Telefon, zögerte jetzt und drehte sich zu ihm um.

»Nun kann ich Ihre Haltung voll und ganz begreifen, Mrs. Robinow, und empfinde aufrichtig Sympathie für Sie«, fuhr Bony fort. »Bestimmt werden Sie rasch merken, daß ich kein Inspektor Stillman bin, und ich würde Sie gewiß nicht behelligen, wenn die Person, die Mr. Goldspink und Mr. Parsons vergiftet hat, schon verhaftet wäre. Davon kann leider noch nicht die Rede sein. All dieses Gefrage ist sehr unangenehm, das weiß ich wohl, aber Sie müssen verstehen: Es kann schließlich noch jemand auf dieselbe Weise vergiftet werden, und deshalb hoffe ich, daß mir jeder hilft, der dazu in der Lage ist. Bitte denken Sie nur nicht, daß Sie in mir einen zweiten Inspektor Stillman vor sich haben.«

Seine Stimme, die ruhige und bestimmte Art, in der er das aussprach, und sein sanftes Lächeln dämpften Mrs. Robinows Zorn.

»Das ist wirklich ein gräßlich brutaler Kerl!« rief sie. »Mit Sergeant Crome kommen wir gut zurecht, und Polizeidirektor Pavier benimmt sich stets wie ein Gentleman. Wir haben jedenfalls Mr. Goldspink nicht getötet, hier hatten alle ihn gern.«

»Das hat mir Sergeant Crome auch schon berichtet«, sagte Bony, um sie zu beruhigen, obgleich Crome nichts dergleichen erwähnt hatte. »Vor mir brauchen Sie keine Angst zu haben. Wir werden sicherlich fein miteinander auskommen, wenn Sie mir nur die Gelegenheit dazu geben. Das werden Sie doch, ja?«

Die Feindseligkeit war geschwunden.

»Also schön, Inspektor. Welche Fragen wollen Sie mir stellen?«

»Heute habe ich gar nicht die Absicht«, erwiderte er, »aber ich hätte gern einmal mit der Verkäuferin gesprochen, die die Kundin bediente, als Mr. Goldspink unwohl wurde. Mary Isaacs war das doch, wenn ich nicht irre?«

»Darf ich zugegen sein?«

»Wenn Sie es wünschen und das Gespräch nicht unterbrechen.«

»Ich weiß nicht recht ... Mir ist, als müßte ich dabeisein, weil Inspektor Stillman mir das Mädel fast verrückt gemacht hat. Ich werde sie holen.«

Bony bedankte sich bei Mrs. Robinow und schaute, als sie hinausgegangen war, in einen der hohen Spiegel, den Sitz seines Anzugs prüfend. Er schlenderte bis zur hinteren Wand des Raumes und ging, als Mrs. Robinow mit Mary Isaacs erschienen, ihnen zur Begrüßung entgegen.

»Nun kommen Sie mal her, wir setzen uns alle gemütlich hin«, sagte er in seinem sanftesten Ton. »Freue mich, Sie kennenzulernen, Miss Isaacs, und bin überzeugt, auch Sie werden nachher froh sein, mich kennengelernt zu haben.«

Er verstand es so einzurichten, daß sie im vollen Licht des Fensters saßen und er selbst halb im Schatten. Daß das Mädchen erst 18 Jahre alt war, wußte er bereits. Sie war hübsch, eine aufblühende Schönheit. Jetzt waren ihre dunklen Augen angstvoll geweitet, und ihre Lippen zitterten so, daß Bony bei sich dachte, was für ein wirklich dummer Kerl doch Stillman sein mußte, wenn er glaubte, bei solchen Frauen mit Methoden zum Erfolg zu kommen, die vielleicht angebracht waren beim Verhör von Banditen und Gewaltverbrechern.

Er sprach langsam, begütigend, erzählte ihnen, daß er aus Brisbane käme, erwähnte seine Frau und berichtete stolz von seinen Söhnen. Besonders betonte er dann, wie wichtig es sei, denjenigen zu fassen, der Sam Goldspink getötet hatte, und unterstrich, es sei ja hirnverbrannt, wenn jemand sich einbilde, sie, die Damen hier im Geschäft, könnten irgend etwas mit Mord zu tun haben. Allmählich wich der furchtsame Ausdruck aus den Augen des Mädchens, und das Zittern ihrer Lippen hörte auf.

»Nur ganz ungezwungen sein, Miss Isaacs, und den Gedanken freien Lauf lassen«, sagte Bony lächelnd. »Ich habe Ihre Aussagen vor Sergeant Crome und dem anderen Beamten, diesem Grobian, gelesen, und es tut mir leid, daß ich dies alles, was ja für Sie sicherlich wie ein böser Traum ist, nochmals aufrühren muß.«

»Sie brauchen nicht Sergeant Crome mit Inspektor Stillman auf eine Stufe zu stellen«, entgegnete Mary Isaacs voll Wärme, »Sergeant Crome ist ja so nett! Und auch seine Frau. Sie wohnen in unserer Straße.«

»Aha! Also bekomme ich einen Rüffel!«

Sein lustiges Kichern gewann ihm mehr Boden, als er gedacht hatte. Mrs. Robinow, die jetzt an ihre Pflichten im Laden dachte, erhob sich und sagte freundlich: »Ich muß gehen. Hören Sie schön zu, was der Inspektor wissen möchte, und geben Sie ihm Auskunft, so gut Sie können, ja?«

Sie lächelte Mary ermunternd zu.

»Nun erzählen Sie mir mal von Mr. Goldspink«, forderte Bony die Verkäuferin auf. »Ich weiß nur, daß er untersetzt war und ein wenig korpulent, einen Bart und noch nicht ganz graues Haar hatte. Trug er übrigens eine Brille?«

»Nur beim Lesen oder Schreiben«, erwiderte Mary. »Dann blickte er durch die Gläser wie durch ein Fernrohr. Die Brille steckte er immer in die oberste Westentasche. Er ging so robust mit ihr um, daß man sich wundern mußte, wie sie das aushielt.«

»Er soll sehr beweglich und schnell entschlossen gewesen sein.«

»Ja. Körperlich und geistig beweglich.«

»Hat er seine Brille überhaupt einmal aufgesetzt, während Sie die Kundin mit den Taschentüchern bedienten?«

Die dunklen Augen zogen sich nachdenklich zusammen. Bony wartete geduldig.

»Ich kann mich nicht erinnern«, sagte sie. »Ich –«

»Na gut, versuchen Sie's nicht weiter«, fiel er gleich ein. »Ich möchte nicht, daß Sie Ihr Gedächtnis zwingen. Der menschliche Geist ist nämlich eine sonderbare Einrichtung. Das Gehirn speichert eine Menge auf und hat die Absicht, das meiste zu bewahren. Ich habe oft die Erfahrung gemacht, daß ich mein Gedächtnis am besten durch einen Trick zum Funktionieren bringen kann. Ich sage ihm einfach: ›Na, wenn du mürrisch sein willst, sei es meinetwegen!‹ Und dann fällt mir auf einmal, wenn ich an etwas ganz anderes denke, das ein, woran ich mich erinnern wollte. – Nun erzählen Sie mir bitte, wie das tägliche Leben im Laden verlief, als Mr. Goldspink noch hier war.«

Jeden Morgen um acht Uhr, berichtete sie, erschien zuerst ein Lehrling zur Arbeit, der unter Aufsicht von Mr. Goldspink den Fußboden mit feuchtem Sägemehl bestreute und dieses zu Haufen zusammenfegte, die sorgfältig entfernt wurden.

In einer alten braunen Samtjacke pflegte Goldspink selbst die Ladentische und Stühle abzustauben, und er war, wenn um neun Uhr die Verkäuferinnen kamen, beim Abnehmen der Tücher, die zum Schutz gegen Staub hier und da über die verschiedenen Waren gebreitet wurden. Nachdem er die Ladentür geöffnet hatte, konnte er mit der Kassiererin das Wechselgeld durchzählen. Die Kassiererin! Sie hatte ein kleines verglastes Abteil, das erhöht in einen Winkel des Ladens gebaut war. O ja, sie konnte von da alles, was im Laden geschah, beobachten.

Bis zehn Uhr kamen nur wenige Kunden, aber die Verkäuferinnen hatten genug zu tun, ihre Lagerbestände zu überprüfen, während Mr. Goldspink frühstückte und sich in seinen Empfangsanzug kleidete: einen Gehrock mit schwarzen Beinkleidern. Ja, ganz recht, eine Weste hatte er stets getragen, eine weiße oder farbige helle Phantasieweste. Und alle waren ein bißchen fleckig. Der Gehrock war alt, aber noch ganz präsentabel, die schwarzen Hosen hätten bessere Bügelfalten haben sollen, doch Mrs. Robinow hatte so schon genug zu tun. Die Schuhe putzte der Lehrling; sie wirkten bei Goldspink stets ein bißchen zu groß, aber er bevorzugte bequemes Schuhwerk, weil er den ganzen Tag auf den Beinen war.

Diese Einzelheiten waren Bony größtenteils schon bekannt, doch er hörte gemütlich zu, nickte verständnisinnig und malte sich in Gedanken das Bild eines älteren Kaufmanns in seinem Geschäft aus. In keinem der zahlreichen Protokolle, die er durchgelesen hatte, war der verglaste Raum der Kassiererin erwähnt, der Ausblick über den ganzen Laden bot, und die Kassiererin selbst war noch gar nicht vernommen worden.

»Man hat mir berichtet, er habe sich an seinem letzten Lebenstage gesundheitlich durchaus wohl gefühlt«, murmelte Bony, um mehr zu erfahren.

»Ja, gewiß, Inspektor. Ich habe ihn überhaupt nie krank gesehen.«

»Rauchte er?«

»Ist mir nie aufgefallen«, antwortete Mary Isaacs. »Könnte sein. Ich habe gelegentlich gesehen, daß er eine Salmiakpastille in den Mund steckte, und manchmal hat er den Mädels die Leviten gelesen, wenn sie während der Mittagspause zuviel rauchten.«

»Vermutlich haben die Angestellten einen eigenen Eßraum?«

»Ja. Das Essen bereitete immer Mrs. Robinow zu. Sie macht's ja auch jetzt noch.«

»Litt Mr. Goldspink an einem unangenehmen Husten?«

»Nein.«

»Oder pflegte er sich laut zu räuspern, gewohnheitsmäßig?«

»O nein, so etwas hat er nie getan. Er hatte keine schlechten Angewohnheiten und war immer freundlich – zu uns wie zu den Kunden. Sehr nett war er auch, wenn eins von den Mädels mal krank wurde. Die schickte er dann in einem Taxi nach Hause. Und für besonders gute Verkäufe bezahlte er stets Prämien.«

»Hm. Ich darf sagen, Miss Isaacs, wir beide kommen doch prima miteinander aus«, bemerkte Bony, indem er aufstand und an den großen Zuschneidetisch ging. »Lassen Sie uns mal ›Laden‹ spielen.« Er hob mit einer eleganten Bewegung eine Schaufensterpuppe neben den Tisch. »Kommen Sie, stellen Sie sich auf die andere Seite und bedienen Sie die Puppe mit Taschentüchern. Ich werde als Mr. Goldspink fungieren.«

Ein wenig zögernd ging Mary auf den Vorschlag ein, aber bald machte sie große Augen, als Bony das Intermezzo einleitete.

»Diese Sorte können wir empfehlen, gnädige Frau. Seit dem Krieg noch nicht wieder zu haben gewesen. Feinstes irisches Leinen, rasengebleicht, allerbeste Qualität. Das schönste Leinen haben wir immer aus Irland bezogen, und besseres bekommen Sie in Broken Hill sowieso nicht. Auch in Adelaide nicht. Sehen Sie nur mal, wie sauber das gewebt ist.«

Er wandte sich von der Puppe ab, die er angesprochen hatte, sagte: »Danke schön, Miss«, zog rasch ein Kuvert aus der Tasche, machte es hohl, um eine Tasse mit Untertasse zu markieren, und legte es rechts von sich auf den ›Ladentisch‹. Mary Isaacs fragte er: »Hatte Mr. Goldspink die Tasse ungefähr so hingestellt?«

Mary rückte das Kuvert ein Stückchen weiter, bis es unmittelbar vor Bony lag und knapp dreiviertel Meter von der Puppe entfernt.

Bony sprach weiter: »Ja, teuer ist die Ware wohl, aber heutzutage sind ja alle Preise gestiegen. Man muß beim Einkaufen sorgsam wählen. – Schön, also dann vielleicht etwas Billigeres. Miss, zeigen Sie der Dame mal die neue Sorte von den australischen Taschentüchern.«

Jetzt erlebte die Verkäuferin die damalige Szene bewußt noch einmal. Fast gegen ihren Willen drehte sie sich von dem markierten Ladentisch nach den gedachten Regalen im Hintergrund um und tat, als nähme sie Kartons mit Taschentüchern herunter, machte die Bewegung wie sonst beim Öffnen der Kartons und breitete den Inhalt zur Ansicht aus. Bony hatte sich inzwischen ein wenig von der Kundin abgewandt und zum Inneren des gedachten Ladens gedreht.

Das junge Mädchen sagte: »Die sind doch hübsch, gnädige Frau. Ist der Spitzensaum nicht einfach süß?«

»Danke schön, Miss Isaacs«, unterbrach Bony. »Ausgezeichnet!

Entsprach das ganz dem Vorgang von neulich? Hatte Mr. Goldspink Sie aufgefordert, noch mehr Taschentücher anzubieten?«

»Ja, das hat er.«

»Und als Sie sich von den Regalen wieder umwandten, stand er da so wie ich jetzt, halb von Ihnen wegblickend?«

»Ja. Jetzt weiß ich's wieder. So stand er.«

»Und die Teetasse stand noch genau dort auf dem Ladentisch, wo das Kuvert liegt?«

»Gewiß. Er nahm sie erst in die Hand, als die Kundin gegangen war.«

»Und die hatte, als Sie sich zu ihr wieder umdrehten, so gestanden wie die Schaufensterpuppe hier?«

»Ja.«

»Und was tat sie?«

Als Crome früher diese Frage unvermittelt an sie gerichtet hatte, war sie nicht fähig gewesen, sich zu erinnern. Und als Stillman sie förmlich angefletscht hatte, schien ihr Gedächtnis wie eingefroren. Doch jetzt antwortete sie ohne Zögern, ganz natürlich: »Suchte in ihrer Handtasche nach dem Portemonnaie. Sie kaufte drei Taschentücher und bezahlte den genauen Betrag.«

»Nahm sie das Geld zum Bezahlen aus dem Portemonnaie?«

»Ich glaube, nicht. Nein, das tat sie nicht, sie hatte das Geld schon in der Hand.«

»In welcher Hand?«

»In welcher? In . . . in der linken.«

»Also der, die von der Teetasse am weitesten entfernt war, nicht wahr?«

»Ja.«

»Wie hoch war der Betrag, den sie zahlen mußte? Wissen Sie das noch?«

»Zehn Schilling. Sie bezahlte mit einer Zehnschillingnote.«

»Schön, Miss Isaacs, ich danke Ihnen sehr«, sagte Bony, aufrichtig erfreut. »Kommen Sie, setzen Sie sich wieder, ich werde Sie nicht mehr weiter langweilen.«

Sie nahmen Platz, und Mary erklärte, sie fände das durchaus nicht langweilig.

»Eins wüßte ich gern noch: ob Sie die Frau wiedererkennen würden?« fuhr Bony fort.

Das Mädchen schüttelte den Kopf.

»Nach Ihrer bisherigen Darstellung wissen wir, daß sie nicht so groß war wie Mrs. Robinow und nicht so klein wie . . . also – nicht klein. Eine nicht mehr ganz junge Frau war es. Sie sagten doch, größer als Mr. Goldspink, nicht wahr?«

»Ja, größer als er. Wenn ich jetzt schärfer nachdenke: Sie schien sich ein bißchen krumm zu halten. Mich hat sie angeschaut, wie Leute es tun, die über den Rand ihrer Brille blicken; aber sie trug keine, das weiß ich genau.

Ich kann aber nicht – nein, genau angesehen habe ich sie mir nicht, Inspektor. An dem Tag habe ich siebenunddreißig Kundinnen bedient, das weist mein Kassenblock aus.«

»Siebenunddreißig!« rief Bony. »O je, wenn ich siebenunddreißig Leute bedient hätte, wüßte ich Männer und Frauen und Känguruhs nicht mehr zu unterscheiden. – Die Frau trug ein graues Kostüm, nicht wahr?«

»Ich glaube, ja. Ihr Hut war grau oder mit Grau verarbeitet. Ich habe versucht, sie mir wieder vorzustellen, Inspektor, aber es will mir nicht gelingen. Sogar im Bett, im Dunkeln, habe ich versucht, mich an ihr Gesicht zu erinnern. Ich habe wirklich –«

»Geben Sie mir ein Versprechen – wollen Sie das?«

»Ja«, stimmte Mary zu.

»Lassen Sie die gewaltsamen Versuche, sich zu erinnern. Einverstanden?«

»Aber Sie wollen doch, daß ich mich erinnere?« fragte sie erstaunt.

»Das wohl, aber nicht mit aller Gewalt. Wenn Sie aufhören, es zu wollen, kommt die Erinnerung von selbst. Also nicht mehr daran denken.«

»Ja, aber –«

»Sie haben's mir versprochen.«

Die dunklen Augen schimmerten. Einen Moment dachte Bony, sie würde weinen, deshalb fragte er gleich: »Sie haben sicher einen Freund?«

Dieser plötzliche Wechsel des Themas wendete die Gefahr ab; das Mädchen errötete, was ihr reizend stand, und bejahte seine Frage.

»Was ist er von Beruf?« fragte Bony weiter, um sie allmählich wieder ins Gleichgewicht zu bringen.

»Er arbeitet in dem Kolonialwarengeschäft von Metter, hofft aber, die Stellung später aufgeben zu können, um Maler zu werden. Er studiert nämlich auf der Kunstschule und versteht seine Sache sehr gut. Manchmal wird er zu Konzerten geholt, um zwischendurch Schnellzeichnungen zu machen.«

»Maler? Was Sie nicht sagen!« Bony blickte über Marys Kopf durchs Fenster. »Meinen Sie, daß er uns behilflich sein würde?«

»Er ... ich denke doch. Wenn ich ihn darum bitte.«

»Würde er auch zu mir ins Hotel kommen – ins ›Western Mail‹ –, heute abend so um acht?«

Ihr Kinn schob sich ein klein wenig vor.

»Dafür werde ich sorgen, Inspektor.«

6

Als Bony am nächsten Morgen in seinem Büro arbeitete, wurde er am Telefon verlangt. Es war Polizeidirektor Pavier.

»Morgen, Bonaparte! Würden Sie ein paar Minuten zu mir kommen! Möchte mit Ihnen sprechen.«

»Ja, ist recht. Was Neues?«

»Nein.«

»Kann ich Crome mitbringen?«

»Sicher.«

Bony seufzte und drehte sich nachdenklich eine Zigarette. Falls Pavier schon so früh Resultate haben will und sich auch als so ein ›Boss‹ entpuppt, der täglich Bericht über die Fortschritte verlangt, dann muß ich fest bleiben, sagte sich Bony. Er zündete die Zigarette an und klopfte an die Wand hinter seinem Stuhl. Er hörte, wie Crome drüben seinen Stuhl zurückschob, und sogleich stand der Sergeant vor ihm am Schreibtisch.

»Der Chef will uns sprechen«, erklärte Bony. »Haben Sie festgestellt, wer Goldspink und Parsons ermordet hat?«

Crome wollte lächeln, doch seine Heiterkeit verflog sofort.

»Manchmal verlangt er sehr viel«, sagte er, »aber ich zerbreche mir darüber nicht mehr den Kopf. Eine von den Mädels tippt gerade den Bericht über Ihre Vernehmung der Kassiererin von Goldspink. Wollen Sie das mit ’reinnehmen?«

»Nein, kommen Sie nur.«

Bony ging Crome voran durch den Korridor, dann links durch einen Quergang und durch das Wachlokal in das Zimmer, in dem die Sekretärin des Direktors saß. Er lächelte ihr zu, ging an die Tür zu Paviers Zimmer und trat ein, ohne anzuklopfen. Crome schloß die Tür.

»Ah! Setzen Sie sich, Bonaparte. Und Sie auch, Crome.«

Der Polizeidirektor wies auf die Stühle. Was er denken mochte, verbarg er hinter einer maskenhaften Miene, auch seine Stimme verriet nichts. Unter dem weißen Haar wirkte die Haut seines langen Gesichts beinah farblos.

»Na, wie sind Sie vorangekommen, Bonaparte?«

»Oh, so einigermaßen«, antwortete Bony. »Ich habe die von Sergeant Crome geschaffenen und durch Inspektor Stillman ruinierten Grundlagen studiert. Habe bereits mit einem weiteren Zyankalimord gerechnet, doch bisher ist nichts dergleichen gemeldet worden. Immerhin hege ich Hoffnungen.«

Das erschütterte den Polizeidirektor sichtlich.

»Ich muß Sie wohl mißverstanden haben, Bonaparte«, sagte er kalt. »Wir dürfen es unter gar keinen Umständen dahin kommen lassen, daß in Broken Hill noch so ein Fall passiert!«

»Und ich sehe keinen Weg, wie das vermieden werden kann«, entgegnete Bony. »Eine gelungene Mordtat gebiert wieder eine, und die zweite wird die dritte nach sich ziehen. Ich war, als die erste passierte, nicht hier, auch nicht, als die zweite begangen wurde. Inzwischen habe ich mich in großen Zügen über die Geschehnisse orientieren müssen und hatte dazu eine ganz gutes Resümee von Sergeant Crome sowie Zeugen, deren Erinnerungsfähigkeiten vernebelt worden sind durch einen Erzdämlack, einen in seiner Winzigkeit sich blähenden Pseudodiktator, diesen eingebildeten Hohlkopf, der aufgestiegen ist bis zur Stellung eines – Aber was hat das für Sinn? Sie sagen, Sie könnten einen dritten Giftmord in Broken Hill nicht zulassen. Das hätten Sie schon vor dem zweiten sagen sollen, aber er ist geschehen. Und Sie werden einen dritten haben, weil alle etwa vorhanden gewesenen Spuren der ersten beiden so gut wie ausgelöscht sind von den tolpatschigen Füßen des großartigen Inspektors Stillman.«

Polizeidirektor Pavier hörte mit geschlossenen Augen zu.

»An den beiden Opfern bin ich nur insofern interessiert, als ihre Leichen die Folgen der Verbrechen sind – zwei Tote bisher und ein dritter wahrscheinlich schon in Kürze.«

Bony schwieg; Crome, der die Luft angehalten hatte, atmete hörbar aus.

Pavier öffnete die Augen, sein Gesicht blieb ausdruckslos und seine Stimme monoton, als er sagte: »Mir scheint, Sie haben mich doch mißverstanden, Bonaparte. Als leitender Beamter hier stehe ich im Dienst der Öffentlichkeit und bin daher nicht unabhängig. So ist mein dringender Wunsch, daß ein dritter Mord verhindert wird, wohl zu begreifen.«

»Das gebe ich zu, Sir, gewiß. Und wenn ich dagegen erkläre, daß ich mich von der sogenannten öffentlichen Meinung nicht beeinflussen lasse und das Gerede der Leute mir völlig schnuppe ist, ich aber meine ganzen Fähigkeiten zum Aufspüren von Mördern einsetze, dann gibt es wohl auf beiden Seiten kein Mißverstehen mehr.

In der Tat freut es mich, daß Sie uns heute morgen zur Besprechung zitiert haben. Sie werden nun Einblick in unser Problem gewinnen, und ich hoffe, Sie werden darüber nach Sydney berichten, mit dem Zusatz, man möge, falls hier ein dritter Mord passiert, ein vierter oder sogar ein siebenter, sich Zurückhaltung auferlegen und keinen der dortigen sogenannten Kriminalbeamten herschicken.

Erstens wollen wir einmal die Szenerie betrachten, in der die Taten begangen wurden. Eine Stadt tief im Binnenland, enorm reich geworden durch den Bedarf der Welt an Silber, Blei und sonstigen nützlichen Metallen. Sie haben hier keine Gangster, keine Gewohnheitsverbrecher, keine Unterwelt.

Zweitens: Was für ein Typ mag der Mörder sein, der Zyankali in Teetassen streut? Sicher ein Mensch, der weder spielt noch sonst kostspielige Laster hat. Er ist weder ein Einbrecher noch ein Bandit, auch kein Sexualverbrecher im eigentlichen Sinn des Wortes. Sein Motiv ist weder Gewinnsucht noch Eifersucht oder sonst eines der üblichen. Hier in Broken Hill gibt es einen Menschen, den Motive treiben, die auf einen Halbirren schließen lassen.

Drittens betrachten wir die zwei bereits geschehenen Morde. Über die Opfer wissen wir wenig. Wir wissen, daß beide unverheiratet, beide in vorgerückten Jahren und beide körperlich stark gebaut waren. Können wir behaupten, daß die Person, die sie umgebracht hat, in einem krankhaften Haß gegen Junggesellen oder ältere oder dicke Männer handelte? Bisher können wir das nicht.

Und betrachten wir schließlich den mit der Sache befaßten Kriminalbeamten. Er erscheint auf dem Schauplatz genau acht Wochen nach der zweiten Mordtat. Man gibt ihm für den Beginn seiner Ermittlungstätigkeit keinerlei wertvolle Fingerzeige, sondern nur einen Wust widerspruchsvoller Berichte mit vielen wirklichkeitsfremden Theorien. Er muß unnatürlich höflich umgehen mit Zeugen, die man vorher bis zur Weißglut geärgert hat, und ist gezwungen, auf die Beschäftigung mit diesen Zeugen, die schon von Nutzen hätten sein können, Zeit zu verschwenden. Um sie zum Vorteil der Sache zu gewinnen, muß er raffinierte Psychologie anwenden. Läßt man ihm Zeit genug, so kann er vielleicht alle bisherigen Fehlschläge der Polizei dadurch wettmachen, daß er den Mörder schließlich zur Strecke bringt. Ich glaube nicht, daß man ihm die Zeit läßt, einem dritten Mord vorzubeugen, aber das ist dann nicht sein Fehler und kann ihm nicht zur Last gelegt werden.«

Die ruhige, klare Stimme verstummte. Pavier warf Crome einen Blick zu, doch der Sergeant starrte unentwegt auf seine Schuhe. Der Direktor war weniger über Bonys Worte bestürzt als über die Erkenntnis, daß er vollkommen recht hatte. Er erkannte, wie falsch es wäre, diesen Mischling als Untergebenen zu behandeln, und besaß auch genug Verstand, um zu erkennen, wo die Grenzen seiner eigenen Fähigkeiten und der Cromes lagen.

»Well«, sagte er, »ich hatte wenigstens auf einen kleinen Brokken gehofft, aber es sieht ja aus, als müßte ich noch hungern.« Nach einer Pause erlaubte er sich die Andeutung eines Lächelns, das rasch wieder verflog. »Meine persönliche Meinung ist, daß, falls eine dritte Mordtat geschieht, die Empörung der Einwohnerschaft bedenkliche Ausmaße erreichen wird.«

»Dann darf die Öffentlichkeit eben nichts davon erfahren«, versetzte Bony gelassen.

»Nichts erfahren!« platzte Crome los. »Zum Donnerwetter, wie wollen Sie verhindern, daß man es in der Stadt erfährt?«

»Es gibt schon Mittel und Wege, Crome. Immer hübsch der Reihe nach, der dritte Mord ist ja noch nicht verübt worden.« Bony blickte nach der Wanduhr. »Zwölf Uhr zehn, ich muß gleich mit jemandem über ein Bild sprechen. Da müssen Sie mich schon entschuldigen, Sir. Ich bin nämlich auch Gönner künstlerisch schaffender Menschen – unter anderem.«

Crome stand steif da, er wartete auf das Zeichen, daß sie gehen könnten. Pavier zuckte die Achseln. Bony lächelte ihn an, ging zur Tür und schritt ohne den Sergeanten hinaus. Pavier starrte Crome an und wiederholte die resignierte Bewegung.

»Das einzige, worauf wir uns fest stützen können, Bill, ist der gute Ruf dieses Burschen. Sie dürfen sich empfehlen.«

Bony ging ins Wachlokal und fragte den diensthabenden Polizisten, ob nicht schon ein Mr. Mills auf ihn warte. Der Beamte rief laut den Namen; ein junger Mann, der auf einer Holzbank gesessen hatte, erhob sich und kam näher. Bony tauchte unter der Klappe am Ende des langen Tisches hindurch, um ihn zu begrüßen.

»Tut mir leid, aber ich konnte Sie gestern abend nicht in Ihrem Hotel aufsuchen, Inspektor«, sagte der junge Mann nervös, doch Bony erwiderte gleich, das schade gar nichts – Mary habe ihm schon telefonisch von der Erkrankung seiner Mutter erzählt, der es hoffentlich schon wieder besser ginge.

»Kommen Sie mit in mein Büro, lange werde ich Sie nicht aufhalten.«

Er ließ Mills im Besuchersessel Platz nehmen und brachte ein Päckchen Zigaretten zum Vorschein. Der blonde junge Mann war wohl kaum älter als neunzehn, ein frischer Mensch mit wachem Blick und, wie Bony sogleich erfahren sollte, auch bescheiden.

»Sehr entgegenkommend von Ihnen«, begann er, »daß Sie extra zu mir kommen, Mr. Mills, nachdem ein Beamter, dessen Name nicht wert ist, noch genannt zu werden, bei Miss Mary einen so schlechten Eindruck hinterlassen hat. Miss Mary erzählte mir, daß sie Blitzzeichner sind. Würden Sie für mich vertraulich eine Arbeit ausführen?«

»Ja, sogar gern«, antwortete Mills. »Ich hoffe, daß Mary mein Können nicht übertrieben hat, denn ich muß noch viel lernen und habe noch ein tüchtiges Studium vor mir. Wenn ich Ihnen helfen kann, werde ich mir die größte Mühe geben.«

»Vielleicht werden Sie mit der Arbeit nur wenig Geld verdienen«, warnte ihn Bony, »aber sie könnte zu einer ganz wertvollen Reklame für Sie werden. Ich bin auf der Jagd nach der Person, die den alten Goldspink vergiftet hat und die niemand, nicht einmal Ihre liebe Mary, ausreichend zu beschreiben vermag. Wir wollen davon ausgehen, daß es eine Frau sein könnte, dürfen jedoch nach außen nichts verlauten lassen. Einverstanden?«

»Aber selbstverständlich, Sir.«

»Gut. Nehmen Sie dieses Blatt Papier und zeichnen Sie mich.«

Mills holte aus der vorderen Brusttasche seine eigenen Zeichenstifte und studierte, die Bleistiftspitze dicht über dem Papier, aufmerksam forschend Bonys Gesicht. Und dann arbeitete sein Stift, während er wohl nur eine Sekunde nochmals aufblickte, mit unerhörter Schnelligkeit. Schon gab er Bony das Papier zurück. Der betrachtete es bewundernd und verstaute es sorgfältig in einem Schubfach, sofort entschlossen, es rahmen zu lassen und zu Hause in sein Arbeitszimmer zu hängen.

»Ich beneide Sie um Ihr Talent, Mr. Mills«, sagte er in ehrlicher Überzeugung. »Haben Sie auch farbige Bilder gemacht – oder wie muß ich das ausdrücken?«

»Aquarelle, ja. Darauf will ich mich jetzt spezialisieren.«

»Ausgezeichnet! Also: Ich habe hier die Beschreibung einer Frau, die von Ihrer Mary an dem Nachmittag bedient wurde, als Goldspink dem Gift zum Opfer fiel. Die Beschreibung bekam ich teilweise von Mary und teilweise von der Kassiererin. Sonst kann niemand aus dem Laden uns helfen. In den Einzelheiten sind die Angaben unklar und unvollständig. Ich hoffe, daß Sie in der Lage sind, nach diesen unvollkommenen Einzelheiten ein einigermaßen ähnliches Bild der Frau zu entwerfen. Sie werden Ihre Phantasie anwenden und vielleicht zwei oder sogar drei Bilder zeichnen müssen, um es bestimmten Leuten, die sie nachher betrachten – auch Mary –, leichter zu machen, die gesuchte Frau wiederzuerkennen. Wollen Sie das probieren?«

»Natürlich. Welche Besonderheiten kennen Sie?«

»Die Frau trug ein graues Kostüm und einen grauen Filzhut mit einer großen Krempe vorn. Der Hut hatte ein blaßblaues Band.«

Bony wartete, bis Mills sich diese Merkmale notiert hatte, ehe er fortfuhr: »Das Gesicht der Frau war weder hager noch dick. Sie schien nur mittelgroß, war aber, da sie ein wenig gebeugt ging, vielleicht überdurchschnittlich groß. Eine Eigenart von ihr war, daß sie den Kopf gesenkt hielt und halb von unten heraufblickte, als sei sie gewöhnt, über den Rand einer Brille zu schauen. Zeichnen Sie sie bitte mit und ohne Brille, ja?«

»Das ist nicht gerade viel als Grundlage«, bemerkte Mills, von seinen Notizen aufblickend.

»Ganz richtig, aber tun Sie mit dem, was Sie haben, Ihr Bestes. Bringen Sie mir mehr als ein Bild in ganzer Figur und außerdem eine Reihe von Zeichnungen vom Gesicht – frontal und im Profil. Vielleicht gelingt Ihnen der Typ so deutlich, daß wir die Frau danach identifizieren können.«

»Schön. Ich werde alles noch heute abend zeichnen, Sir, und Sie sollen die Bilder gleich morgen früh haben.«

»Vielen Dank, Mr. Mills. Bitte tun Sie mir noch einen Gefallen: Lassen Sie nicht Mary die Bilder sehen, denn das werde ich übernehmen, klar?«

»Natürlich. Ich werde die Zeichnungen morgen früh gegen acht hier für Sie abgeben. Freut mich, Ihnen nützlich sein zu können. Gräßliche Geschichten, diese Vergiftungen.«

»Abscheulich.« Bony stand auf und begleitete den jungen Mann bis in den vorderen Dienstraum. »Und zu keinem Menschen ein Wort darüber – nicht vergessen!«

»Seien Sie ganz beruhigt, Inspektor«, verabschiedete sich Mills.

Wie aus dem Nichts erschien Luke Pavier und legte Bony die Hand auf den Arm.

»Noch kein plötzlicher Lichtblick, Mr. Freund?« fragte er, und schon kam der diensthabende Wachtmeister näher. Bony lächelte und führte den Reporter zu der für das Publikum bestimmten Bank, wo er ihn aufforderte, mit ihm Platz zu nehmen.

»Hätten Sie Lust, auf meiner Seite mitzumachen?« fragte er ihn.

»Klar. Ich tue mit jedem mit, der auch mir etwas zukommen läßt.«

Bony blickte Luke, den Sohn von Louis Pavier, forschend an. »Alles in Ordnung. Die Leitung habe ich. Dafür haben Sie mein Wort, daß Ihnen, wenn Sie entsprechend mitwirken, die Gelegenheit gegeben wird, bei der Verhaftung des Mörders zugegen zu sein. Es ist freilich möglich, daß ich viel von Ihnen verlange.«

»Ist mir recht, Mr. Freund.«

»Gut. Wollen Sie heute abend mit mir essen?«

»Ich pflege aber beim Essen zu trinken – eine ganz schöne Portion.«

»Um sechs also. In meinem Hotel.«

Sie trennten sich; Bony ging in sein Büro zurück und bestellte sich telefonisch etwas zu Mittag. Er arbeitete bis vier Uhr und ging dann durch die Argent Street zum Café Favalora, wo er in Gesellschaft von Jimmy dem Schloßknacker mit Genuß geröstetes Rosinenbrot zum Tee verzehrte. Um fünf Uhr war er wieder im Polizeigebäude und platzte förmlich in Paviers Zimmer.

»Hoffte, Sie vor Dienstschluß noch anzutreffen, Sir«, sagte er, indem er sich in einen Sessel gleiten ließ und ein kleines Päckchen liebevoll streichelte. »Habe oft gefunden, daß es klug ist, den Geist von der schwereren Arbeit abzulenken und ihm Ruhe zu geben, indem man sich einer kleineren widmet. So eine Art Sonderurlaub fürs Gehirn. Hatte das Gefühl, etwas tun zu müssen, dieweil ich auf den vermutlich unabwendbaren dritten Zyankalimord warte. Sie haben doch nichts dagegen?«

Pavier konnte ihn nur sprachlos anstarren.

»Am zehnten November vorigen Jahres wurden der Frau eines Bergwerksdirektors Schmucksachen entwendet, deren Wert sie auf 65 Pfund beziffert«, fuhr Bony fort. »Der Wirt von ›Goldgräbers Ruh‹ hat angegeben, daß aus seinem Geldschrank in der Nacht zum zweiten Dezember 417 Pfund gestohlen wurden, und eine Frau, Besitzerin von Rennpferden, mußte am neunten Januar den Verlust von 180 Pfund feststellen, die sie in ihrer Uhr auf dem Kaminsims versteckt hatte.

Diese Diebstähle sind nicht aufgeklärt worden, wie Crome mir gesagt hat. So etwas darf nicht sein, Sir. Das ermutigt doch nur zu weiteren Einbrüchen. Ich habe hier die Summe von 662 Pfund, durch die die genannten Verluste wieder wettgemacht sind. Sie werden diese Sache vielleicht für mich regeln?«

Pavier nahm das Päckchen, schlitzte das Papier mit einem Brieföffner auf, und zum Vorschein kamen dicke Bündel von Banknoten.

»Eine Verhaftung vornehmen, meinen Sie?« fragte er ruhig.

»O nein! Das brächte ich nicht fertig. Verhafte nie einen freundlichen Helfer.«

»Wollen Sie mir eine Gefälligkeit erweisen?«

»Selbstverständlich.«

»Kommen Sie heute mit mir nach Hause zum Abendessen, damit ich Ihnen umgeschminkt, auf meine Art, sagen kann, wie sehr ich Sie zu schätzen weiß, zum Donnerwetter!«

»Ein andermal, Mr. Pavier, heute abend esse ich mit Ihrem Sohn.«

7

Der Schreibtisch war mit Zeichnungen von Frauen bedeckt, darunter drei farbige Ganzbilder von einer Frau in grauem Kostüm und mit einem grauen Hut. Das Gesicht war auf allen Bildern verschieden. Mehrere große Bogen zeigten je fünf, sechs weibliche Köpfe aus verschiedenen Blickwinkeln, ein paar Gesichter mit Brille und viele, bei denen die Augen über die Brillengläser lugten. David Mills hatte seine Sache vorzüglich gemacht, und Bony freute sich, daß in allen Skizzen ungefähr das Alter der als Giftmörderin vielleicht in Frage kommenden Person deutlich wurde.

Er konnte auf drei junge Mädchen rechnen, die sich beim Anblick dieser Bilder an eine ganz bestimmte Frau erinnern mochten, nämlich Mary Isaacs, die Kassiererin im Laden und die Kellnerin im Café Favalora. Wenn eine von den dreien sagen würde: ›Dieses Bild – oder das da – gleicht der Frau‹, dann konnte die gesamte Polizei zur Fahndung nach ihr eingesetzt werden.

Es war ein Viertel vor zehn. Bony rief die Zentrale an und bat um Verbindung mit Direktor Paviers Sekretärin. Und sofort sagte eine ihm fremde Stimme: »Polizeiassistentin Lodding.«

»Ah, Miss Lodding!« rief Bony und nannte seinen Namen und Rang. »Ich bin Ihnen noch nicht vorgestellt worden. Wie ich hörte, waren Sie wegen Erkrankung vom Dienst beurlaubt. Darf ich mal rüberkommen und mich mit Ihnen unterhalten?«

»Ja, Sir.«

Mit einem amüsierten Lächeln legte Bony den Hörer auf. Sachlich kühl hatte die Stimme geklungen, fast so, wie Pavier sprach.

Während er an Cromes unhöfliche Charakterisierung von Miss Lodding dachte, begab er sich in ihr Zimmer.

Ganz so, wie der Sergeant sie geschildert hatte, war sie nicht. Sie erhob sich, als Bony an ihren Tisch trat, neben dem an einer Seite eine Schreibmaschine, an der anderen ein Schrank mit Karteikarten stand. Bony schätzte sie auf 1,78 m, für Frauen eine ganz stattliche Größe. Statt der Uniform trug sie einen marineblauen Faltenrock und dazu eine weiße Bluse. Ihr Haar, schwarz wie das Bonys, war so straff frisiert, daß dadurch die Linien ihrer Backenknochen noch härter wirkten. Sie hatte einen bleichen Teint und wandte offensichtlich keinerlei Schönheitsmittel an. Ihr Mund sah wenig verlockend aus, und auf ihre dunkelbraunen Augen hätte ein poetischer Vergleich mit großen, samtweichen Stiefmütterchen wahrhaftig nicht gepaßt. Ein weiblicher Eisberg, vierzig Winter alt, stellte Bony im stillen fest.

»Ich bin Inspektor Bonaparte. Freut mich, Sie kennenzulernen, Miss Lodding.«

Er lächelte betont liebenswürdig, um das Eis zum Schmelzen zu bringen, was ihm beinahe geglückt wäre. Sie konnte das in ihren Augen aufblitzende Interesse nicht verbergen, und in diesem Sekundenbruchteil glaubte er, eine ganz andere Frau vor sich zu sehen.

»Was kann ich für Sie tun, Inspektor?« fragte sie.

»Nun ... hm ... etwas schon. Miss Ball sagte mir, daß Sie morgens und nachmittags den Tee zubereiten. Ist das richtig?«

Er wartete interessiert auf ihre Antwort, denn er fand ihre Stimme angenehm.

»Nun sehr wenige junge Mädchen können guten Tee machen, Sir. Meistens tue ich das«, entgegnete sie.

»Also, es handelt sich um folgendes, Miss Lodding: Ich habe heute vormittag eine kleine Party. Drei junge Damen, von denen ich mir wertvolle Hilfe erhoffe, werden mich besuchen. Ich möchte gern, daß sie sich hier ganz behaglich fühlen und nicht den Eindruck haben, in die Klauen des Gesetzes geraten zu sein.«

»Dafür könnte ich schon sorgen, Inspektor.« Die dunklen Brauen zogen sich ganz wenig zusammen, so daß Bony erst glaubte, sie wollten Abneigung gegen seinen Vorschlag zeigen, doch das traf nicht zu. »Ich werde dann den Tee, sobald er verlangt wird, durch Miss Ball servieren lassen. Da ich inzwischen fort war, habe ich noch tüchtig Arbeit nachzuholen, das können Sie sich gewiß denken.«

»Aber natürlich! Und vielen Dank auch!«

Da Miss Lodding sich offenbar gleich wieder an die Arbeit setzen wollte, verabschiedete Bony sich. Er hatte das Gefühl, daß die Stimmung merklich abgekühlt war.

Er fand Oberwachtmeister Abbot bei Sergeant Crome im Zimmer und bat beide in sein Büro, wo er ihnen die Skizzen zeigte und deren Zweck erklärte.

»Ich nehme an, daß ein Dienstwagen zur Verfügung steht?« fragte er Crome.

»Leider nicht, Sir. Der eine ist in Reparatur, der andere unterwegs.«

Crome fiel sofort auf, daß Bonys Blick strenger wurde.

»Nehmen Sie ein Taxi«, befahl Bony beinahe schroff, »fahren Sie zu Goldspinks Laden und holen Sie Mary Isaacs und June Way, die Kassiererin, hierher. Seien Sie äußerst taktvoll. Mir gefallen diese Mädchen beide sehr, und ich möchte nicht, daß sie nervös gemacht werden.«

»Für wen halten Sie mich denn?« knurrte Crome.

»Für einen Polizisten. Sie sehen aus wie einer und sprechen wie einer. Anständige junge Mädchen sind nicht gewohnt, von einem Polizisten zur Wache gezerrt zu werden. Ich habe mich bereits mit Mrs. Robinow in Verbindung gesetzt, die einverstanden ist. Und Sie, Abbot, besorgen sich auch einen Wagen und holen vom Café Favalora Miss Lena Martelli ab. Favalora wird nichts dagegen einwenden. Seien Sie recht nett, lassen Sie Ihre Persönlichkeit wirken. Diese drei jungen Frauen bringen Sie hier in mein Büro , und bitten Sie Miss Lodding, ihnen Tee vorsetzen zu lassen. Ich werde sie dann einzeln sprechen. Sie, Crome, können dabeisein, und Abbot kann inzwischen die anderen unterhalten. Klar?«

Crome zwinkerte lächelnd mit den Augen, während Abbot, ein blonder Mann Anfang der Dreißiger, kichernd lachte. Der Auftrag gefiel ihm. Wurde auch Zeit, daß einer mal Leben in diese Bude brachte! Wer nachher das Taxi bezahlte, das sollte ihn jetzt nicht kratzen.

Bony rief das Geschäft von Mr. Metter an und ließ Mills an den Apparat bitten.

»Morgen, Mills! Hier Inspektor Bonaparte. Seien Sie vielmals bedankt für Ihre Zeichnungen. Die sind ja glänzend, genau das, was ich mir gewünscht habe. – Sie würden noch mehr machen? – Schön. Glauben Sie, daß Ihr Chef Sie heute vormittag mal für zwei Stunden beurlaubt?«

Mills meinte, das würde wohl gehen, der Geschäftsführer sei sehr anständig.

»Dann kommen Sie so rasch wie möglich hierher. Bringen Sie sich eine Zeitung mit, und warten Sie geduldig im Wachlokal, bis ich Sie rufen lasse.«

Nachdem er den Wachtmeister vom Dienst beauftragt hatte, es Mr. Mills ein bißchen gemütlich zu machen, studierte er wieder die Skizzen. Mit einer Schere schnitt er sie einzeln aus den Bogen. Ein ganz feines Lächeln spielte um seine Mundwinkel, in den tiefblauen Augen glitzerte es. Eine einzelne Frau in einer Stadt von 28 000 Einwohnern zu finden, eine Frau, an die sich niemand deutlich erinnern und die niemand genau beschreiben konnte . . . Und er durfte noch nicht einmal sicher sein, daß es dann die Frau war, die Zyankali in zwei Tassen Tee geschüttet hatte. Das hätte auch ein als Frau verkleideter Mann tun können.

Einem eingeborenen Spurensucher erklärte man, wen er aufspüren sollte, Bluthunden gab man ein Kleidungsstück des Verdächtigen, damit sie seinen Geruch aufnehmen konnten – aber ihm hatte man von dem Giftmörder nichts weiter angegeben als ein paar magere Einzelheiten der Kleidung und das vermutliche Alter. Und besaß dann die Frechheit, sozusagen in fünf Minuten schon Resultate zu erwarten. ›Beeile dich, Bony, und faß diesen Giftmörder, bevor er einen dritten älteren Junggesellen mit Zyankali umbringt. Uns geht's schlecht, wenn dir das nicht glückt.‹ Und wenn es ihm mißglückte, was dann? Dann gab es nur Verachtung für ihn, den Mann ›zwischen den Rassen‹. Was er bis dahin geleistet hatte, wurde dann nicht mehr gewürdigt. Bei ihm hätte ein Versager sämtliche Erfolge ausgelöscht, bei einem reinrassigen Weißen deckte ein einziger Erfolg alle Fehlschläge zu.

»Die Mädchen sind hier«, meldete Sergeant Crome.

»Zuerst möchte ich mit Mary Isaacs sprechen. Lassen Sie ihr durch Miss Ball eine Tasse Tee hierherbringen.«

Crome verschwand. Bony konnte nebenan weibliche Stimmen hören. Vor seiner Tür ertönte das Klappern hochhackiger Frauenschuhe, und schon begrüßte er lächelnd Mary Isaacs. Er war erfreut, daß sie ihm und dann auch Crome zulächelte, der sich einen Stuhl herbeiholte.

»Ihr Freund hat großartige Arbeit für mich geleistet, Miss Mary, und ich habe Ihnen zu danken, daß Sie ihn dazu bewogen haben. Das alles hier ist sein Werk.«

»Zuerst stellte er sich ja ein bißchen schwierig an, Inspektor«, entgegnete Mary errötend.

»Aber Sie haben ihn rumgekriegt, wie? Jaja, die Frauen!« kicherte Crome, wodurch er in Bonys Achtung noch mehr stieg.

»O ja. Wir hoffen nämlich, eines Tages heiraten zu können, und David ist furchtbar ehrgeizig.«

»Na, er hat ja als Künstler schon ganz nette Fortschritte gemacht«, sagte Bony. »Also, jetzt möchte ich Sie bitten, alle diese Bilder zu betrachten: ob irgendeins Sie an eine bestimmte Person erinnert, insbesondere aber an die Kundin von damals. Bitte keine Eile dabei. Ich kann vollkommen verstehen, daß Sie im Zweifel sind, ob Sie die Kundin wiedererkennen würden, wenn sie jetzt in den Laden käme, deshalb sollen Sie ihr Gedächtnis nicht zwingen. Sehen Sie mal diese farbige Zeichnung hier, die macht David alle Ehre.«

Das Mädchen nahm die Skizze in die Hand und rief fast im selben Moment: »Die sieht ja aus wie Mrs. Jonas! Nicht wahr, Mr. Crome?«

»Ja, eine Ähnlichkeit ist vorhanden«, gab Crome zu. Er wandte sich an Bony: »Mrs. Jonas wohnt bei uns in der Nähe.«

»Aber Mrs. Jonas ist nicht die Kundin gewesen, sonst hätte ich sie erkannt«, versicherte Mary.

»Dann vielleicht diese?«

Sie studierte das zweite Bild, das jedoch keinerlei Erinnerung in ihr weckte. Auch die nächsten legte sie zur Seite, und dann fesselte eine Profilskizze wieder ihre Aufmerksamkeit.

»Gleicht ein bißchen meiner Tante Lily«, sagte sie. »Sehr allerdings nicht.«

In einer weiteren Skizze fand sie Ähnlichkeit mit Mrs. Robinow, wie sie aussah, bevor sie sich für den Laden ›fein machte‹. Crome saß neben ihr, sehr gespannt, aber ohne zu sprechen, damit sie unbeeinflußt nachdenken konnte.

Als Miss Ball jetzt mit dem Tee ins Zimmer kam, unterbrach Bony schnell die Arbeit. Sie unterhielten sich angeregt beim Teetrinken. Mary erzählte mehr von Davids Plänen, von ihren eigenen Hoffnungen und ihrer Tätigkeit im Geschäft. Dann wurden die leeren Tassen beiseite gestellt, und Bony führte sie wieder an ihre Aufgabe.

Noch einmal betrachtete sie sämtliche Skizzen, um schließlich die kolorierten mit der Person in ganzer Figur nebeneinanderzulegen und sie mit nachdenklich gefurchter Stirn anzustarren. Crome blieb still, Bony rührte sich kaum. Das Gedächtnis – wurde es jetzt wach?

Mary Isaacs lachte plötzlich, und Bony freute sich über dieses wohlklingende Lachen, obgleich es Enttäuschung ankündigte.

»Natürlich, jetzt komme ich darauf!« rief Mary. »Das ist wieder so echt Mann, nicht wahr? Bilder von einer Frau in Straßenkleidung zeichnen und dann ohne Handtasche. Na, dem sage ich aber Bescheid!«

Beinahe hätte Bony jetzt gesprochen. Er beobachtete, wie die Fröhlichkeit in ihren Mienen erstarb, die dunklen Augen matter wurden, aber gleich wieder glänzten.

»Die Handtasche!« fuhr sie fort. »Ich erinnere mich an die Tasche der Frau. Die war mir aufgefallen, während Mr. Goldspink mit ihr sprach. Es war Rot daran, und ich mag Rot nicht.«

Bony wartete. Das Mädchen blickte erst ihn, dann Crome an. Auch der wartete. Nach einer Pause, die sehr lang schien, fragte Bony: »Können Sie sich nun auch an das Gesicht, an die Kleidung der Kundin erinnern?«

Mary schüttelte den Kopf, und dann rief sie: »Aber an die Handtasche! Die sehe ich jetzt direkt vor mir. Es war ein Beutel aus verschossenem dunkelblauem Wildleder mit roten ledernen Zugschnüren. Er war fast eckig.«

»Was sind Zugschnüre?« fragte Bony.

»Die man lockern muß, wenn man den Beutel öffnen will. Zum Schließen werden sie einfach wieder zusammengezogen, so daß man Schlaufen zum Tragen hat. Oh, an den Beutel erinnere ich mich jetzt gut, den würde ich wiedererkennen, bestimmt!«

»Prachtvoll, Miss Isaacs«, sagte Bony herzlich, »aber über die Hände der Kundin können Sie mir wohl nichts sagen?«

»Nein, sie trug nämlich Handschuhe.«

»Was für welche? Die Farbe?«

»Sie waren dunkelblau wie ihre Tasche und aus Baumwolle«, erwiderte Mary, und Bony ergänzte seine Notizen.

Ohne aufzublicken sagte er: »Crome, holen Sie Mr. Mills, er wartet vorn im Wachlokal.«

So saßen sie da, Bony und Mary, und in beider Gesicht spielte ein kleines Lächeln des Triumphs.

Crome erschien mit Mills, und Bony bat den jungen Mann, sich auf den Stuhl vor seinem Schreibtisch zu setzen.

»Ich bin äußerst nachlässig gewesen, Mr. Mills«, erklärte er. »Als ich Ihnen die Einzelheiten von der Frau angab, vergaß ich zu erwähnen, daß sie eine Handtasche hatte.«

»Selbstverständlich mußte sie die haben, David«, fiel Mary ein. »Müßtest du doch wissen, hast mich ja oft genug gefragt, wozu ich eine trage.«

»Ja, das hätte ich wissen müssen«, gab Mills zerknirscht zu. »Aber die läßt sich ja leicht noch einzeichnen.«

»Habe ich auch gedacht«, sagte Bony. »Fragt sich nur: wann? Mary sagt, die Tasche muß dunkelblau gewesen sein, verblichen, mit roten Zugschnüren.«

»Mache ich in wenigen Minuten, wenn ich nach Hause komme, wo ich meine Pinsel und Farben habe, Inspektor«, versicherte David Mills.

»Sie haben das Taxi doch noch nicht weggeschickt, Crome?«

»Nein, Sir, Sie hatten mich ja beauftragt, es hierzubehalten.«

»Dann fahren Sie mit Miss Isaacs und Mr. Mills in dem Taxi zu seiner Wohnung, wo er die Handtasche zeichnen wird.«

Bony bedankte sich fast überschwenglich bei dem jungen Mann und fügte hinzu: »Miss Mary wird Ihnen alles Nähere über die Tasche angeben, auch über die Handschuhe, die ich gern über die Hände gemalt haben möchte. Und dann wäre ich Ihnen beiden dankbar, wenn Sie mir versprächen, hiervon keinem Menschen ein Wort zu erzählen.«

Sie gaben ihm voll Eifer diese Versicherung, und Mills sagte, sie würden noch vor Mittag zurück sein.

Crome fragte. »Wollen Sie jetzt mit den anderen Mädchen sprechen, Sir?«

»Nein, vor heute nachmittag nicht. Lassen Sie sie durch Abbot zurückbringen, und um drei Uhr soll er sie wieder herholen. Sehen Sie mich bitte nicht an, als ob Sie mich für einen ganz Schlauen hielten. Ich habe doch an die Handtasche nicht gedacht. Und nicht an Handschuhe!«

Bony saß wieder allein vor seinem Schreibtisch. Vielleicht war er schon weiter gekommen, als er selbst glaubte? Vielleicht ließ man ihm genug Zeit, jene Frau aufzustöbern und Zyankali in ihrer Handtasche zu entdecken? Die Bedrohung war ernst zu nehmen. Sie schwebte über Pavier wie ein schweres Gewicht an einem dünnen Draht, das ihm jeden Moment auf den Schädel fallen konnte. Sie hielt Crome nachts wach, so daß er schon rotgeränderte Augen hatte, und beunruhigte Abbot, obwohl der jünger war und hier nur eine geringe Verantwortung hatte. Die Cafébesitzer hatten über ausbleibende Gäste zu klagen, denn in der Stadt waren die Ereignisse noch nicht vergessen.

Bony schob die übriggebliebenen Zeichnungen von Mills in ein Schreibtischfach und zog sich einen Notizblock heran. Einen Augenblick hielt er den Füllhalter untätig über dem Papier, dann begann er zu schreiben.

›An Sergeant Crome. Veranlassen Sie, daß sämtliche Leute aus allen Abteilungen nach einer Frau in mittleren Jahren fahnden. Groß, geht leicht gebeugt. Trägt dunkelblaue Handtasche – Beutel – mit roten Zugschnüren. Wahrscheinlich bekleidet mit grauem Kostüm, grauem Hut und dunkelblauen Baumwollhandschuhen.‹ Die Feder hielt inne; Bony machte eine finstere Miene. Jetzt hatte er sich zu behaupten gegen die Polizeiroutine, diese ihm verhaßte Einrichtung, die ihm so oft hinderlich gewesen war und die er häufig mißachtet hatte, um schließlich über sie zu triumphieren. Falls die Handtasche aufgefunden wurde, enthielt sie vielleicht gar kein Zyankali – und dann mußte die Verhaftung der Besitzerin viel böses Blut erregen. Deshalb schrieb er weiter: ›Der Frau muß ermöglicht werden, in ihre Wohnung zurückzukehren, damit man sie dort identifizieren kann, sofern sich das nicht schon vorher ergeben hat. Wichtig: Es darf bei ihr kein Mißtrauen erweckt werden!‹

Er unterschrieb mit seinem Namen, legte die Notiz auf Cromes Schreibtisch und ging hinaus, um die Argent Street auf und ab zu wandern. Im Gehen konnte er besser denken. Wie oft war schon die Zeit sein hochgeschätzter Verbündeter gewesen! Jetzt sah er sie als eine Kreatur, die, gekleidet wie ein Mensch, mit einer Prise Zyankali zwischen Daumen und Zeigefinger, die Stadt in Aufregung hielt.

8

Um ein Uhr kehrte Bony in sein Büro zurück, wo er auf dem Schreibtisch die neuen Zeichnungen von Mills vorfand, sowie einen Bericht von Sergeant Crome, der ihm meldete, daß seine Instruktionen für die Fahndung nach der Frau ausgeführt und alle Polizeibeamten angewiesen seien, insbesondere nach dem auffälligen Beutel zu forschen.

Bony zog den Bindfaden von den zusammengerollten Zeichnungen, rollte sie umgekehrt, damit sie glatt lagen, und seufzte zufrieden, als er sie betrachtete. Es waren die drei kolorierten Bilder. Auf jedem trug die Frau den dunkelblauen Beutel mit den roten Zugschnüren. Auf einem hielt sie ihn unterm Arm, auf den zwei anderen hatte sie ihn offen vor sich und eine behandschuhte Hand hineingeschoben. Auf einem blickte sie geradeaus und den Betrachter an, auf dem zweiten hielt sie den Kopf gebeugt und schaute von unten herauf, wie über den Rand einer Brille.

Der Beutel hob sich deutlich ab, das Gesicht, sogar Mary Isaacs unbekannt, war weniger prägnant als die Körperhaltung. Wenn diese Frau mit diesem Beutel und in derselben Kleidung auf der Straße erschien, würde jeder Polizist sie unbedingt erkennen. Wie aber, wenn sie sich anders kleidete und eine andere Handtasche trug? Entschieden ein Fortschritt, doch kein entscheidender.

Abbot kam herein.

»Sie wollen sich diese Mädchen doch gewiß vornehmen, Sir?« fragte er.

Bony blickte auf seine Uhr und erinnerte sich, daß er noch gar nichts gegessen hatte. Er forderte Abbot auf, sich die Bilder gut einzuprägen.

»Ich werde Punkt drei Uhr mit den Mädchen sprechen. Lassen Sie diese Bilder auf steife Pappen kleben und sie an die Wand im Büro der Kriminalabteilung nageln. Achten Sie mir darauf, daß jeder einzelne Mann der Abteilung sie studiert. Haben Sie meine Instruktionen zu lesen bekommen?«

»Ja, Sir, die sind bereits vervielfältigt und werden jetzt ausgegeben.«

»Crome ißt wohl gerade zu Mittag?«

»Ja, Sir. Müßte um halb zwei zurück sein.«

»Wenn ich nicht irre, stehen die uniformierten Beamten unter dem Befehl von Inspektor Hobson?«

»Ganz richtig, Sir.«

»Schön, Abbot. Lassen Sie mir bitte von jemandem eine Kanne Tee und ein paar Sandwiches besorgen.«

Zehn Minuten später hörte Bony, daß Crome im Nebenraum war, und zitierte ihn durch Klopfen an der Zwischenwand herbei. Er erklärte ihm, welche Aufträge er Abbot bezüglich der Bilder gegeben hatte, und fragte: »Hat Ihre Abteilung gerade Arbeit mit besonders schwierigen Fällen?«

»Nein, ein paar alltägliche, das ist alles. – Die Bilder hier sind gut, wie?«

»Hervorragend! Meinen Sie, daß Sie Hobson holen können?«

»Ich denke, ja.«

Inspektor Hobson war groß und schlank, von steifer Haltung.

»Ich habe bereits allen zum Dienst kommenden Leuten befohlen, sich diese Zeichnungen anzusehen, Bonaparte, und Ihre Instruktionen zu befolgen«, sagte er mit einer Stimme, die wie zerbrechendes Glas klang. »Freue mich, mitmachen zu können.«

»Danke. Sie können noch mehr tun. Wie viele von Ihren Männern könnten Sie vorübergehend in Zivil stecken, ohne wichtige Aufgaben zu vernachlässigen?«

»Ein Dutzend«, antwortete Hobson – mit dem Vorbehalt: »Falls sie für Sonderaufgaben gebraucht werden.«

»Die Situation ist folgende«, weihte Bony beide Männer genauer ein. »Wir suchen nach einer Frau, die ähnlich angezogen ist wie die auf diesen Skizzen und die eine Handtasche trägt, die genau der Abbildung entspricht. Diese Bilder stellen die Kundin dar, die nach unserer Vermutung Goldspink vergiftet hat. Viel bedeutsamer noch als die künstlerische, farbige Darstellung von Kleidung und Handtasche der Frau ist ihre Körperhaltung. Der Mensch kann seine Kleidung und das Zubehör wechseln, wird aber selten fähig sein, seinen Gang oder seine Haltung zu ändern. Wir befürchten, daß diese Frau noch einmal zuschlägt, und zwar zum drittenmal in der Öffentlichkeit, deshalb müssen wir jede denkbare Vorsichtsmaßnahme gegen einen dritten Giftmord ergreifen.

Die Gefahr ist sehr akut, denn Mord gebiert Mord – schneller als man denkt. Ich hätte gern, daß in jedem Café und Restaurant ein Mann postiert wird, um nach einer Frau von diesem Typ zu fahnden und ganz besonders achtzugeben, wenn sie sich zu einzelnen älteren Männern an den Tisch setzt – Männern, wie Goldspink und Parsons waren. Wenn die Inhaber der Lokale mitzuhelfen bereit sind, können Ihre Leute sich unauffällig placieren.

Die Frau ist offenbar ungewöhnlich raffiniert. Meine Anordnungen gingen dahin, daß sie, falls sie auf der Straße entdeckt wird, bis zu ihrer Wohnung zu beschatten ist, um sie dort zu identifizieren. Sollte sie jedoch in einem Café oder Restaurant aufgespürt und beobachtet werden, wie sie irgendeinem Mann etwas in die Tasse oder ins Glas tut, so ist sie sofort zu verhaften und ihre Handtasche unbedingt sicherzustellen. Diese Vorsichtmaßregeln sind so wichtig, daß daneben die Folgen einer irrtümlichen Verhaftung absolut keine Rolle spielen.«

Hobson stand, als Bony zu sprechen aufhörte, stumm da. Crome wartete, ob er etwas sagen würde, und Bony wußte, daß er, falls sein Kollege nicht in der vorgeschlagenen Weise mitmachen wollte, das bei Pavier schon durchsetzen würde. Er wollte jedoch nichts erzwingen.

»All right, Bonaparte, wir werden es so machen«, stimmte Hobson zu, nachdem er überlegt hatte, was sich für seine Abteilung alles daraus ergeben konnte. »Mit Unterstützung durch die Kriminalabteilung kann ich die in Frage kommenden Lokale um drei Uhr heute nachmittag mit Beobachtern besetzt haben.«

»Ich danke Ihnen«, sagte Bony freundlich, »Sie nehmen mir damit ein wenig von meiner Last ab.«

»Das gehört mit zu meinem Dienst, Bonaparte. Wir sitzen alle in demselben Boot.«

Ein Polizist klopfte an, trat ein und stellte ein Tablett an den Schreibtisch.

»Sie haben noch nicht gegessen?« fragte Hobson.

»Nein«, erwiderte Bony, »das hatte ich tatsächlich ganz vergessen.«

»Gut, dann wollen wir gehen.« Hobson grinste humorlos. »Wette mit Ihnen glatt um fünf Shilling, Crome, daß einer meiner Leute die verdächtige Person stellen wird.«

»Einverstanden«, nahm Crome an, »ich setze voll und ganz auf meine Leute.«

Sie ließen Bony bei seinen Sandwiches zurück, die er verzehrte, während er im Zimmer hin und her wanderte. Pünktlich um drei Uhr führte Abbot die Kassiererin aus Goldspinks Geschäft herein.

»Aha! Guten Tag, Miss Way. – Nehmen Sie Platz«, forderte Bony das Mädchen auf – vielmehr die Frau, denn sie mußte gegen dreißig sein. Nett angezogen war sie und sicher intelligent. Bony hatte sie schon einmal befragt und von ihr Einzelheiten über den Hut der Kundin erfahren. »Ich bitte Sie, jetzt mit mir zu kommen, um sich das Bild einer Frau anzusehen, die Sie vielleicht, wenigstens zum Teil, identifizieren werden als die von uns gesuchte, die wir über den Tod von Mr. Goldspink vernehmen wollen. Und ich möchte Sie um Ihr Versprechen bitten, daß Sie für sich behalten, was ich Ihnen eben erklärte.«

»Auf mich dürfen Sie sich verlassen, Inspektor«, antwortete Miss Way.

»Habe ich auch nicht bezweifelt. Bitte kommen Sie nun mit.«

June Way genoß die ihr neue Erfahrung gründlich, als sie fast zeremoniell durch die Korridore zur Kriminalabteilung geleitet wurde. Sie begegnete uniformierten Polizisten, die in strammer Haltung grüßten, als sie mit Bony vorbeiging, und als sie ins Büro der Abteilung trat, machten die vor einer Wand stehenden Männer ihr Platz, damit sie die drei Bilder genau betrachten konnte. Die Männer sprachen nichts, und sie fühlte, daß sie alle warteten, was sie sagen würde.

»Der Hut ist ganz richtig getroffen«, erklärte sie, »und so hat die Frau auch dagestanden, als Mary sie bediente und Mr. Goldspink sich mit ihr unterhielt.«

»Und die Handtasche?« drängte Bony.

»An die kann ich mich nicht erinnern. Wüßte nicht, daß ich sie bemerkt hätte. Ich habe ja die Frau nur gesehen, wie sie mit dem

Rücken zu mir stand. Beim Verlassen des Ladens nicht, das tut mir leid.«

»Braucht es nicht, Miss Way«, sagte Bony lebhaft, »Sie haben uns doch den Hut bestätigt. Ich danke Ihnen vielmals. Die Bilder rufen also in Ihnen keine sonstigen Erinnerungen wach? Einzelheiten? Betrachten Sie sie noch einmal.«

Miss Way versuchte das, gab es aber bald auf. Sie hatte Bony den Hut beschrieben und die Haltung der Frau. Mary Isaacs hatte ebenfalls die Haltung bestätigt und dazu die Handtasche. Und jetzt kam Lena Martelli an die Reihe, die Kellnerin im Café Favalora, Jimmys ›große Liebe‹. Jimmy hatte sich sehr bemüht, den Boden zu beackern, und doch nicht eine einzige Scholle umwenden können.

Lena, zwanzig Jahre alt, eine dicke Person, erschien in einem grellblauen Rock, knallroter Bluse und einem als Turban gebundenen Schal, der das einzige ihr von der Natur verliehene Schöne zudeckte: ihr wie dunkles Gold schimmerndes Haar. Da Bony sie noch nicht vernommen hatte, stellte Abbot sie ihm vor.

»Tag, Inspektor«, fing Lena Martelli an, »freut mich, Sie kennenzulernen. Wär' gar nich so wild drauf gewesen, aber mein Freund hat mich ins Bild gesetzt, der meinte, daß Sie so'n richtiger Frauenschwarm sind. Ich weiß nichts über den alten Burschen, den sie bei uns umgelegt haben, und weiß nich, was für Damen mit an seinem Tisch gesessen hatten. Kann nichts sagen, hätt' Sie sonst gern unterstützt.«

»Davon bin ich überzeugt, Miss Martelli, und ich wäre nicht erstaunt, wenn Sie es doch könnten.«

Bony machte eine Pause, um ihr eine Zigarette von der besseren Sorte anzubieten, die er für solche Gelegenheiten bei sich hatte. Das Mädchen schlug die nylonbestrumpften Beine übereinander und wippte mit dem Fuß, ließ sich Feuer von ihm geben und blickte ihm in die Augen. Bony warf das abgebrannte Streichholz in den Aschenbecher und lehnte sich zurück.

»Sie erinnern sich doch noch genau an den alten Herrn, der in Ihrem Café starb?« fragte er.

»Na, aber klar!« Miss Martelli schüttelte sich schaudernd, und es wirkte echt. »Würden Sie auch, wenn Sie'n gesehn hätten, so übern Tisch rüber gefallen und mitten zwischen zerbrochenen Tassen und Tellern. Der war schon oft bei uns im Café, den kannte ich ganz gut. Hab' aber nich viel von ihm gehalten, nee.«

»Oh! Weshalb?«

»Ach, der bekleckerte immer das Tischtuch mit Tee, und ich

mußte dann für'n nächsten Gast 'n frisches auflegen. Schlimmer wie'n Ferkel war der.«

»Auf seinen Anzug hat er womöglich auch noch gekleckert?« fragte Bony wie nebenbei.

»Ja.« Das Mädchen machte ein angewidertes Gesicht. »Muß zu Hause auch 'n Ferkel gewesen sein. Dem seine alte Weste hätt' man verbrennen müssen. Paßte nich bei uns ins Lokal, der.«

»Na schön, kommen Sie doch mal mit und sehen Sie sich einige Bilder von einer Frau an, die nach unserer Meinung vielleicht an dem Nachmittag bei Mr. Parsons am Tisch gesessen hat. Kann ja sein, daß die Bilder Ihnen eine von den Frauen in Erinnerung bringen, die an dem Tisch gesessen haben. Wollen Sie das versuchen?«

»Aber gerne, Inspektor. Ich für meine Person bin sehr für Recht und Ordnung, was ich diesem Kerl, dem Stillman, auch immerzu gesagt hab'. Noch nie hab' ich so 'ne Lust gehabt, einen anzuspukken, wie den! Der is ja –«

»Unangenehme Erinnerungen wollen wir lieber vergessen«, warf Bony mit sanfter Stimme ein, indem er zur Tür ging. »Kommen Sie. Ach, würden Sie mir übrigens einen Gefallen tun?«

»Klar, ich riskier' schon was.«

Lena kicherte, und sofort empfand Bony die rechte Sympathie für den armen Jim Nimmo, denn dieses Gekicher durchdrang ihn wie ein glühendes Eisen.

»Ich möchte gern Ihr Versprechen haben, daß Sie keinem Menschen von unserer Zusammenkunft und unserem Gespräch erzählen. Geben Sie mir das?«

»Aber klar! Lena Martelli ist keine Schwatzliese.«

Bony hatte starke Zweifel, führte aber Lena denselben Weg wie vorher die Kassiererin. Lena grinste die Polizisten an, die sie in den Korridoren trafen, und sicherlich wäre sie sehr enttäuscht gewesen, hätte sie gewußt, daß vor den Bildern des Künstlers Mills, wo jetzt niemand stand, eine ganze Gruppe Polizisten gestanden hatte, als June Way dorthin geleitet wurde. Als sie vor die Bilder trat , kniff sie die Augen scharf zusammen. Bony wartete wieder geduldig.

»Nee, da fällt mir nichts ein, nich die Bohne«, sagte Lena nach einer Weile. »Ich wette, daß das so 'ne Frau nich gewesen is, die bei dem alten Parsons gesessen hat, wie er umkippte. Nee, wenn eine von denen so 'ne Handtasche gehabt hätte wie'n Ding zum Pferdefüttern, dann wüßt' ich's noch.«

»Das ist ja zu dumm, Miss Martelli«, murmelte Bony. »Macht aber nichts. Kann mir vorstellen, wieviel Sie damals zu tun gehabt haben, und Unmögliches kann kein Mensch verlangen. Fällt Ihnen sonst an den Bildern noch irgend etwas auf, was Sie im Gedächtnis behalten haben würden, wenn Sie es bei der Frau an Parsons' Tisch bemerkt hätten?«

»Ja. Wie sie nämlich dasteht, so krumm wie 'ne Neune. So steht meine Großmutter manchmal, und wenn die Frau hier an dem Nachmittag im Café gewesen wär', hätt' ich gleich an die Oma gedacht, nich wahr?«

»Ja, natürlich. Na schön, vielen Dank jedenfalls. Mr. Abbot wird Sie wieder zum Café zurückbringen, und ich hoffe, wenn ich bald mal hinkomme, von Ihnen bedient zu werden.«

»Aber gerne, Inspektor! Brauchen bloß zu sagen, wie Sie Ihren Tee haben wollen.«

Wieder kicherte Lena so, daß Bony innerlich zusammenzuckte. Abbot bat sie zum Wagen.

»Cheerio, bis bald denn!« lautete ihr Abschiedsgruß.

Sie hatte also nichts beigetragen zum Erkennen der Frau, nach der die Polizei forschte, und doch war die Besprechung für Bony nicht ohne Gewinn gewesen.

9

Ohne Zweifel war Wally Sloan in Broken Hill der bekannteste Mann, dessen Name ebenso im Gedächtnis der Leute bleiben wird wie die Namen der Pioniere, die den anfangs verachteten ›Schutthaufen der Natur‹ entdeckten, dessen Erz dann Australien rund 2½ Millionen Pfund Sterling einbringen sollte.

Sloan war ein hagerer, schmalschultriger Mensch, der sich ein wenig krumm hielt. Er hatte einen kleinen, aber ganz markanten Bauch, rotblondes Haar, das schon grau wurde, und einen ebensolchen Schnurrbart, der durch ständige intime Berührung mit Bier seine ursprüngliche Farbe behielt. Seine schwachen Augen waren blaßblau, die Form seiner Stirn sprach für Intelligenz. Er hatte ein spitzes, fliehendes Kinn. Wie alt er war, wußte keiner, und kaum ein halbes Dutzend Leute wußte, daß er Besitzer des Hotels ›Western Mail‹ war.

Als Bony zur Aufklärung der Giftmorde nach Broken Hill kam, hatte Wally Sloan das Hotel schon neunzehn Jahre. Da er sich als Hausdiener, Barkeeper und Kellner betätigte, pflegten die Gäste ihn wie einen Teil der Hoteleinrichtung zu betrachten, als guten Geist und ständiges Inventarstück eines Hauses, das Tausende kennengelernt hatten und dessen Name von Farmern, Viehzüchtern und Bergwerksingenieuren im ganzen riesigen fünften Erdteil mit Respekt genannt wurde. Mit allen gut Freund, aber nie plump vertraulich, wußte Wally auch mit eingebildeten und arroganten Gästen fein umzugehen.

Die große Diele im ›Western Mail‹ war geschmackvoll eingerichtet und durch raffiniert eingebaute Ventilatoren immer gut gekühlt. Der Haupteingang lag direkt an der Argent Street, und in den heißen Monaten waren die Türen stets offen. An jedem Tisch standen vier verchromte Stühle, und vomrittags wie am frühen Nachmittag herrschte dort die Ruhe eines Klubs.

Nicht zum erstenmal hatte Bony kurz vor ein Uhr, wenn das Mittagessen serviert wurde, diesen Eindruck, und heute war es in der Diele leer, als er sich an einem der Tische dicht bei der kleinen Bar niederließ. Zwei Sekunden später erschien Sloan, in weißer Jacke und schwarzer Hose. Er postierte sich nicht vor, sondern neben Bony.

»Sir?«

»Zitrone natur mit ganz wenig Gin, bitte.«

Sloan entfernte sich und kam geräuchlos mit dem geeisten Getränk wieder.

»Sie logieren bei uns, nicht wahr?« fragte er.

»Bin gerade angekommen und bleibe vielleicht nur bis nächste Woche – oder bis zum nächsten Jahr.«

»Ja, Sir. Mr. Knapp, nicht wahr?«

»Der bin ich. Habe schon vor Jahren mal hier gewohnt, als wir beide noch viel jünger waren, Sloan.«

»Ja, Sir.«

Sloan, der unnötig Stühle an einem Nachbartisch zurechtsetzte, drehte sich jetzt um, denn ein Gast, der schon vor Jahren hier im Hotel gewesen sein wollte, interessierte ihn. Bonys Glas war gerade leer.

»Noch einen, Sir?« fragte Sloan.

»Bitte. Mit viel weniger Gin.«

»Ja, gern, Sir. Sie waren vor neun Jahren hier, stimmt das? Bloß für eine Nacht. Inspektor Bonaparte, wenn ich nicht irre?«

»Sie haben ja ein vorzügliches Gedächtnis«, sagte Bony anerkennend. »Vielleicht mögen Sie ein Glas mit mir trinken?«

»Jawohl, Sir.« Die Getränke wurden gebracht. »Auf Ihr ganz spezielles Wohl, Sir.«

In der Anrede ›Sir‹, die am Ende fast jedes Satzes kam, lag bei ihm nicht der mindeste Respekt, vielmehr klang sie scharf zischend wie entweichender Dampf. Das Wort gebrauchte Sloan stereotyp, auch, weil es ihn weniger Anstrengung kostete, als ›Mister‹ zu sagen.

Eine Serviette über dem Arm, mit dem er das leere Tablett hielt, machte er ein ganz undurchdringliches Gesicht, als er meinte: »Hoffe, Sie werden unsere zwei Giftmorde aufklären, Sir.«

Bony drehte sich ein wenig zur Seite, um in die blaßblauen Augen emporzublicken.

»Hat denn jemand nicht den Mund halten können?« fragte er.

»Nein, Sir, ich hatte keine Ahnung, wer Sie sind – bis vor einem Moment. Freue mich, Sie begrüßen zu können, Sir. Ihre Anwesenheit, Sir, kann ja nur die eine Bedeutung haben.«

»So wird's wohl sein«, gab Bony zu. »Ich bin die Nemesis«, fuhr er fort, »aber Sie wollen freundlichst im Gedächtnis behalten, daß ich Mr. Knapp bin.«

»Selbstverständlich, Sir.«

Sloan machte keine Miene, seinen Platz zu verlassen, und Bony fragte scheinbar gleichgültig: »Wie würde sich Ihrer Meinung nach ein dritter Zyankalimord in Broken Hill auswirken?«

»Schlimm, Sir, sehr schlimm. – Ja, heiß ist's, aber für diese Jahreszeit nicht ungewöhnlich. Morgen, meine Herren!«

»Hallo, Wally, mir ein großes Bier! Morgen, Mr. Freund! Ich darf Ihnen Mr. Makepiece vorstellen«, rief Luke Pavier, der einer der beiden soeben Eintretenden war.

»Ich bekomme auch ein großes Bier«, sagte Mr. Makepiece, bevor er auf die Vorstellung reagierte. »Ist heute 'n großartiger Tag, um einen zu heben. – Ich begrüße Sie, mein Herr. Wie geht's?«

»Danke, gut. Keinen Gin, Sloan.«

Sloan ging. Mr. Makepiece behauptete, daß samstags in Broken Hill mehr Bier getrunken würde als in Sydney in einer ganzen Woche. Er war sehr groß, trug keinen Rock und schwitzte stark. An den Seiten seines mächtigen Bauches hing schlaff die Weste. Einen Kragen trug er nicht, und sein Gesicht brauchte dringend eine Rasur. Er rief schon nach mehr Bier, ehe Sloan sein Tablett gefüllter Gläser ganz abgeladen hatte. Sein Glas trank er aus, ohne zu schlucken, ein Phänomen, das Bony aufmerksam beobachtete. Nachdem Makepiece zwei fragwürdige Geschichten erzählt hatte, trank er wieder, ohne zu schlucken, jammerte, daß er jetzt gehen müsse, um seinen Laden zuzuschließen, und empfahl sich.

»Er ist Fleischer«, sagte Luke Pavier. »Dachte mir, Sie würden ihn gern kennenlernen. Er hat alle die Eigenschaften, die Sie jetzt interessant finden: ist Junggeselle, in vorgerückten Jahren, starker Esser und Trinker. Was hatten Sie gerade sagen wollen?«

»Nichts. Aber Sie, Sloan?«

»Laut? Nein, Sir.«

Sloan verschwand, um einen von zwei Frauen begleiteten neuen Gast zu bedienen.

Als er zur Bar zurückkam, hörte er Luke sagen: »Die beiden letzten sind an einem Freitagnachmittag passiert. Heute ist Samstag. Und sie passierten am Monatsende. Der nächste Freitag ist auch am Ende des Monats.«

Als Sloan mit einem vollen Tablett wieder an ihnen vorbeikam, hörte er: »Sie glauben also, daß Mr. Makepiece als Opfer in Frage kommen kann?«

»Sie nicht? Er erfüllt alle Voraussetzungen. Das einzige, was ihn retten kann, ist, daß er weder in Cafés noch in seinem Laden Tee zu trinken pflegt.«

Der Gong kündete dröhnend das Mittagessen an. Sloan nickte Luke Pavier zu, der eben auf die Straße hinausging. Er sah Bony die Diele durch die innere Tür verlassen. Fünf Minuten später wurde er von einem Kellner abgelöst, nahm seinen Lunch ein, und um zwei Uhr schlief er fest in seinem Zimmer.

Das Hotel ›Western Mail‹ war ein zweistöckiges Gebäude mit einem großen Balkon über dem Bürgersteig der Argent Street. Es bot Logis für siebzig Gäste, in der Bar und den Gesellschaftsräumen Platz für die doppelte Anzahl, und brauchte dementsprechend viel Personal und eine gute Organisation.

Samstag war der Tag aller Tage, da dann in den Bergwerken nicht gearbeitet wurde und die Bergleute mit ihren Frauen die Argent Street bevölkerten. Die Frauen und Kinder, um in Cafés Tee zu trinken und Kuchen oder Eis zu essen, die Männer, um sich in den Bars zu treffen und tüchtig zu trinken, während sie Rennreportagen im brüllend lauten Radio anhörten. Im Hotel ›Western Mail‹ herrschte am Samstag sehr lebhafter Betrieb, der um drei Uhr voll einsetzte. Um dem Ansturm während dieser letzten Stunden der Woche gewachsen zu sein, mußten noch Hilfskellner engagiert werden.

Erfrischt durch seinen Schlaf, trat Sloan um drei Uhr in sauberer weißer Jacke seinen Dienst wieder an: Er übernahm die große Diele und einen Nebenraum, der samstags auch für die Gäste aus der Stadt geöffnet wurde. Von einem Aushilfskellner unterstützt, bediente er gewandt und rasch, mit der Sicherheit eines Automaten, rund achtzig Gäste.

Der Radau war fürchterlich und steigerte sich um vier Uhr noch. Die plärrenden Lautsprecher im Vestibül und in allen Nebenräumen verstärkten den Lärm, den Gelächter und laute Scherze hervorriefen, und regten die ›Buschmänner‹ auf, die Farmer aus dem Hinterland, während sie Wally Sloan völlig ungerührt ließen. Mitten in diesem allgemeinen Tumult registrierte sein Gehirn die Bestellungen, ohne sich jemals zu irren. Er sprach mit den Gästen, die er bediente, setzte hinter jeden Satz das ›Sir‹ und gab Tips für die kommenden Pferderennen, während er gleichzeitig die Übertragung der Rennen in Melbourne, Sydney oder Adelaide zur Kenntnis nahm.

Jeder kannte Sloan, und alle nannten ihn ›Wally‹. Er schien fast alle Gäste persönlich zu kennen und an jedem Tisch unnötig zu stehen, aber es brauchte trotzdem kein Gast auf ein neues Glas lange zu warten. Die Tische standen in Reihen zu vieren dicht am breiten Hauptgang in der Mitte, wo er hin und her glitt und sich wand, als sei er in diesem immer lauter werdenden Wirrwarr der einzige richtig gesteuerte Mechanismus.

Freilich gab es gewisse ungeschriebene Gesetze, die Sloan festgelegt hatte und über die er streng wachte. Kein Gast durfte an der Bar stehen, hinter der zwei Mixer den zwei Kellnern die bestellten Getränke aushändigten. Es durften nicht zwei Tische zusammengeschoben werden, weil dadurch Unordnung in die vier Reihen kam und die Bedienung verlangsamt wurde. Die Leute waren zum Trinken da, das Personal, um Geld einzunehmen, und beide ›Parteien‹ dachten unbewußt fortwährend an die unvermeidliche Schlußstunde für den Alkoholausschank: sechs Uhr. Als dieser Zeitpunkt naherückte, wurde alles gute Benehmen beim Trinken der Notwendigkeit, vor diesem vom sturen Gesetz bestimmten Schlußmoment noch möglichst viel hinunterzukippen, zum Opfer gebracht.

Unter den gegen vier Uhr ankommenden Gästen befanden sich drei Herren von der Zinkhütte: ein Ingenieur, ein Metallurg und ein Abteilungsleiter. Der vierte Stuhl an ihrem Tisch blieb frei, bis er von den Gästen am Nachbartisch, zu denen sich ein fünfter gesellte, weggeholt wurde.

Wally kannte die drei seit Jahren und hielt sich nicht erst damit auf, sie zu fragen, was sie trinken wollten. Er brachte ihnen Bier, sprach sechs Sekunden mit ihnen, kassierte und gab ihnen das Wechselgeld von dem Häufchen auf seinem Tablett. Mit vielen anderen Gästen hatte er es ebenso leicht, weil er wußte, was sie zu trinken pflegten. Und viele waren so rücksichtsvoll, ihr Geld gleich auf dem Tisch bereitzulegen, um dem stark beschäftigten Mann ein wenig Zeit zu sparen. Andere dagegen dachten erst ans Bezahlen, wenn er ihnen die Gläser hinsetzte. Sie fuhren dann mit der Hand tief in die Tasche, besannen sich aber, zogen ihre Brieftasche hervor und trödelten erst eine Weile, bevor sie sich entschieden, ob sie eine Pfund- oder eine Zehnschillingnote wechseln lassen sollten.

Von dieser Sorte waren nach Sloans Erfahrungen die Frauen am schlimmsten, vor allem Frauen ohne männliche Begleitung. Sie zwangen ihn, untätig dabeizustehen, während sie in ihren Handtaschen nach Kleingeld oder dem Portemonnaie kramten, obwohl sie genau den Preis der bestellten Getränke kannten und wußten, daß andere ihretwegen warten mußten.

An diesen Samstagnachmittagen unterschied sich die Menge deutlich von der kleineren Gästeschar an anderen Nachmittagen: Gewisse Leute bevorzugten ganz bestimmte Tische, falls es möglich war, sie zu bekommen. Männergruppen wählten die nahe am Haupteingang stehenden, während einzelne Frauen fast immer nach den von dieser Tür am weitesten entfernten Tischen und in die Nähe der kleinen Bar strebten.

Um halb sechs Uhr etwa war eine weitere eigenartige Erscheinung zu beobachten: Ehemänner sonderten sich ab, um sich zu ihren Freunden in anderen Bars zu begeben, indes die Frauen, die zuerst verloren und dann ärgerlich aussahen, allmählich an mehreren Tischen zusammenrückten. So ging es jedesmal – so pünktlich, daß Sloan schon daran erkennen konnte, wie spät es war. Daher war dann im Vestibül und in den Nebenräumen um halb sechs Uhr trotz der nahen ›gefürchteten‹ Schlußstunde der Betrieb geringer als noch eine halbe Stunde vorher.

Kurz nach fünf Uhr an jenem Nachmittag verließen zwei von den drei Herren der Zinkhütte das Hotel, während der dritte sitzenblieb und einen Plan studierte, der fast den ganzen Tisch bedeckte. Von Zeit zu Zeit überzeugte sich Sloan im Vorbeigehen, ob sein Glas wieder leer war, trat aber möglichst selten an seinen Tisch, weil der Mann so in den Plan vertieft zu sein schien.

Zwanzig Minuten vor sechs Uhr stand Sloan vor der Bar, wo er seine Bestellungen aufgab, als plötzlich die Gespräche der Gäste hinter seinem Rücken so auffallend verstummten, daß der Tumult in den übrigen Räumen sich um so greller abhob. Als er sich umdrehte, sah er, wie der Mann mit dem Plan, der einen Moment mit dem Gesicht zum Ausgang neben seinem Stuhl gestanden hatte, den

Körper weit zur Seite bog, sich aufrichtete, den Kopf zurückwarf und in den Knien einknickte.

Der eine der beiden Barmixer beugte sich weit über den Schanktisch. Er sah, wie Sloan durch den Raum eilte, von einem Tisch ein Glas aufgriff und dann die Vordertür zuknallte und abschloß. Als er den am Boden liegenden Mann sah, ahnte er, weshalb Sloan den Eingang verschloß; er machte kehrt, gab seinem Kollegen ein Zeichen und war mit ein paar Sprüngen im Vestibül, wo er sich vor die zu den kleineren Gasträumen und zum Hinterausgang führende Tür stellte. Sein Kollege lief wie selbstverständlich auf die Straße und winkte einen in der Nachbarschaft postierten Polizisten herbei.

10

Hans Gromberg, der in der Zinkhütte tätig gewesene Ingenieur, starb zwanzig Minuten vor sechs Uhr. Von diesem Augenblick an konnte kein Gast das Vestibül verlassen. Fünf Minuten vor sechs kam Bony mit Crome, Abbot und noch einigen Kriminalbeamten durch die Hintertür ins Hotel, wo sie ihre Untersuchungen begannen.

Mit den Räumen des ›Western Mail‹ vertraut, bat Bony sofort das Personal und die Neugierigen, das kleinere Gästezimmer zu verlassen, und bat die Gäste, die Sloan und der Barmixer durch ihr schnelles Handeln im Vestibül eingeschlossen hatten, sich dorthin zu begeben.

Es waren 13 Männer und 19 Frauen, und Bony mußte befürchten, jetzt durch die übliche Polizeiroutine behindert zu werden. Abbot und ein zweiter Mann notierten die Namen, Adressen und Berufe. Noch ehe sie damit fertig waren, kam Dr. John Hoadly an und untersuchte die Leiche.

Er sagte zu dem gespannt wartenden Bony: »Ohne Obduktion kann ich keine sichere Angabe machen, aber – unter uns gesagt – ich glaube, daß Zyankalivergiftung vorliegt. Jedenfalls würde ich nicht für eine Million den Rest aus dem Glase trinken, das Sloan, wie ich höre, an sich genommen hat.«

»Schönen Dank, Doktor. In spätestens einer Stunde werden wir den Toten im Leichenhaus haben. Würden Sie die Obduktion dann möglichst rasch vornehmen?«

»Selbstverständlich.«

Bonys Lächeln war eisig. Der Arzt wurde durch die Hintertür hinausgeleitet, und der Fotograf begann seine Arbeit. An einem Tisch im Winkel neben dem Schanktisch nahm Crome die Aussagen Sloans zu Protokoll. Bony ging zu ihm und blieb bis zur Beendigung der Niederschrift neben ihm.

»Irgendein Fingerzeig?« fragte er den Sergeanten.

»Nein, Sir.«

»Fortwährendes Kommen und Gehen von Gästen vermutlich, nicht wahr, Sloan?«

»Ja, Sir.«

»Nun, wir dürfen die Leute nicht länger als absolut notwendig hierbehalten. Kommen Sie beide mit.«

Sloan und Crome begleiteten Bony in den anderen Raum, wo er Sloan fragte: »Wissen Sie, wie viele hier anwesend sind?«

Zu seinem Erstaunen erwiderte Sloan nach kurzem Überblick schon: »Sind alle da.«

»Nennen Sie mir bitte die Namen. Und Sie, Abbot, notieren sie.«

Ohne Zögern zählte Sloan die Namen auf, und dann hielt Bony eine Ansprache.

»Meine Damen und Herren«, sagte er, »es ist höchst bedauerlich, daß Sie heute nachmittag zugegen waren, als Mr. Hans Gromberg vor Ihren Augen auf grausame Weise starb und ein – so darf ich gewiß behaupten – für Sie alle angenehmer Nachmittag ein trauriges Ende fand. Ich muß Sie jetzt, in Hinblick auf die – wenn auch entfernte – Möglichkeit, daß Mr. Gromberg vergiftet worden ist, bitten, sich freiwillig einer Durchsuchung zu unterziehen, bevor Sie das Hotel verlassen. Falls Mr. Gromberg vergiftet wurde, ist sicherlich der Giftmörder nicht hier, doch Sie würden trotzdem der Polizei einen großen Dienst erweisen, indem Sie sich von jedem Verdacht reinigen. Allen Anzeichen nach handelt es sich, falls der Tote an Gift starb, nicht um Selbstmord, und der Täter muß zu der Zeit, als Mr. Gromberg sich im Vestibül befand, auch dort gewesen sein, zumindest einen Teil der Zeit.«

»Ich bin bereit«, erklärte einer der Männer, und eine Frau schlug vernünftig vor: »Weshalb nicht? Uns Frauen könnten ja zwei Zimmermädchen durchsuchen. Gute Idee. Gromberg war ein netter alter Herr.«

Alle erklärten sich mit der Durchsuchung einverstanden, und es wurde, wie Bony sich schon gedacht hatte, kein Quentchen Gift gefunden. Er hatte immerhin sein möglichstes getan.

Erst spät kam er zum Abendessen, und nachher suchte er Sloan auf.

»Können Sie sich erinnern, wo der andere Kellner sich befand, als Gromberg starb?« fragte er ihn.

»Er bediente in dem Nebenzimmer, Sir«, antwortete Sloan. »In das Vestibül kam er nur, um die Getränke vom Schanktisch zu holen.«

»Dann will ich ihn jetzt nicht behelligen, aber Sie möchte ich bitten, in mein Büro mitzukommen. Wollen mal allgemein die Lage besprechen.«

»Gern, Sir. Mir kommen erst allmählich die Einzelheiten wieder ins Gedächtnis. Es wäre wirklich eine Schande, wenn jemand den alten Gromberg umgebracht hätte! So ein gutmütiger, braver Mensch. Jeden Monat einmal brachte er den Kindern im Krankenhaus Bonbons und Bücher. Jahrelang.«

»Ja, schlimm. Lassen Sie uns gleich gehen«, sagte Bony.

In seinem Büro bat er Sloan, sich zu setzen und noch ein wenig zu warten. Crome kam herein. Er nickte Sloan zu, sagte aber, während er vor Bony ein Schriftstück auf den Tisch legte, kein Wort.

»Ja, schlimm«, sagte Bony zum zweitenmal – was Sloan auffiel – und vertiefte sich in den Bericht. »Nichts von den Uniformierten?«

»Nein, Sir. An dem Glas außer den Fingerabdrücken von Gromberg noch die einer zweiten Hand. Stammen vielleicht von Sloan. – Was meinen Sie dazu, Sloan?«

»Sie können meine gern abnehmen.«

»Lassen Sie Ihren Mann mit seinen Sachen herkommen«, sagte Bony, »ich möchte Sloan jetzt hier bei der Sache halten. Rücken Sie näher, Sloan, und rauchen Sie, wenn Sie Lust haben – Crome, lassen Sie mir bitte die Zeichnungen sofort bringen.«

Das Telefon auf dem Schreibtisch schnarrte. Etwas ungeduldig nahm Bony den Hörer ab.

»Sind Sie da, Bonaparte? Hier Pavier. Kommen Sie bitte auf eine Minute zu mir.«

»Gewiß, Sir, sofort.«

Bony legte seufzend den Hörer wieder auf.

»Im Vertrauen, Sloan: Es war Gift. Zyankali. Wenn Sie nachher fortgehen, versuchen Sie doch bitte, Pavier junior zu finden und ihn dazu zu bewegen, daß er möglichst rücksichtsvoll schreibt. Sicher ist er irgendwo in der Nähe. Sein Vater macht sich große Sorgen.«

»All right, das wird erledigt, Inspektor. Ich kenne Luke schon, seitdem er als Kind in unsere Stadt kam. Ein gewitzter Junge, Sir!

Hat auf der Universität in Adelaide tadellos abgeschnitten und hat viele gute Seiten.«

»Was hat er denn für schlechte?«

»Frech, hauptsächlich. Seine Mutter ist vor zehn Jahren gestorben, dadurch ist er wohl etwas aus den Fugen geraten.« Sloan versuchte zu lächeln, als er hinzufügte: »In seiner Zeitung hat er den Inspektor Stillman mächtig fertiggemacht, wobei sich wohl nicht vermeiden ließ, daß er seinen Vater mit hineinzog. – Na, ich werde sehen, was ich tun kann.«

Bony nickte ihm zum Dank freundlich zu. Soeben kam der Fingerabdruckmann herein. Er trat zu Sloan, während Bony zum Polizeidirektor hinüberging.

Er fand Paviers Sekretärin an ihrem Schreibtisch. Es war Viertel neun Uhr. Sie studierte, die Stirn in die linke Hand gestützt, in der rechten einen Bleistift, ein Schriftstück. Ihre Finger arbeiteten in nervöser Spannung, der Bleistift schien zwischen ihnen hin und her zu gleiten wie eine Schlange unter Baumwurzeln. Als Bony eintrat, blickte sie hoch; der Bleistift verschwand.

»Na, Sie arbeiten ja noch so spät heute abend, Miss Lodding.«

»Ja, Sir, ich habe noch viel nachzuholen.«

Ihre dunklen Augen glänzten stark, das Gesicht wirkte im Licht der tiefhängenden Lampe stumpf weiß. Ihre Stimme klang matt – aber in Bonys Ohren angenehm –, und sie schien müde bis zur Erschöpfung.

»Machen Sie lieber Schluß«, riet er ihr lächelnd, »vergessen Sie nicht, daß Sie eben erst krank waren.«

Zum zweiten Male entdeckte er jetzt in ihrem Gesicht die ›andere Frau‹. Lächelnd ging er in Paviers Zimmer. Der Polizeidirektor schwang sich sofort im Drehstuhl herum, als er eintrat.

»Na, Spuren gefunden?« fragte er scharf.

»Nein, Direktor. Habe gerade Sloan bei mir im Büro. Hat Crome Ihnen seinen Bericht gegeben?«

»Ja. Es war richtig von Ihnen, daß Sie die Leute im Hotel überredet haben, sich freiwillig visitieren zu lassen.«

»Oh, ich kenne mich in den üblichen Polizeimethoden immer noch aus«, meinte Bony. »Bleiben Sie noch bei Ihrem Entschluß, diese Affäre nicht vorläufig geheimzuhalten?«

»Ja. Anders kann ich nicht verfahren.« Pavier sah ebenso müde aus wie Miss Lodding. »Die wichtigsten Tatsachen muß ich heute abend noch nach Sydney durchgeben. Dann kriegen wir wieder eine Invasion.«

»Wäre ein Jammer! Die Invasion, meine ich. Alles würde verkorkst und meine Tätigkeit bedenklich gehemmt, so sehr, daß dann höchstwahrscheinlich noch ein älterer Mann vergiftet werden wird. Also raten Sie Sydney lieber dringend, den armen Bony in Ruhe zu lassen, damit er die Mordfälle klären kann. Ich bin nämlich schon ein Stück vorwärtsgekommen: Ich kenne das Motiv zur Vergiftung der drei Opfer.«

»Wirklich?! Und das wäre?«

»Mein kleines Geheimnis. Außerdem habe ich noch ein paar, die ich mit niemandem aus Sydney zu teilen gedenke. Ich werde diese Fälle klären und sie Ihnen sozusagen versandfertig verpackt übergeben. Noch verfüge ich über acht von den mir zugestandenen vierzehn Tagen, und ich habe so viele Assistenten, wie ich brauche. Von den hiesigen Beamten möchte sich keiner durch Sydney das Konzept verderben lassen.«

»Und ich möchte das auch nicht. Verdammt und zugenäht, Bonaparte, ich klage ja nicht, sondern bin nur vorausschauend!«

»Weiß ich, Sir. Weshalb sollten Sie in Ihrer Meldung heute abend nicht sagen können, daß Sie meinen an Sie zu liefernden Bericht mit der nächsten Luftpost hinschicken werden? Dann sind die erst mal ruhig. – Jetzt muß ich aber wieder an die Arbeit. All right?«

»Ja, Bonaparte, und viel Glück! Das haben wir ja alle nötig.«

An der Tür blieb Bony stehen und sagte: »Ihr Sohn gefällt mir, Sir. Wir kommen fein miteinander aus. Übrigens ist er darin, daß man die Todesursache einstweilen verschweigen sollte, einsichtiger als Sie.«

»Er hat seinen Job, und ich habe meinen. Ist ein guter Junge, aber in letzter Zeit verstehen wir uns nicht mehr so recht.«

»Das läßt sich bestimmt wieder einrenken. – Bis bald also.«

Bony sprach, als er wieder durchs Vorzimmer ging, nicht mit der Sekretärin. In seinem Büro traf er Crome und Sloan an. Crome hatte die Bilder, die Bony auf ein niedriges Wandregal stellte.

»Haben Sie diese Frau schon mal gesehen?« fragte er Sloan.

Der Hotelier lehnte sich auf dem Stuhl zurück und betrachtete die Bilder, erhob sich und ging näher heran. Kopfschüttelnd drehte er sich zu Bony um.

»Gesicht ist ein bißchen verschwommen, nicht wahr, Sir?« sagte er.

»Ja. Kommt die Handtasche Ihnen bekannt vor?«

Sloan studierte die Bilder noch einmal und schüttelte wieder den Kopf.

»All right, lassen wir jetzt die Bilder. – Seien Sie doch nicht so

mit grauem Haar war dabei, die ein Gesicht machte wie drei Tage Regenwetter. Die trank Kognak. Eine war mächtig aufgedonnert, als wenn sie sich einen angeln wollte. Fummelte dauernd an ihrer Handtasche herum und stahl mir viel Zeit, bis sie das Geld für ihre Zeche zusammengesucht hatte.«

»Bleiben noch drei, Sloan«, sagte Bony halblaut. »Jetzt auf diese konzentrieren. Trug eine von denen eine Brille, über deren Rand sie hinwegblickte?«

»Nein. Eine war noch jugendlich. Die trank Gin mit Wasser. So was Dummes – in ihrem Alter. Eine andere, auch so eine Nervensäge, war wohl in den Vierzigern. Ebenfalls aufgedonnert. Trank Ingwerbier. Und die letzte war eine alte Dame, klein, dick, Biertrinkertyp.«

»Diese ›Nervensäge‹ in den Vierzigern, hat die auch so mit dem Geld getrödelt?«

»Ja. Trank Ingwerbier.«

»Ist das denn ungewöhnlich?«

»Natürlich, Sir. Wer geht in ein Restaurant, um ganz allein so ein Zeug zu trinken? Das macht man im Café. Im Restaurant bestellen sich Frauen alkoholfreie Getränke nur, wenn sie mit ihrem Mann oder ihrem Freund kommen.«

»Und sie war so aufgedonnert?«

»Ja, Sir. Stark geschminkt und gepudert. Aber ganz gut angezogen, glaube ich. Blau und weiß, mit weißem Hut.«

»Handtasche?« fragte Bony prompt.

»Handtasche?« Sloan zog die Stirn in Falten. »Kann mich nicht erinnern. Zu viele Handtaschen im Lokal. Stören mich gräßlich, weil sie immerzu auf den Tischen rumliegen, wenn ich die Gläser hinstellen will.«

»Können Sie sich nicht an eine blaue Handtasche mit roten Schlaufen erinnern?« drängte Bony.

»Nein.« Sloan war sichtlich verzweifelt, aber plötzlich hellte sich sein Gesicht auf. »Will Ihnen mal was sagen, Sir. Mrs. Wallace, die früher bei mir in der Bar beschäftigt gewesen ist, wird sich vielleicht erinnern. Sie hat neben der Frau im blau-weißen Kleid gesessen.«

»Gute Idee, Sloan. Mrs. Wallace! Wissen Sie, wo sie wohnt?«

Sloan wußte es, und Crome notierte die Adresse, desgleichen die Namen der anderen Frauen, die Sloan kannte.

»Wo, an welchem Platz hat die Frau im blau-weißen Kleid gesessen?« fuhr Bony fort.

»Mit dem Rücken zur hinteren Wand, Sir.«

»Konnte sie Gromberg die ganze Zeit sehen?«

»Ja. Sie ging hinaus – jetzt fällt mir das ein. Ging fort, nachdem Mrs. Wallace gegangen war. Kurz bevor bei mir vier doppelte Whisky bestellt wurden. Gerade als ich auf diese am Schanktisch wartete, brach die Unterhaltung der Gäste ab, und als ich mich umdrehte, sah ich Gromberg sterben.«

Bony, der klug genug war, einen Zeugen nicht zu übermüden, stand auf, verabschiedete den Hotelier und sagte: »Sie haben mir wirklich sehr geholfen, Sloan.«

11

»Was wäre nun unser nächster Schritt?« fragte Bony, als Sloan hinaus war. Der Sergeant hatte seine Notizen beiseite geschoben und stopfte sich eine Pfeife.

»Uns auf die Frauen konzentrieren, die allein dort saßen. Eine von denen muß die Tat begangen haben.«

»Wir werden die Spreu vom Weizen sondern, Crome. Es waren also vier Tische in der Reihe am Hauptgang mit insgesamt sechzehn Gästen: vierzehn Frauen und zwei Männern. Die Namen und Adressen von neun Frauen und den beiden Männern haben wir. Die übrigen fünf Frauen kannte Sloan nicht, also werden wir die zuerst aufs Korn nehmen. Oder vielmehr will ich das machen, weil Sie und Ihre Leute vieles andere zu erledigen haben. Mrs Wallace überlassen Sie mir.

Bedaure, daß ich die Routinearbeiten auf Sie abwälzen muß, doch das geht nicht anders. Da es Samstag ist und schon spät und jetzt viele Leute im Kino sind, werden wir erst morgen früh richtig anfangen. Sie ziehen Erkundigungen über die Leute ein, die Sloan persönlich kennt – mit Ausnahme von Mrs. Wallace. Fragen Sie, ob jemand sich einer Frau mit blauer Handtasche – Beutel mit roten Zugschnüren – erinnert, und versuchen Sie gleichzeitig, etwas über die persönlichen Verhältnisse aller dieser Leute zu erfahren. Kann sein, daß Sie eine Verbindung mit Goldspink oder Parsons feststellen können.«

»Scheint mir auch am besten als nächster Schritt«, stimmte Crome zu.

»Am Montag schicken Sie dann Ihre Männer zu allen Drogisten und Apothekern, um die Verkäufe von Zyankali zu kontrollieren. Das ist schon gemacht worden, muß aber wiederholt werden. Sie persönlich besuchen alle Verhüttungsbetriebe, wo Zyankali zum Auslaugen von Silber oder für andere Zwecke gebraucht wird, und prüfen, woher die einzelnen Werke ihr Zyankali beziehen. Haben Sie Abbot zur gründlichen Durchsuchung in Grombergs Haus beordert?«

»Ja, Sir. Er muß bald zurückkommen.«

»Mir wurde in Erinnerung gebracht, daß ich durch den Direktor einen Bericht nach Sydney zu schicken habe. Muß jede Einmischung verhindern. Lassen Sie sich bitte durch Stimmen, die in der Öffentlichkeit laut werden, gar nicht beirren, damit soll der Chef allein fertig werden, denn dafür kriegt er ja sein Gehalt. Ihre und meine Aufgabe ist, den Giftmörder zur Strecke zu bringen.«

»Würde einem weniger Kopfschmerzen machen, wenn nur ein klarer Anhaltspunkt da wäre«, brummelte Crome.

»Wir haben sogar mehrere.«

»Na, die blaue Handtasche mit roten Schnüren kann man doch nicht als –«

»Ein tüchtiger Kriminalbeamter beschäftigt sich gerade mit derartigen Dingen wie Handtaschen. Durch sie kann er den Motiven des Mörders auf den Grund kommen und dessen Identität entschleiern.

Der bedauernswerte Hans Gromberg gehört mit in Vorgänge, in denen ich ein bestimmtes System entdecke. Er war Junggeselle, war in vorgerücktem Alter, war starker Esser und starker Trinker. Wie Goldspink – aber nicht wie Parsons – war er auch großzügig. Sind nun diese drei Opfer gleichsam Kernpunkte in dem System, weil sie unverheiratet waren, oder weil sie schon älter waren, oder weil sie ältliche Junggesellen waren, oder weil sie kräftige – oder unsaubere – Esser waren? Oder hatte jeder von ihnen vielleicht Ähnlichkeit mit einem dem Täter verhaßten Mann?«

»Was hat unsauberes Essen denn damit zu tun?« fragte Crome. »Eine vertrocknete alte Jungfer könnte ja auch so verdreht sein, daß sie einen tollen Haß gegen ältere Junggesellen entwickelt. Von so einem Fall habe ich schon mal was gelesen.«

»Was empfinden Sie denn, wenn einer beim Essen ständig kleckert und sein Anzug vorn fleckig und fettig ist?«

»Ekel.«

»Und wieviel mehr müßte eine ältliche Jungfer sich da ekeln?«

»Sie glauben also, daß diese drei gemeinsamen Faktoren die drei Morde gewissermaßen zu einem einzigen Bild vereinigen – im Gehirn eines vor Haß fast verrückten Menschen?«

»Ja, zu dieser Ansicht neige ich«, antwortete Bony. »Die Verkäuferin aus Goldspinks Laden hat mir berichtet, daß ihr Chef oft Flecke vom Essen auf der Weste hatte. Die Kellnerin aus dem Café erzählte mir, daß Parsons ständig beim Essen seinen Anzug beschmierte. Und ich selbst habe gesehen, daß Grombergs Weste in ähnlicher Weise beschmutzt war. Sie werden also bemerken, daß wir Fortschritte gemacht haben.«

»Demnach müßten wir nach einer verschrobenen alten Jungfer forschen?«

»Ja und nein. Nach meinem Gefühl können wir einigermaßen sicher sein, daß eine Frau als Täter in Frage kommt. Freilich kann es geschehen, daß wir diese Theorie umwerfen müssen. Haben wir auch bisher kein Verbindungsglied zwischen Goldspink und Parsons entdeckt, so finden wir vielleicht eins zwischen Gromberg und Goldspink oder ihm und Parsons. Goldspinks Tod ist Mrs. Robinow zum Vorteil geworden, doch von Parsons' Tod hat keiner profitiert. Zur Illustration: Sollten wir beispielsweise feststellen, daß Mrs. Robinow auch in Grombergs Testament bedacht ist, dann könnten wir mit gutem Grund annehmen, daß sie so schlau war, den alten Parsons ›zusätzlich‹ zu vergiften, um den Anschein zu erwecken, als sei der Plan zu den Morden im Kopf einer Halbirren entstanden – was sie selbst ja keineswegs ist. In der Kriminalgeschichte finden wir eine Reihe von Mordtaten, die begangen wurden, um das Motiv zur Tötung einer bestimmten Person zu verschleiern.«

Der Sergeant stürzte sich auf das Wort ›Halbirre‹. Er fragte, ob es das überhaupt gäbe – Irrsinn sei Irrsinn.

»O ja, das gibt es, Crome, gewiß. Unsere Anstalten sind voll von nur einseitig Irren, sogenannten manischen Kranken. Manche solche Menschen kommen nie in eine Anstalt, da sie nicht krank wirken und ihre Verwandten bereit sind, für sie zu sorgen. Bei anderen hingegen ist man gezwungen, sie in sicheren Gewahrsam zu nehmen. Von allen Krankheiten, die den Menschen treffen können, ist beginnender Irrsinn am schwersten zu entdecken.

Ich will jetzt einen Schritt zurückgehen. Wenn wir für den Mord an Gromberg als Motiv Habgier, Eifersucht oder Ehrgeiz entdecken, dann müssen wir nach einem geistig gesunden und schlauen Täter suchen. Andererseits: Wenn dieser Mord keinerlei verbindendes Motiv mit den anderen aufweist, müssen wir nach der halbirren Person forschen, die einen intensiven Haß gegen ältere, unästhetische Junggesellen hegt.«

Crome seufzte. Er sagte ganz ernst: »Hm – ich bin ja bloß ein simpler, sturer Polizist, der Einbrecher und kleine Glücksspieler einsperren kann. Von einer anderen Sorte ist Stillman; der kann Kampf gegen Gangster führen und Leute verhaften, die ihrer Frau den Hals durchgeschnitten haben, weil sie zänkisch ist oder sich mit einem andern rumtreibt, oder weil der Mörder freies Feld haben will, um eine andere zu heiraten. Mit solchen Gewaltverbrechern kann ich es auch aufnehmen, aber wenn es sich um die Taten von Halbirren dreht, dann sitze ich fest. Ebenso geht's Stillman und meinem Chef.«

Das darin versteckte Kompliment tat Bony wohler, als Crome jemals ahnen sollte.

»Man muß geduldig sein und darf sich nicht auf Nebenwege lokken lassen«, sagte Bony. »Aber jetzt habe ich meinen Bericht für den Direktor zu schreiben. Sie können nach Hause gehen und sich schlafen legen.«

»Kann ich nicht. Muß abwarten, was Abbot für Ergebnisse bringt.«

Crome verließ das Zimmer, während Bony die Gedanken wieder auf seinen Bericht lenkte. Er wußte, daß er, wenn er sich Bewegungsfreiheit verschaffen wollte, schriftlich einen ganz anderen Ton anschlagen mußte, als er ihn oft bei den Wortgefechten mit seinen Vorgesetzten hatte. Die Aufgabe beanspruchte ihn eine Stunde. Als er wieder in sein Hotel gehen wollte, traf er Crome.

»Abbot hat in Grombergs Haus kein Gift gefunden«, berichtete ihm der Sergeant. »Entdeckt hat er ein paar Tagebücher, in denen er die Eintragungen vom letzten halben Jahr nachgelesen hat, ohne irgendeinen Hinweis auf Parsons oder Goldspink zu finden. Ferner ein Testament, vor einem Jahr aufgesetzt, in dem alles einem Neffen in Neuseeland vermacht wird. Daraus geht nicht viel hervor.«

»Danke schön. Setzen Sie einen Mann für Ermittlungen über Grombergs Vergangenheit an. Ich gehe jetzt zu Bett.«

Obwohl es nach seinen Gewohnheiten nicht besonders spät war, schlief er bis neun Uhr morgens durch. Dann klingelte er nach Sloan und bat ihn, großzügig zu sein und ihm das Frühstück im Zimmer zu servieren. Es wurde elf Uhr, bis er das Hotel verließ. Ein Taxi fand er ohne Schwierigkeit.

Sonntagmorgen. Die Argent Street lag verlassen da, nur hier und da lehnten Männer an einer Veranda, einige mit Hunden an der Leine, die meisten in Gespräche über Sport vertieft. Auf der berühmten Straße war es still – eine Stille, die bei dem Geräusch der Maschinen von den Bergwerken, das wohl gedämpft werden kann, aber nie ganz schweigt, besonders auffiel.

Der Wagen fuhr Bony durch diese Straße, kreuzte die Bahnschienen und fuhr an der Handelskammer vorbei. Eine Biegung, dann an einem der beiden Bahnhöfe vorbei auf eine Straße, wo früher ein niedriger Felsgrat gewesen sein mußte. Von da aus konnte Bony den Berg sehen, von dem die Stadt ihren Namen hatte, und er sah, was die Menschen aus ihm gemacht hatten.

Sogar der strahlende Himmel, der Qualm und Dampf von den Erzbergwerken machten einen sonntäglichen Eindruck.

Endlich hielt das Taxi vor einem kleinen Haus an, das dicht hinter einem Lattenzaun stand, von dem die Farbe abblätterte. Bony bat den Fahrer zu warten, ging durch eine Lücke im Zaun, die einmal ein Tor gewesen war, und stieg zwei Stufen zur Haustür hinauf.

Auf sein Klopfen öffnete ihm ein Mädchen von zwölf oder dreizehn Jahren die Tür und sagte auf seine Frage, die Mutter sei zu Hause. Sie ließ ihn in der offenen Tür stehen, und er hörte sie rufen: »Hallo, Mama, da is'n Mann, der dich sprechen will.«

Eine Frauenstimme antwortete: »Verflixt noch mal! Er soll warten. Bin noch nicht angezogen. Wie sieht er denn aus?«

»Ach, eben ein Mann. Hat seinen besten Anzug an.«

Als käme sie gar nicht auf den Gedanken, daß der Besucher dieses Gespräch mithören konnte, erschien die Kleine wieder, um zu erklären, ihre Mutter sei bald empfangsbereit. Und wieder stand Bony verlassen im Eingang, diesmal zehn Minuten, bis sich eine Gestalt in einem umfangreichen Morgenmantel aus bonbonrosa Stoff vor ihm aufbaute.

»Verzeihen Sie meine unordentliche Aufmachung, aber am Sonntagmorgen mag ich mich nicht hetzen lassen«, sagte sie in geziertem Ton. »Was gibt es denn?«

»Ich bin von der Kriminalpolizei, Mrs. Wallace. Wally Sloan hat mir gesagt, Sie seien vermutlich in der Lage, uns in einer bestimmten Angelegenheit zu helfen.«

Mrs. Wallace war fünfzig und verblüffend blond, ihr rasch aufgetragenes Make-up wirkte etwas verwischt.

»Du meine Güte! Was Sie nicht sagen«, rief sie. »Treten Sie näher.«

Bony wurde in die gute Stube geführt, die angefüllt war mit vielen signierten Fotos, Nippsachen, Kissen und einer Klubgarnitur. »Also kommen Sie gewiß wegen Gromberg?« fragte Mrs. Wallace.

»Sie haben es schon erfahren?«

»Daß er im ›Western Mail‹ gestorben ist, ganz plötzlich? Woran starb er denn, Mr. . . . Sergeant – oder Inspektor?«

»Inspektor. – Mr. Gromberg starb an Zyankalivergiftung.«

»Was Sie nicht sagen!« Mrs. Wallace rückte sich behaglich im Sessel zurecht. Das konnte ja interessant werden – das durfte man nicht kurz abtun! »El-sie!« schrie sie fast kreischend laut.

»Ja, Mama?« rief das Mädchen von irgendwo hinten im Haus.

»Hast du den Kaffee schon fertig, liebes Kind?«

»Ja. Willst du ihn gleich haben?«

»Was denn sonst! Bring noch eine Tasse mit für den Herrn hier.« Zu Bony sagte sie in sanftem Ton: »Die Sache wird ernst, wie?«

»Mit den Vergiftungen? Ja. Sloan sagte mir, Sie hätten das Vestibül des Hotels verlassen, nur wenige Minuten bevor Gromberg sein Bier austrank und sofort daran starb. Das Glas Bier war ihm etwa um fünf Uhr zwanzig serviert worden, und ausgetrunken hat er es um fünf Uhr vierzig. Sie gingen, soweit Sloan sich erinnert, um fünf Uhr fünfunddreißig fort.«

»Ja, es war nach halb sechs.«

Mrs. Wallace hob die Hand, um ihn aufmerksam zu machen, daß die Kleine hereinkam. Verlegen brachte das Mädchen ein versilbertes Tablett mit einer Spitzendecke, auf dem Kaffeekanne, Zuckerdose, Milch und Tassen standen, ins Zimmer. Die Mutter nahm rasch von einem kleinen Tisch die Nippsachen weg, um Platz für das Tablett zu machen, und das Mädchen ging wieder hinaus. Mrs. Wallace holte nun eine Flasche Kognak herbei, lächelte Bony zu, goß eine tüchtige Portion in eine Tasse und reichte ihm die Flasche.

»Dürfen Sie alles austrinken«, sagte sie. »War gestern abend auf einer Party. Hab' noch einen ganz kratzigen Hals davon.«

Bony nahm eine Tasse Kaffee an, lehnte jedoch den Kognak ab.

»Von Ihrem Platz im Vestibül haben Sie doch jeden Eintretenden und Hinausgehenden beobachten können, nicht wahr?«

»Aber sicher«, bestätigte Mrs. Wallace. »Ich beobachte sowieso gern die Leute.«

»Sitzen Sie dort oft für ein paar Minuten?«

Sie kicherte, wobei ihr Busen in Bony die Erinnerung an die ›Unterlage‹ von Mrs. Robinows Perlen wachrief.

»Eigentlich eher ein paar Stunden, Inspektor. Fast jeden Samstagnachmittag gehe ich hin, ist das einzige Vergnügen, das mir geblieben ist. Habe nämlich früher mal in einer Bar gearbeitet, deshalb gefällt es mir dort so gut.«

»Und gerade weil Sie mit Bars vertraut sind, hoffe ich, von Ihnen einige Fingerzeige zu erhalten«, sagte Bony. Er trank von seinem Kaffee. »Oh, die Kleine macht ja einen vorzüglichen Kaffee!«

»Ja, wirklich, ich bringe ihr feine Manieren bei. Melden Sie sich, wenn Sie noch eine Tasse trinken wollen. – Was hatten Sie eben gesagt?«

»Als Sie Ihren Tisch verließen, um zum vorderen Ausgang zu kommen, mußten Sie doch hinter Gromberg vorbei, nicht wahr?«

»Ja, mußte ich.«

»Haben Sie da bemerkt, wieviel Bier er noch im Glas hatte?«

»Ich muß sagen, das habe ich tatsächlich bemerkt. Als Bardame kann ich so was auf einen Blick sehen, und Sie haben mir das jetzt ins Gedächtnis zurückgerufen: Grombergs Glas war ein bißchen mehr als halb voll. Ich weiß, daß ich beim Hinausgehen noch dachte, daß sein Bier ein wenig schal aussah, was mich wunderte, weil meins jedesmal tadellos gewesen war. Das in seinem Glas sah trübe aus, und auf der Straße überlegte ich noch, daß ich bisher im ›Western Mail‹ noch nie trübes Bier gesehen hatte.«

Die Augen der Frau wurden klein, ihr großer Mund verzog sich in echtem Abscheu.

»Diese Trübheit! Sie glauben doch nicht etwa –?«

»Und das sollen auch Sie nicht, Mrs. Wallace«, entgegnete Bony eindringlich. »Wir wollen noch einmal genau die Zeiten vergleichen. Sloan brachte Gromberg zuletzt ein volles Glas ungefähr um fünf Uhr zwanzig, und Sie verließen den Raum um fünf Uhr fünfunddreißig. Können Sie sich erinnern, wer in der dazwischenliegenden Zeit fortging?«

Mrs. Wallace zog ein Gesicht, als hätte Bony etwas Unanständiges gesagt, und behielt diese Miene bei, als sie ihm wieder Kaffee einschenkte und in ihre eigene Tasse noch Kognak goß.

»Es gingen mehrere fort, hauptsächlich Frauen, die in meiner Umgebung saßen. Die am Tisch nebenan gingen kurz vor mir hinaus.«

»Haben Sie zufällig gesehen, wie diese Leute an Mr. Gromberg vorbeigingen? Sie mußten doch alle hinter seinem Rücken durch den Gang, nicht wahr?«

»Ja, so wie er saß, mußten sie das alle. Ein paar von denen hatte ich erst vorgestern dort gesehen. Eigentlich komisch! Die mir am nächsten sitzende Frau benahm sich sonderbar. Ich sprach sie zweimal an, doch sie antwortete kein Wort, also kümmerte ich mich nicht mehr um sie. Ausgerechnet Ingwerbier trank sie. Zuerst hatte ich gedacht, sie wartete auf einen Mann, aber nachher sagte ich mir: ›Nein, die sieht wahrhaftig nicht so aus, als hätte sie einen Mann zu erwarten, weder da im Hotel noch sonstwo.‹«

»Könnten Sie sagen, daß sie besonders nahe an Mr. Gromberg vorbeiging?«

»Nein, nicht näher als nötig«, erwiderte Mrs. Wallace. »Ich glaubte, sie sei mit der Frau bekannt, die – von mir aus gesehen – vor Gromberg und auch mit dem Rücken zum Gang saß, denn als sie bei ihr ankam, streckte sie die Hand aus, als wollte sie sie anfassen, doch dann schien sie sich anders zu besinnen und ging weiter, an Gromberg vorbei. Sie hat aber ihre Hand nicht in die Nähe seines Glases gebracht, das könnte ich beschwören.«

»Eben sagten Sie, die Frau hätte sich sonderbar benommen. Was war denn so sonderbar an ihr?«

»Nun, zunächst, daß sie in einem Restaurant bloß Ingwerbier trank. Und dann, daß sie nicht mit mir sprechen wollte. Allerdings habe ich mich nicht aufgedrängt. Kann mir ja schließlich auch egal sein. Mir kam sie vor, als wäre sie zum erstenmal in einem Restaurant und rechnete jeden Augenblick damit, daß der Teufel hereinkäme.

So altjüngferlich! Wissen Sie, das sieht man doch gleich. Einen Ehering trug sie nicht, doch das will ja heutzutage nichts heißen. Sie war bestimmt fünfzig, aber aufgemacht wie eine Dreißigjährige. Manche haben das ja mächtig raus, aber mir kann keine ein X für ein U vormachen.

Und dann diese Handtasche von ihr! Die ganze Zeit hatte sie die auf dem Schoß und fummelte nach ihrem Portemonnaie, und Wally Sloan mußte auf sein Geld warten, während andere Gäste ungeduldig nach ihm riefen. Einmal hätte sie sich beinah das ganze Ingwerbier aufs Kleid geschüttet. Das war aus blauweißer Seide. Und wissen Sie, was ich zufällig in der Handtasche bemerkt habe? Ich werd's Ihnen sagen: einen Säuglingslutscher, einen Schnuller!«

»Einen Schnuller?« echote Bony.

»Jawohl! Ich habe das Ding genau gesehen. Ein hellbrauner Gummilutscher. Farbe wie Bier. Ich hasse die Dinger, meinen Kindern habe ich so was Unappetitliches nie gegeben. Auf dem Fußboden spielt die Katze damit, und der Hund leckt daran. Und dann kommt die zärtliche Mutter, hebt den Schnuller auf und stopft ihn wieder in das kleine Rosenmündchen. Wenn ein Baby überhaupt lutschen muß, soll man ihm einen schönen großen, sauberen Hammelknochen geben. Ohne Fleisch natürlich.«

»Wie sah die Handtasche denn aus?« kam die unvermeidliche Frage.

»Die Handtasche? Blau, glaube ich. Ein Beutel mit Schnüren. Rote Zugschnüre waren es. Aber ich frage Sie: Zu was hat eine alte

Jungfer einen Babyschnuller in der Handtasche? Das erklären Sie mir mal, Inspektor.«

Da Mrs. Wallace eine Antwort erwartete, murmelte Bony: »Das geht über meine Begriffe. – Würden Sie die Frau wiedererkennen?«

»Aber ganz bestimmt!«

»Entschuldigen Sie mich einen Moment. Ich werde Ihnen ein paar Bilder zeigen, die ich draußen im Taxi habe.«

Er war in knapp einer Minute wieder im Zimmer. Mrs. Wallace betrachtete die Arbeiten des Künstlers Mills, schüttelte aber langsam den Kopf.

»Nein, mit diesen allen hatte sie gar keine Ähnlichkeit«, sagte sie in einem Ton, der jeden Zweifel ausschloß. »Die Handtasche allerdings, die ist richtig.«

12

An diesem Sonntagnachmittag wanderte Bony mit Wally Sloan nach dem von Menschen ausgehöhlten Krater auf dem Erzberg und blickte von dort über die Stadt, die sich am Hang des von der Natur wie ein Bumerang geformten Berges ausbreitete. Die Sonne strahlte aus einem grellweißen Himmel, und hinter den Gipfeln des kahlgeschlagenen Barriergebirges hing gespensterhaftes Gewölk.

Sie setzten sich auf einen Holzstapel. Sloan hatte, sobald er nach der Kletterei wieder zu Atem kam, Lust zum Erzählen, und Bony ließ ihn gern über Broken Hill berichten, weil er sich währenddes auch einmal von seinen Problemen ablenken konnte. Zu ihren Füßen lief, jenseits des schmalen Saumes flachen Landes, die Schlagader der Stadt, die Argent Street. Im Süden grenzten die dichtbevölkerten Vororte an die riesige Ebene, die sich bis zum Murray River erstreckte.

Sloan berichtete, wie die erste Bergwerksgesellschaft neues Kapital aufgenommen hatte, indem sie vierzehn gleich große Anteile ausgab, und wie einer beim Kartenspiel einen dieser Anteile im Nennwert von 120 Pfund verlor. Hätte er den behalten, so wären ihm sechs Jahre später 1 250 000 Pfund dafür geboten worden.

»Das ist ein Sümmchen«, sagte Sloan. »Weder Glauben noch große Weitsicht waren damals nötig, nur Glück mußte der Mensch haben, nur das festhalten, was er zunächst für wertlos hielt. Nun sehen Sie sich unsere Stadt an: Groß ist sie nicht, aber sie hat Schwung und alles, was sie braucht. Der Bund und der Staat Neusüdwales ziehen aus ihr jedes Jahr zwölf Millionen Pfund, und trotzdem müssen hier die Leute immer alles vom Besten haben, ob es Bier ist oder ob's Eisschränke sind.

Und gesund zu leben ist's hier jetzt auch, ganz anders als zur Zeit der primitiven Schmelzkessel. Damals mußten die Leute zur Arbeitsstelle und nach Hause zu Fuß gehen, und da hat sich manch einer unterwegs 'n Knacks geholt. Und wenn's so regnete, daß die Gossen überliefen, dann tötete das Gift von der Erzverhüttung die Katzen und Hunde dutzendweise.«

»Unverkennbar, daß Sie Broken Hill lieben«, warf Bony ein.

»Möchte nirgends lieber sein. Mir ist es hier gut gegangen.«

Wally Sloan fühlte sich frei in Gesellschaft eines Menschen, den er leiden mochte, deshalb fiel sein ewiges ›Sir‹ jetzt ganz fort. Ein ulkiger kleiner Kerl, fand Bony, und doch in seiner Weise großartig.

»Waren Sie nie verheiratet?« fragte er ihn.

Mit trockenem Lachen erwiderte Sloan: »Nein. Meinen Sie, es wäre besser gewesen?«

»Jedenfalls sind Sie nicht alt und dickbäuchig wie die bewußten drei, Sloan, und daher wohl kaum in Gefahr.«

»Wissen Sie schon mehr über den Täter?«

»Das habe ich damit nicht behauptet. Ihre Mrs. Wallace hat mir gesagt, die Frau, die neben ihr saß, hätte sich sehr jugendlich zurechtgemacht und einen aufrechten Gang gehabt. Also war sie nicht die Kundin in Goldspinks Laden, als er vergiftet wurde, aber – sie trug genau so eine Handtasche. Nach Mrs. Wallaces Ansicht – und ich neige sehr dazu, mich auf das Urteil einer Person von ihrem Schlag zu verlassen – ist die Frau neben ihr eine ältliche Jungfer gewesen, und trotzdem hatte sie in ihrer Handtasche einen Schnuller, einen Gummilutscher. Was halten Sie davon?«

Sloan zögerte mit der Antwort so lange, daß Bony ihm schließlich direkt in die Augen blickte.

»Ich weiß nicht«, sagte der Hotelier endlich, »ich verstehe nichts von Frauen und kenne auch keinen Mann, der sie ganz versteht. Als der Herrgott Adam und Eva aus dem Paradies jagte, da schuf er eine Kluft zwischen Männern und Frauen, die nie überbrückt worden ist und auch nie überbrückt werden wird. Eins aber kann ich beurteilen: daß der Alkohol die menschliche Natur enthüllt und die Leute ihre Masken fallen lassen. Und ferner weiß ich, daß es Männer und Frauen gibt, die keinen Alkohol trinken, weil sie fürchten, daß andere dann in ihr Herz blicken und ihre Gedanken lesen können. Die Frau, die an dem Nachmittag neben Mrs. Wallace gesessen hat, trank Ingwerbier, weil sie den Kopf klar behalten wollte, um den alten Gromberg zu vergiften, nicht etwa, weil sie einen Widerwillen gegen stärkere Getränke hatte. Der Schnuller ist mir allerdings auch rätselhaft.«

Sloan blickte auf die Argent Street hinunter, dann fuhr er fort: »Wenn Mrs. Wallace gesagt hat, daß die bewußte Frau eine ältliche Jungfer war, dann stimmt das. Ich kenne Mrs. Wallace schon ... lassen Sie mich nachdenken ... ja: seit elf oder zwölf Jahren. Sie hat bei mir in der Bar gearbeitet, auch in anderen Gaststätten, und wer so lange wie sie in Lokalen tätig gewesen ist, kennt Männer und Frauen von Grund auf. Ich habe nichts gegen den Mann oder die Frau, die nicht trinken, bin aber höchst mißtrauisch gegen jeden, der weder trinkt noch raucht, nicht grob und nicht wütend werden kann. Vielleicht will die Frau mit dem Schnuller in der Handtasche sich immerfort vorspiegeln, sie hätte ein Baby, und der Gedanke an alles, was ihr entgangen ist, treibt sie zum Mord?«

»Möglich, daß es so ist. Verdrängte Komplexe«, sagte Bony, indem er aufstand. »Wir wollen jetzt auf eine Tasse Tee in die Argent Street gehen, und dann will ich mal nachsehen, was es im Büro an Neuigkeiten gibt.«

Sie fanden ein Café geöffnet. Nachher verabschiedeten sie sich auf der Straße voneinander. Bony fand das Polizeigebäude in sonntäglicher Stille vor; nur ein Seiteneingang war offen. Auch innen war es still, doch es waren Männer mit ernsten Gesichtern und hartem Blick an der Arbeit.

Crome berichtete, Abbot habe eine Frau – Stammgast von Sloan – ausfindig gemacht, die sich an die Frau mit der blauen Handtasche erinnerte. Die Beschreibung, die sie von ihr gab, stimmte genau mit der überein, die Bony von Mrs. Wallace bekommen hatte.

Inspektor Hobson meldete, er habe inzwischen mit dem Beamten gesprochen, der am letzten Nachmittag in der Nähe des Hotels patroullierte und vom Barkeeper herbeigerufen worden war. Dieser Mann hatte weder im Lokal noch draußen die Frau mit der Handtasche gesehen, deren Form und Farbe er sich nach Bonys Bildern genau eingeprägt hatte.

Abends wurde in Bonys Büro eine Besprechung abgehalten, an der Pavier, Hobson, Crome und Abbot teilnahmen. Sie ging ohne Formalitäten vor sich. Es war so heiß, daß Crome und Hobson ihre Jacken auszogen, und alle rauchten. Vielerlei Vorschläge wurden diskutiert und verworfen.

Pavier sprach aus, was Crome und Abbot dachten: »Sicher kämen wir weiter, wenn wir alles wüßten, was Bonaparte schon im Kopf hat.«

»Nein, da würden Sie nur Konfusion entdecken«, antwortete Bony. »Ich sehe in keinem Punkt klar. Als sicher annehmen können wir bloß, daß eine Frau die Giftmorde verübt hat. Der Fortschritt, der in bezug auf die Kundin in Goldspinks Laden gemacht schien, ist wieder ausgelöscht durch die Beschreibung der Frau, die im Verdacht steht, in Grombergs Bier das Gift getan zu haben. Das einzige Bindeglied ist die Handtasche. Die Frau, die Zyankali in Goldspinks Tee geschüttet hat, ist nicht dieselbe, die Grombergs Bier vergiftete – sonst müßte sie eine Meisterin im Verkleiden sein.

Ein anderer Punkt: Ich kann nicht mit einiger Sicherheit behaupten, daß die Giftmörderin sich ihre Opfer aufgrund näherer persönlicher Bekanntschaft aussucht oder daß sie einfach das Gift überall mit sich herumträgt und irgend jemandem, den sie zufällig antrifft, eine Portion in sein Getränk tut. Ich denke nicht daran, eine Theorie zu entwickeln, wenn ich sie nicht auf einleuchtenden Grundlagen aufbauen kann. Im Kopf habe ich mehrere, von denen eine uns auf wichtige Spuren führen mag, doch bisher sind sie noch zu nebelhaft, um für ein gemeinsames Vorgehen auszureichen.

Wie Ihnen bekannt, arbeitet in einem anderen Raum des Hauses der Zeichner Mills, der uns Skizzen von der Frau im Hotelvestibül machen will. Mrs. Wallace und die Frau, die Abbot vernommen hat, sind bei ihm, um ihn durch Angabe von Einzelheiten zu unterstützen. Morgen früh sollen sämtliche Beamte, bevor sie ihren Dienst beginnen, sich diese Bilder ansehen, und wir werden dann die zwei Serien miteinander vergleichen, ob sich aus Zügen, die beide gemeinsam haben, ein festumrissener Typ ergibt.

Ich schlage vor, daß Abbot mit der Aufsicht über unsere ›Bildergalerie‹ betraut wird. Wir werden nämlich beide Bilderserien ausstellen und alle Leute, die mit ähnlich aussehenden Personen in Berührung gekommen sind, in die ›Galerie‹ führen, wo wir sie ins Kreuzverhör nehmen können. Vielleicht kommt dabei etwas heraus. Inzwischen müssen aber alle Beamten doppelt aufmerksam nach Frauen fahnden, die auch nur die geringste Ähnlichkeit mit einer der auf den Bildern gezeigten aufweisen.«

Nach zehn Uhr kam der Bescheid, daß Mills mit seinen Skizzen fertig sei. Alle begaben sich ins große Dienstzimmer der Kriminalabteilung, um sie zu betrachten. Mrs. Wallace rief begeistert, sie seien sehr gut, und die andere Frau meinte, Kleid, Hut und Handtasche seien genau getroffen.

Ihnen und Mills sprach der Polizeidirektor seinen Dank aus, bat sie um Verschwiegenheit und ließ sie in einem Dienstwagen nach Hause fahren. Pavier, Hobson und Crome begaben sich auch nach Hause, so daß nur Abbot, als Wachhabender für die Nacht, und Bony, der sich wieder in sein Büro begab, zurückblieben. Kaum hatte er dort eine halbe Stunde gesessen, als ein Polizist hereinkam, um ihm zu melden, daß Luke Pavier ihn zu sprechen wünsche.

Bony sagte zu, so ermattet und gehemmt er sich auch fühlte, denn er war trotzdem immer besonders wach, wenn die Schwierigkeiten wuchsen und seine Aufgabe ihn entsprechend stärker faszinierte. Obgleich er sich ›die Zeit‹ in diesem Fall als ein Wesen vorgestellt hatte, das den Tod zwischen Daumen und Zeigefinger trug, kannte er sie auch in anderen – nicht so grausigen – Tarnungen, zum Beispiel als Enthüllerin von Geheimnissen.

Pavier junior trat ein und brachte Frische und Fröhlichkeit mit. Ohne aufgefordert zusein, zog er sich einen Stuhl an den Schreibtisch und nahm Platz.

»Guten Abend, Mr. Freund«, begann er. »Wie geht's dem großmächtigen Gehirn?«

»Wird alt, Luke.«

»Muß ein bißchen Optimismus eingespritzt kriegen, wie? Dachte ich mir schon. Mein alter Herr ist dieser Tage nicht gerade in prima Laune, und er ist für mich ein gutes Barometer. Bei der Konferenz der höheren Dienstgrade nichts Neues herausgekommen?«

»Konferenz?«

»Ganz recht. Wenn die hohen Herren zusammen das Gebäude verlassen, um heimzugehen, haben sie eine Konferenz gehabt. Und wenn sie sich voneinander verabschieden, als litten sie unter Verdauungsstörungen, dann war die Konferenz ein Fiasko. Das nennt man ›logische Folgerungen‹, Mr. Freund.«

»Sie hätten Detektiv werden sollen«, sagte Bony freundlich.

»Ist nicht so interessant, wie mein Job. Übrigens – erinnern Sie sich noch an meinen Mr. Makepiece, den Fleischer? Ich war eigentlich erstaunt, daß Gromberg vergiftet wurde und nicht er. Ging's Ihnen auch so?«

»Nein. Ihrem Freund fehlt nämlich ein wesentlicher Zug, um ihn zum Opfer zu prädestinieren.«

»Und der wäre?«

»Er ist beim Essen und Trinken zu penibel. – Was wollen Sie morgen in Ihrer Zeitung bringen?«

»›Wir bedauern, berichten zu müssen, daß Mr. Hans Gromberg, der bekannte Ingenieur, an Zyankalivergiftung gestorben ist. Der

Verblichene stammte aus Kiel in Deutschland und kam im Alter von einundzwanzig Jahren nach Australien. Während der dreiundzwanzig Jahre, die er in Broken Hill gewohnt hat, ist er durch Bemühungen um kranke Kinder sehr bekannt geworden. Gromberg war Junggeselle, neunundfünfzig Jahre alt und hatte eine Vorliebe für Pilze und gutes Bier. Soweit wir unterrichtet sind, stellt die Polizei bereits Ermittlungen an.‹ – Wann darf ich endlich mal die Bilder beäugen, die unser Freund Mills entworfen hat?«

»Bilder, junger Mann? Oh, Großmutter, was hast du doch für große Ohren!«

»›Oh, Großmutter, was hast du doch für scharfe Zähne!‹ hat das kleine Rotkäppchen auch noch gerufen. Also, was ist mit den Zeichnungen? Wann wollen Sie sich entschließen, mir zu eröffnen, daß ich zur Mitarbeit befähigt bin?«

»Sobald ich mir klar bin, daß ich Ihnen trauen darf.«

»Das dürfen Sie schon jetzt, Mr. Freund. Diese Zyankaliaffären sind längst nicht mehr nur ein Spaß zwischen meinem Vater und Crome auf der einen und mir auf der anderen Seite. Im Grunde meines Herzens habe ich viel für meinen Alten Herrn übrig. Er geht bald in Pension, und es könnte passieren, daß vorher noch sein guter Ruf beschmutzt wird von Leuten wie Stillman und anderen minderwertigen Burschen. Ich kann mir nicht leisten, als Sohn eines Mannes von schlechtem Ruf herumzulaufen.«

Das brachte Luke so witzig heraus, daß Bony sich versucht fühlte zu lächeln.

»Lassen Sie uns einen Pakt schließen«, sagte er. »Sie veröffentlichen nur das, was ich genehmige, ich akzeptiere Ihre Mitarbeit und bediene mich Ihrer Erfahrung und Ihrer Kenntnis der örtlichen Verhältnisse. Dafür dürfen Sie bei der Verhaftung des Täters zugegen sein und dann alles veröffentlichen, was Sie wollen.«

»Das unterzeichne ich.«

»Kommen Sie.«

Luke folgte Bony in das mit Schreibtischen und Aktenregalen angefüllte Dienstzimmer der Kriminalabteilung. An einer Wand hingen die Aquarellskizzen von David Mills. Bony setzte sich an einen Schreibtisch, während der junge Pavier vor die Bilder trat und sie genau musterte. Er stand verhältnismäßig lange davor, und als er wieder zu Bony trat, sagte er: »Irgendwo, irgendwann habe ich diese Frau in dem blau-weißen Kleid schon gesehen.«

»Das Gesicht oder die Kleidung?«

»Gesicht.«

»Und Sie erinnern sich vielleicht auch an die Handtasche?«

Luke ging noch einmal vor die Bilder, kam jedoch kopfschüttelnd zurück.

»Das Gesicht kommt mir irgendwie bekannt vor, aber ich weiß nicht, wo ich es hintun soll. Wird mir noch einfallen. Wie heißt die Frau?«

»Hat keinen Namen. Mills hat sie nach einer Beschreibung von zwei Frauen gemalt, die im Vestibül waren, als Gromberg starb. Die drei anderen Skizzen hat er nach den wenigen Einzelheiten gemacht, die Mary Isaacs von der Kundin wußte, die sie bediente, als Goldspink starb.«

»Diese drei sagen mir gar nichts. Aber die Handtasche soll dieselbe sein, nicht wahr?«

»Ja, dieselbe. Kommen Sie mit zurück in mein Zimmer.«

Als Bony wieder am Schreibtisch saß, sagte er: »Sobald Ihnen jemand einfällt, der einer der Frauen auf den Bildern ähnlich sieht, informieren Sie mich. Mills hat mir erzählt – oder vielmehr seine Verlobte –, daß er bei Konzerten in der Stadt als Blitzzeichner aufgetreten ist. Vielleicht ist die Frau, an die Sie jetzt denken, in Stücken des Theatervereins aufgetreten. Sie dürfen jederzeit herkommen und die Bilder wieder betrachten. Ich sorge dafür, daß niemand Sie dabei stört.«

»Danke. Was vermuten Sie eigentlich? Eine Frau, die so gut wie irrsinnig ist?«

»Da ist das Motiv für diese Mordtaten nicht unter denen zu finden ist, die neun von zehn Morden zugrunde liegen, muß ich mit ja antworten. Haben Sie mal ›Macbeth‹ gelesen oder auf der Bühne gesehen?«

»Beides. Ich bin eifriger Theaterbesucher. Haben Sie das Buch ›Charaktere und Motive in Shakespeares Dramen‹ von Professor I. M. Stewart gelesen?«

»Nein«, gestand Bony.

»Der Professor sagt – ich zitiere wörtlich: ›Das in der Phantasie eines Menschen aufkommende Böse kann ihn zum Verbrechen treiben, vor allem, wenn er – wie Macbeth – eine starke Phantasie besitzt ohne den Ausgleich durch schöpferische Begabung.«

»Das ist gewissermaßen das Wortporträt von der Frau, die ich suche«, erklärte Bony. »Danke schön. Ich forsche freilich nach einem Motiv. Überzeugt bin ich, daß der Antrieb zu diesen Vergiftungen reiner Haß gewesen ist, Haß auf eine Person, mit der jedes Opfer gemeinsame Züge hat, nicht aber Haß auf die Opfer selbst. Es ist eine Kette von Ursache und Wirkung, und die Auswirkungen sind letztlich der Tod von Männern, die mit dem ursprünglichen Anlaß nicht das geringste zu schaffen haben.«

In das stille Gebäude schien auf eimal Leben zu kommen, und als Bony zu sprechen aufhörte, schwieg auch Luke. Es war nach elf Uhr abends, am einzigen Tag der Woche, an dem sich in Broken Hill die Polizei eine gewisse Gemütlichkeit erlaubte, doch jetzt stapften Beamte in gewichtigem Eilschritt durch die Korridore.

»Es ist was im Gange«, sagte Pavier junior leise, und man fühlte, wie gespannt er von Kopf bis Fuß war.

Hinter dem Hause wurde das Knattern eines Motors hörbar, das dann in sanftes Schnurren überging. Sie konnten am Geräusch verfolgen, wie das Auto der Straße zusteuerte.

»Vielleicht Feuer ausgebrochen«, murmelte Bony, indem er den Reporter beobachtete.

»Oder wieder ein Mord«, meinte Luke. »Klingt jedenfalls vielversprechend. Bis bald denn, Mr. Freund!«

Er verschwand durch die offene Tür, Bony konnte das Geräusch seiner Schritte ganz genau verfolgen, bis vorn in den Wachraum und zum Tisch des Polizisten, der in der Telefonzentrale seinen Nachtdienst versah. Fünf Minuten wartete er, ehe er selbst die Vermittlung anrief.

»Hier Inspektor Bonaparte. Was bedeutet der ganze Rummel?«

»Genau weiß ich's auch nicht, Sir«, lautete die Antwort. »Ein Hüttenarbeiter, der wegen Krankheit vorzeitig nach Hause ging, ist über die Leiche einer Frau neben einer Halde gestolpert. Er hat das einem Streifenbeamten gemeldet, und der rief uns an. Ich habe ihn mit Oberwachtmeister Abbot verbunden, weil der Nachtdienst hat, Sir.«

Bony legte auf; er hoffte, daß nicht noch ein Giftmord verübt worden war, und dachte weiter über gewisse Einzelheiten nach, die bei der Konferenz vor ein paar Stunden erwähnt worden waren.

Es wurde ein Uhr nachts, ehe er seinen Füllhalter beiseite legte und seine Papiere einschloß. Als er sich gerade eine Zigarette drehte, hörte er wieder schwere Schritte in den Korridoren hallen. In sein Büro platzte Crome herein. Seine Haare waren vom Wind ganz zerzaust.

»Raten Sie, wen wir neben Gromberg ins Leichenhaus packen mußten?«

»Ich bin ein schlechter Rätselrater«, entgegnete Bony.

»Niemand anders als unsere liebe Polizeiassistentin Lodding.«

13

Ein Arbeiter, der in einem der Hüttenwerke mit Reparaturen beschäftigt war, hatte sich krank gemeldet und nach Hause den abgekürzten Weg zwischen den Halden des Werkes genommen, um auf den Pfad zu kommen, der quer über die sandige, steinbedeckte Ebene in den Außenbezirk der Stadt führt. Auch in der Dunkelheit war ihm dieser Weg vertraut genug, daß er sich nicht verlief. An einer der Halden stolperte er über die Tote. Er sah, als er ein Streichholz anzündete, daß es die Leiche einer Frau war, und erkannte, da er einen Kursus in Erster Hilfe mitgemacht hatte, sofort, daß sie tot war.

Crome, der am weitesten entfernt wohnte, saß gerade beim Abendessen, als man ihn anrief. Er traf am Tatort mit einem Arzt ein, wenige Minuten nach Abbot, der mehrere Polizisten zusammengeholt hatte. Der Arzt entdeckte eine tief in der Brust der Frau steckende Messerklinge. Er ließ die Tote ins Leichenhaus bringen. Der Tatort wurde abgesperrt.

Bony, der ja Miss Lodding kennengelernt hatte, war bestürzt, aber entschlossen, sich von seinen eigenen Ermittlungen durch nichts abbringen zu lassen. Crome meinte, ein Verbrechen dieser Art verhältnismäßig leicht aufklären zu können, und schlug eine zweckmäßige Kräfteverteilung vor. Es wurde vereinbart, daß Bony nur Oberwachtmeister Abbot und einen weiteren Beamten behielt, so daß Crome bei Tagesanbruch über genügend Leute – einschließlich einiger schwarzer Fährtensucher – verfügte. Bony und Abbot legten sich schlafen.

Später erschien Abbot zuerst im Büro, während Bony noch durch ein Gespräch mit Mrs. Robinow aufgehalten worden war.

»Haben Sie ein Auto?« fragte er Abbot, der ihm antwortete, er habe nur ein Motorrad. »Ach, um einen Dienstwagen ersuchen ist hoffnungslos«, fuhr Bony fort. »Ich möchte nämlich, daß Sie zu Mrs. Wallace fahren und zu der Mrs. Lucas, mit der Sie gestern gesprochen haben, und sie veranlassen, heute nachmittag um zwei Uhr in Goldspinks Laden zu kommen. Erklären Sie ihnen, wir brauchten ihren Rat und ihre Unterstützung bei den Bildern, die Mills gestern abend gemalt hat, wie Sie selbst gesehen haben.«

»Wird erledigt, Sir.«

»Wie geht's in dem anderen Mordfall vorwärts?«

»Darüber kann ich noch nicht viel sagen«, erwiderte Abbot, »Sergeant Crome ist noch unterwegs. Ich habe erfahren, daß die Messerklinge aus Glas ist. An der Stelle, wo das Heft ansetzt, ist mit einer Feile rundum eine Kerbe gemacht worden, um es dort so schwach zu machen, daß der Mörder es nach dem Stich einfach abbrechen konnte. Dadurch blieb die Klinge in der Wunde und verhinderte starkes Bluten.«

»Ein Glasdolch, Abbot! Eine sonderbare Waffe.«

»Kann man wohl sagen, Sir. Hellblaues Glas, dreikantig bis ungefähr zwei Zentimeter vor der Spitze.«

»Na, wollen uns nicht von unserer eigentlichen Aufgabe ablenken lassen«, meinte Bony. »Unsere drei Morde reichen vollkommen aus, um uns aufs höchste zu beanspruchen.«

Abbot ging, Bony telefonierte mit Mills und bat ihn, auch um zwei Uhr in Goldspinks Laden zu sein und seine Zeichenutensilien mitzubringen. Um elf rief Luke Pavier an.

»Wegen der Sache Lodding, Mr. Freund«, sagte er. »Die fällt doch nicht unter unsere Vereinbrung, wie?«

»Nein, Luke, da dürfen Sie freiweg berichten.«

»Haben Sie für mich noch was Besonderes zu diesem Fall?«

»Nichts. Ich bin gar nicht orientiert. Habe Crome heute morgen noch nicht gesprochen.«

»All right. Wir machen ein Extrablatt. Ich habe einen Jüngling und seine Donia entdeckt, die gestern abend spät Miss Lodding in männlicher Begleitung gesehen haben. Habe eben Crome diesen Tip gegeben. Die Meldung über Gromberg habe ich auf fünf Zeilen zusammengestrichen. Erfreut Sie das?«

»Doch, gewiß.«

»Diese Weiber!« rief der junge Journalist. »Wenn man sich die Loddding, steif wie'n Ladestock und vorn wie'n Plättbrett, mit einem Mann vorstellt, Arm in Arm! Wie finden Sie das? Gingen unter einer Straßenlampe vorbei, er bei ihr eingehakt. Großer, ansehnlicher Mensch, mit Handschuhen! Ein Pech, daß das Liebespaar sein Gesicht nicht gesehen hat. Aber der alte Crome wird die Sache schon richtig anpacken. Wiedersehen einstweilen!«

Crome war derselben Meinung wie Luke. Er kam zu Bony ins Zimmer, um von seinen Fortschritten zu berichten: wie die Fährtensucher die Spuren der Ermordeten und ihres Begleiters bis in eine Straße verfolgt hätten, die an der schmalen Ebene am Stadtrand endete. Auf dieser Straße waren sie von dem Liebespaar, das hinter einer Gartentür stand, beobachtet worden.

»Meine Spurensucher bemühen sich jetzt, den Griff des Dolchs zu finden«, sagte Crome. »Von den Fußspuren des Mannes habe ich gute Gipsabdrücke machen lassen. Möchten Sie sich die nicht mal ansehen?«

»Ja, gelegentlich. Miss Loddings Begleiter sollte sich doch unschwer finden lassen, denn soweit ich im Bilde bin, hat sie nicht viele Männerbekanntschaften gehabt.«

»Ganz recht. Ich will jetzt gerade ihre Schwester mal befragen, eine Mrs. Dalton. Bißchen rücksichtslos gegen Sie, eigentlich.«

Bony überlegte. Er wollte mit Crome, dem sich jetzt Gelegenheit bot, sein verlorenes Prestige wiederzugewinnen, gern großzügig sein.

»Um mich machen Sie sich nur keine Sorge«, entgegnete er. »Konzentrieren Sie sich ganz auf Ihren Job. Ich hoffe – aus diversen Gründen –, rasch mit der Sache fertig zu werden.«

Erfreut empfahl sich Crome. Und unmittelbar nachdem er hinaus war, meldete sich Polizeidirektor Pavier am Telefon.

»Neue Entwicklungen, Bonaparte?«

»Nichts, Sir. Aber –«

»Schon gut. Ich fahre mit Crome zu Miss Loddings Schwester, um in die Hintergründe zu leuchten. Diesmal müssen wir Sydney beweisen, was wir können.«

In der Kriminalabteilung wurde es leer; außer Bony war nur noch der eine Mann da, der ihm mit Abbot zusammen assistieren sollte. Bony bat ihn, die Bilder von der Wand abzunehmen, und fragte ihn, da er seine Gewandtheit an der Schreibmaschine bemerkt hatte, ob er auch stenografieren könne. Der Beamte bejahte. Bony nahm die zusammengerollten Skizzen in Empfang und beauftragte ihn, um zwei Uhr in Goldspinks Laden zu erscheinen.

Pünktlich um zwei Uhr war Bony in dem Geschäft, wo Mrs. Robinow ihn begrüßte.

»Alle sind im Anproberaum, Inspektor.«

Er bedankte sich durch ein Lächeln für diese Mitteilung und ließ sich von ihr in das Zimmer führen, wo Mrs. Wallace, Mrs. Lucas, Mary Isaacs, June Way, Abbot mit seinem Kollegen und David Mills schon warteten.

Bony dankte ihnen so nett für ihr Erscheinen, daß sie sich schrecklich wichtig vorkommen mußten. Von dem Beamten ließ er die Bilder an der Wand befestigen, dann arrangierte er die Versammlung, fast wie ein Lehrer die Schulkinder vor der Tafel. Mills wurde am Zuschneidetisch placiert und gebeten, sein Material bereit zu halten.

»Wichtig ist, daß Sie über diese kleine Sitzung Stillschweigen bewahren«, begann Bony, »weil ich Sie in mein Vertrauen ziehen will und das Gefühl haben möchte, frank und frei mit Ihnen über gewisse ernste Schwierigkeiten sprechen zu können, auf die ich bei der Fahndung nach dem bösartigen Giftmörder gestoßen bin.

Nun betrachten Sie einmal diese von Mr. Mills so trefflich gezeichneten Bilder. Die drei an der linken Seite stellen die Frau dar, die kurz vor Mr. Goldspinks Tod hier im Laden war, während die beiden rechts die Frau darstellen, die bis wenige Minuten vor Mr. Grombergs Tod im Hotelvestibül gewesen ist.

Wir wissen, daß weder Mrs. Robinow noch Miss Isaacs oder Miss Way in dem Bild der Frau aus dem Vestibül die aus dem Laden erkennen, und obwohl sicherlich zwei Frauen eine gleichartige Handtasche getragen haben könnten, erscheint es uns den Umständen nach gewiß, daß beide Verbrechen von derselben Frau verübt worden sind.

Diese Frau ist raffiniert und keine Anfängerin. Sie begeht keine Fehler und hat vor allem nicht den einen schweren Fehler gemacht, sich erst nach Begehung des Verbrechens zu verkleiden, sondern hat das vorher getan.

Machen Sie sich bitte in Gedanken sofort frei von dem Bild einer Frau mit Perücke, dunkler Brille und in der Tracht einer Krankenschwester oder dergleichen. Als sie hier in den Laden kam, schien sie eine ältere Person zu sein, ging leicht gebückt und hatte den Blick eines Menschen, der gewohnheitsmäßig über den Rand einer Brille schaut. Den Eindruck hat sie jedenfalls auf Miss Isaacs und, weniger stark, auf Miss Way gemacht. Als sie im Hotelvestibül auftrat, schien sie viel jünger zu sein, hatte nicht diesen Blick, nicht die gebeugte Haltung und sah aus wie eine Frau von etwa dreißig Jahren. Wir können wohl ihr wahres Alter auf vierzig bis fünfundvierzig Jahre schätzen.

Es besteht die entfernte Möglichkeit, daß die Person, die Sie, meine Damen, gesehen haben, ein verkleideter Mann gewesen ist. Wir müssen dabei in Betracht ziehen, daß es sowohl auf Varietébühnen wie auch privat äußerst fähige weibliche Verwandlungskünstler gegeben hat und gibt, und wollen daher, bevor wir weitergehen, diesem Punkt unsere spezielle Aufmerksamkeit widmen. – Mrs. Wallace, glauben Sie, daß die Person, die Samstag nachmittag neben Ihnen saß, ein als Frau verkleideter Mann gewesen sein kann?«

Mrs. Wallace war recht empört.

»Ausgeschlossen! Ich kann ja nun wirklich Männer von Frauen unterscheiden.«

»Inwiefern sind Sie darin so sicher?« fragte Bony ohne Verwunderung.

»Weil ich den Unterschied bald riechen würde«, behauptete Mrs. Wallace, worauf Bony schleunigst das Thema wechselte.

»Wir lassen also die Möglichkeit fallen, daß der Täter ein verkleideter Mann war«, sagte er. »Haben Sie irgendwie den Eindruck gehabt, Mrs. Wallace, daß die Frau kurzsichtig war?«

»Nein, ich bin überzeugt, daß sie tadellos sehen konnte. Ich weiß wohl, daß ich Ihnen erklärt habe, sie hätte immerzu nach ihrem Portemonnaie gekramt, doch das lag nicht daran, daß sie etwa kurzsichtig gewesen wäre. Diese Unruhe hat sie sicher gehabt, weil sie sich in den Kopf gesetzt hatte, den alten Gromberg umzubringen. Aber ich muß trotzdem betonen: ich habe nicht bemerkt, daß sie irgend etwas mit seinem Bier gemacht hat.«

»Dann wollen wir jetzt mal über das Gesicht der Frau sprechen. Sie war, nach Ihren Worten, stark geschminkt. Wie weit hat Mr. Mills in dieser Beziehung das Gesicht naturgetreu getroffen?«

»Ziemlich genau, Inspektor, aber so ganz doch nicht.« Mrs. Wallace sagte das triumphierend. »Ich erinnere mich noch an die Farbe ihres Lippenstifts.«

»Ja, sie hatte eine ganz ungünstige gewählt«, warf Mrs. Lucas ein.

»Muß ich auch sagen«, betonte Mrs. Wallace. »Stand ihr gar nicht.«

»Ich fand, sie sah aus, als hätte sie darin überhaupt keine Übung«, ergänzte Mrs. Lucas, und Mrs. Wallace stimmte nochmals zu.

»Laienhaft also. Das kann sie aber auch absichtlich so gemacht haben, um ungeschickt zu wirken«, erklärte Bony. »Sie hatten doch gesagt, Mrs. Wallace, daß sie aussah wie eine ältliche Jungfer, die sich in –«

»– die Hölle oder in einen Harem gewagt hatte«, ergänzte Mrs. Wallace. »Wenn sie keine alte Jungfer war, hat sie das jedenfalls gut gespielt, muß ich sagen. Ich kenne diese Typen schon, mögen sie sich noch so herausputzen.«

»Wie kam sie denn Ihnen vor, Mrs. Lucas?«

»Ich hatte nicht sehr auf sie geachtet, Inspektor, aber ich finde, Mrs. Wallace beurteilt sie ganz richtig.«

»Danke schön. Jetzt wollen wir, weil Sie beide sich der Frau so deutlich erinnern, andererseits Miss Isaacs und Miss Way aber an die Kundin im Laden nicht genau, diese drei Bilder – wie sie ausgesehen haben soll, als Miss Isaacs sie bediente – ausscheiden.« Er nahm die Bilder von der Wand. »Nun haben wir nur noch die zwei Bilder von der im Vestibül beobachteten Frau. – Mrs. Wallace, welche von diesen zwei Skizzen scheint Ihnen mehr Ähnlichkeit mit der Gesuchten zu haben?«

»Die rechts, wenn auch das Kleid da nicht so gut getroffen ist wie auf dem andern.«

»Lassen wir das Kleid mal aus dem Spiel. – Mrs. Lucas, welches würden Sie wählen?«

»Dasselbe wie Mrs. Wallace.«

»Gut, nun wollen wir das linke ausschalten«, sagte Bony und nahm es herunter. »Sie, Mr. Mills, werden jetzt mal versuchen, den Kopf dieser Frau ohne Make-up zu zeichnen und so, wie sie nach Ihrem Gefühl im Alter von – na, sagen wir, fünfzig Jahren aussehen müßte.«

David Mills brauchte eine Viertelstunde. Bony holte Zigaretten hervor, während Abbots Assistent seine Notizen ergänzte. Mrs. Wallace verbreitete sich über die Kleidung der Verdächtigten und wurde gebeten, damit aufzuhören. Sie bekam aber als erste die neue Skizze zu sehen.

»An sich recht gut«, lautete ihr Urteil. »Nur das Kinn nicht kräftig genug, und die Augen müßten ein bißchen schräg stehen, nach außen niedriger.«

»Diese Änderungen kann ich ganz leicht machen«, erbot sich Mills; er nahm die Skizze.

Mrs. Wallace stellte sich neben ihn und sagte: »Wenn Sie das geändert haben, werde ich Ihnen zeigen, wo die kleinen Falten hingehören. Die konnte sie vor mir auch durch Schminke nicht verstekken.«

Mit einem Radiergummi machte Mills schnelle Arbeit.

»Ja, der Mund ist ganz gut so«, bestätigte ihm Mrs. Wallace, »und die Augen auch, ja. – Kommen Sie, schauen Sie jetzt mal her.«

Mrs. Lucas wurde zur ›Konferenz‹ hinzugezogen, und beide Damen waren sich einig, daß jetzt alles stimmte.

»Sie sind ein Prachtmensch, Mr. Mills«, rief die einstige Bardame. »Hat er's nicht gemacht wie aus den Gesicht geschnitten, Mrs. Lucas?«

Wieder stimmte Mrs. Lucas ihr zu, und Bony gab die Schwarzweißzeichnung jetzt Mrs. Robinow, die ihm erklärte, daß ihr keine Frau von diesem Aussehen bekannt sei. Mary Isaacs zögerte so lange, daß Bony sagte: »Überlegen Sie nur in aller Ruhe.«

Endlich gab sie zu, sie fände keine Ähnlichkeit, und die Kassiererin, Miss Way, schüttelte beim Betrachten des Bildes gleich den Kopf.

»Bisher haben wir unsere Sache sehr gut gemacht«, meinte Bony. »Gehen wir jetzt zu dem Kleid über. Wie weit kommen wir da der Wirklichkeit nahe, Mrs. Wallace und Mrs. Lucas?«

Beide meinten, das Kleid sei fast genau, wie sie es im Gedächtnis hätten. Ein langes, blau-weißes Seidenkleid mit halblangen Ärmeln.

»Haben Sie bemerkt, aus was für Seide?« fragte Mrs. Robinow.

»Selbstverständlich«, entgegnete Mrs. Wallace. »Es war besonders schwere Seide, von einer Art, wie man sie schon seit ungefähr fünfzehn Jahren nicht mehr zu kaufen bekommt.«

Mary rief: »Oh, Mrs. Robinow, wissen Sie denn nicht mehr . . . ?«

»Ich werde es herholen – mein Hochzeitskleid. Das habe ich mir 1926 in Charbin arbeiten lassen. Vielleicht ist der Stoff von derselben Art.«

Abbot sah ganz erschrocken aus, Bony blieb freundlich und geduldig. Mrs. Robinow enteilte, die anderen Frauen bedrängten Miss Isaacs so aufgeregt mit Fragen, daß sogar Bony staunte.

Das Kleid wurde gebracht und auf dem Zuschneidetisch ausgebreitet. Der Stoff war von mattem Weiß, er hatte den entzückenden Farbschimmer der Wasserlilie angenommen.

»Das ist ja . . . Lassen Sie mich mal anfassen!« rief Mrs. Wallace. »Oh, das ist ja wundervoll! Ach, ganz herrlich, Mrs. Robinow.«

»Sie sagten, Sie hätten den Stoff in Charbin gekauft«, schaltete Bony ein.

»Ja. In Australien habe ich solche Seide noch nie gesehen, Inspektor.«

»Hat es auch in Australien noch nie gegeben«, sagte Mrs. Wallace entschieden, »sonst hätte ich mir bestimmt welche gekauft.«

Mrs. Robinow hüllte zärtlich das Hochzeitskleid wieder in Seidenpapier ein und trug es hinaus.

»Danach scheint es ja wohl, Mrs. Wallace, daß die Frau in diesem Seidenkleid früher einmal außerhalb Australiens gereist ist«, gab Bony zu bedenken.

»Nicht unbedingt, Inspektor. Es kann ja auch jemand, der viel gereist ist, es mitgebracht haben. Nach Broken Hill kommen ja immer die besten Sachen, und so wäre der Stoff bestimmt früher einmal hier in den Läden aufgetaucht, wenn er impotiert worden wäre.«

»Und wir können behaupten, daß das von Mr. Mills gemalte Kleid der Wirklichkeit nahekommt?«

Beide Frauen stimmten ihm zu.

»Können wir dasselbe von der Handtasche sagen?«

Allgemeine Zustimmung, besonders von Mary Isaacs.

»Seien Sie vielmals bedankt, meine Damen, Sie haben mir äußerst wertvolle Dienste geleistet. Ich will jetzt noch einmal die Einzelheiten rekapitulieren, aus denen sich die Beschreibung jener Frau aus dem Vestibül zusammenfügt. Also: Alter ungefähr fünfundvierzig. Größe ein Meter fünfundsiebzig bis achtundsiebzig. Gang: gebeugt. Gesichtsform eher kantig als oval. Augen grau. Nase gerade, ein bißchen dick. Mund breit, Lippen schmal. Und schließlich das Haar. Nach der Beschreibung, die Sie gestern abend Mr. Mills gaben, war es irgend etwas mit ›Henna‹. Würden Sie bitte den Begriff erklären?«

Mrs. Lucas, die schon geglaubt hatte, Mrs. Wallace habe ihr ganz den Rang abgelaufen, konnte ihre Weisheit zuerst anbringen.

›Henna wird benutzt, um dem Haar mehr Glanz zu verleihen und es rot erscheinen zu lassen«, belehrte sie Bony. »Aber das Haar dieser Frau war nicht richtig rot, es hatte bloß einen rötlichen Schimmer.«

»Also gefärbt, um anders zu erscheinen, als es ist?« fragte Bony so naiv, daß Mrs. Wallace kicherte.

»Von drei Frauen machen zwei irgend etwas in der Art mit ihrem Haar«, sagte sie, während sie fast liebevoll Mrs. Robinow anblickte, die eben den Nachmittagstee hereinbrachte. Sie nannte Mrs. Robinow ›liebe Freundin‹ und amüsierte sich ganz prächtig.

Bony ging zufrieden mit Abbot zum Polizeigebäude zurück.

»Sieht ja aus, als hätten wir endlich Anhaltspunkte«, sagte Abbot. »Jetzt müßten wir eigentlich die Frau finden können.«

»Müßten?« gab Bony zurück. »Wir werden!«

14

Jim Nimmo hockte ganz geknickt in einer Bar. Oberflächlich betrachtet hätte er eigentlich keinen Grund gehabt, sich unglücklich zu fühlen, denn er besaß reichlich Geld, Anzüge, die ihm Freude machten, und in handlicher Nähe so viel kühles Bier, wie er haben wollte. Nein, was ihn bekümmerte, war nichts Materielles, sondern die Bedrohung durch unsichtbare Mächte.

Er hätte lieber nicht in dieser hübschen Bar sitzen, Zeitungen lesen, Zigaretten rauchen und Bier aus großen Gläsern trinken sollen, denn draußen lag die Argent Street, und wenn nicht sofort, dann doch schon bald waren Männer mit durchbohrenden Blicken auf dieser Straße zu erwarten, Männer, die ihn erkennen konnten. Und einer von ihnen war vielleicht sein Erzfeind: Inspektor Stillman.

Und das ausgerechnet zu einer Zeit, da ihn das massive zweistökkige Haus, das so Vielversprechendes barg, in steigendem Maße interessierte. Durch den dritten Giftmord in der Stadt war sicher die ganze Polizei auf höchste Alarmstufe gebracht und die Einteilung der Nachtstreifen, mit deren Routine er sich so fleißig vertraut gemacht hatte, über den Haufen geworfen.

Nimmo brauchte durch niemand über die Organisation der Polizei aufgeklärt zu werden. Er wußte, daß Bonaparte zur Kriminalpolizei des Staates Queensland gehörte – an Neusüdwales nur ›ausgeliehen‹ zwecks Aufklärung einer Serie von Giftmorden –, und wußte ferner, daß man dem Mann aus Queensland nicht erlauben würde, zusätzlich auch noch den Mordfall Lodding zu übernehmen. Die Tote war Polizeibeamtin gewesen, und nichts vermochte die Polizei heftiger in Bewegung zu bringen als die Ermordung von jemandem aus den eigenen Reihen. Wenn es also Crome und seinen Leuten nicht gelang, den Fall aufzuklären, dann mischten sich bestimmt sofort die Kerle aus Sydney in die Geschichte ein.

Nachdem vier Mordtaten sich ereignet hatten, war Broken Hill für einen ehrbaren Einbrecher nicht mehr der rechte Ort.

Jimmy hätte gern stehenden Fußes die Stadt verlassen, doch ohne Bonapartes Erlaubnis wagte er das nicht. Eine ganz dumme Situation, denn zweierlei hielt ihn hier mit starker Anziehungskraft: erstens das zweistöckige Haus, zweitens ein weibliches Wesen, um dessentwillen er vielleicht sogar seinen ›Beruf‹ aufgeben würde. Eine besondere Schwierigkeit für ihn war, daß die Dame, zu der sein Herz ihn zog, von ihm erwartete, ins Kino, zum Tanz und so weiter geführt zu werden, und sich wunderte, warum er tags wie nachts fast ständig in seinem Zimmer blieb.

Nun war es schon Dienstag, zwei Tage nach Auffindung der toten Polizeibeamtin. Handeln hieß es! Die kleinste Aktion war besser, als untätig dazusitzen und abzuwarten.

Jimmy ging hinaus und begab sich in eine Telefonzelle.

»Morgen, Inspektor, wie stehen die Aktien?« fragte er Bony.

»Tipptopp, Jimmy. Und wie geht's dir?«

»Komme einfach um vor Sehnsucht nach der elenden Polizei. Wie wär's mit einem Schwätzchen?«

»Gern bereit. Kannst mit mir zu Mittag essen. Erwarte dich um ein Uhr im ›Western Mail‹.«

Jim Nimmo begab sich in die Bar zurück und bestellte sich wieder Bier. Zum zehnten Male las er das Neueste über den Mordfall Lodding. Er meinte, etwas gefunden zu haben, das ihm zu der Erlaubnis verhelfen konnte, Broken Hill am selben Tag noch mit dem Abendschnellzug nach Adelaide verlassen zu dürfen.

Fünf Minuten nach ein Uhr saß Jimmy bei Inspektor Bonaparte am Tisch im Hotel.

»Na, bißchen rumgekommen?« forschte Bony.

»Ja und nein. Viel zu tun gehabt?«

»Sehr viel. Kann mir keine Erholung leisten wie du.«

Jim versuchte, in den freundlichen blauen Augen zu lesen, was allerdings mißlang. So widmete er sich eifrig dem Fischgericht. Bony war liebenswürdig.

»Ich habe ein Bild mitgebracht, das ich dir zeigen will, ehe wir hier weggehen. Sag mal: Hast du seit deiner Ankunft in der Stadt viele ältere Männer mit fleckigen Oberhemden oder Westen bemerkt?«

»Einen – oder zwei. In Kneipen sieht man mal solche. Grund zu der Frage?«

»Nur, daß die drei vergifteten Männer derartige Merkmale hatten.«

Jimmy vermied den Blick in Bonys blaue Augen und schnitt mit übertrieben genießerischen Gebärden an seinem Steak herum.

»Habe von einer meiner Tanten in Adelaide einen Brief gekriegt«, sagte er. »Ist sehr krank. Reiche Frau. Bittet mich hinzukommen, damit sie ein bißchen Gesellschaft hat.«

»Oh, die wird sich bestimmt auch so erholen.«

»Und inzwischen ein neues Testament machen, in dem ich nicht berücksichtigt werde! – Übrigens bin ich einem älteren Mann begegnet, einem kräftigen Kerl, ganz gut angezogen, der sich vorn sein Jackett beim Essen bekleckert hatte. Fiel mir ein, weil davon was in der Zeitung stand.«

»Nett, daß du mir nicht noch mehr von der kranken Tante erzählst. Senf gefällig?«

»Nein, danke. Muß mal erst 'n bißchen ruhig nachdenken.«

Sie waren schon bei der Süßspeise, als Bony das Gespräch wieder aufnahm.

»Hattest gesagt, daß du nachdenken wolltest.«

»Ja, habe ich getan. Garantieren Sie mir auch weiterhin, daß ich nicht hopsgenommen werde, wenn ich durch die Argent Street gehe und mich wie 'n Prominenter in die Brust werfe?«

»Das brauchst du überhaupt nicht in Zweifel zu ziehen und noch viele Worte darum zu machen. Wollen uns lieber mal über das unterhalten, was dir beim Zeitungslesen eingefallen ist.«

»Na ja, das wäre folgendes – und ich baue fest auf Ihre Garantie.« Jimmy wartete auf nochmalige Zusicherung und sprach, da ihm keine gegeben wurde, resigniert weiter. »Gestern und heute schrieben die Zeitungen, daß das Liebespärchen, das diese Lodding Sonntag abend beobachtete, ausgesagt hat, ihr Begleiter wäre groß gewesen und elegant angezogen. Sie haben ihn und die Lodding gesehen, als die an einer Laterne vorbeigingen, aber die Farbe der Kleidung konnten sie, weil sie zu weit ab waren, nicht erkennen.

Das Mädchen und ihr Romeo sagen, sie hätten die Lodding erkannt, den Mann jedoch nicht, weil er einen großen Filzhut trug, der sein Gesicht beschattete. Er hatte sich bei der Lodding eingehakt, und sie schienen sehr vertraut miteinander. Der Mann soll Handschuhe getragen haben – dunkle. Stimmt das denn?«

»Es stimmt alles genau, Jimmy.«

»Ungefähr vor einer Woche machte ich abends einen Spaziergang«, fuhr Jim fort, ohne hinzuzufügen, daß er sich in der Nähe des bewußten zweistöckigen Hauses bewegt hatte. »Als ich da um eine Ecke kam, wo ein kleines Restaurant liegt, bemerkte ich einen Mann, den ich vorher schon mal getroffen hatte: ein großer Mensch, gut angezogen, mit schwarzen Handschuhen. Ich erkannte ihn an seinem stelzenden Gang und seinem dunkelgrauen Schnurrbart wieder. Das erstemal trug er aber noch einen Spitzbart. Ich pflege mir auf der Straße alle Leute genau anzusehen, und bis dahin war mir in Broken Hill noch kein Mensch aufgefallen, der Handschuhe trägt.«

Der Kaffee wurde gebracht, Bony drehte sich eine Zigarette, zündete sie an und sagte: »Du hast den Mann also vorher schon mal gesehen?«

»Ja. Ich habe gesehen, wie er sich in Goldspinks Laden schwarze Lederhandschuhe kaufte, und nehme stark an, daß er die an dem Abend getragen hat. Aber einen Spitzbart hatte er da nicht, und er trug auch einen anderen Anzug. Als ich ihn bei Goldspink sah, hatte er einen zweireihigen grauen an, pikfein und noch fast neu. Aber ich weiß noch, daß ich gleich dachte, der Schmutzfink müßte ihn doch mal reinigen lassen.«

Bony machte sich Notizen auf der Rückseite der Speisekarte. Er bekam über den Mann, der Handschuhe gekauft hatte, noch mehr zu hören. Augenbrauen, Schnurrbart und Spitzbart wurden ihm genau beschrieben, denn Jim Nimmo hatte sich das scharfe Beobachten aus beruflichen Gründen anerzogen. Er ahmte sogar die Stimme des Fremden nach.

Als sie dann wieder auf der Straße waren, sagte Bony: »Danke schön! Vergiß aber nicht, daß du dran bist, wenn du aus Broken Hill ohne mein Wissen abhaust. Laß dir auch durch den Gedanken an die Burschen aus Sydney die Verdauung dieses schmackhaften Mahles nicht stören. Du arbeitest jetzt für mich, und niemand kann dagegen was machen. Sieh dich in der Stadt gut um. Du weißt ja, wo du mich finden kannst, wenn du dem Mann wieder begegnest oder einer Frau wie auf den Bildern, die ich dir zeigte.«

Jimmy, der sich jetzt erheblich wohler fühlte und frei für weitere Beobachtungen des zweistöckigen Hauses und den Umgang mit der Dame, die er bei sich gern ›attraktiv‹ nannte, beschloß, ein paar Partien Billard zu spielen, indes Bony gedankenvoll zum Polizeigebäude zurückschlenderte.

Crome war nicht in seinem Zimmer, daher bat er Abbot telefonisch zu sich.

»Der Sergeant ist mit einigen seiner Leute zu einer Konferenz bei Direktor Pavier, Sir.«

Die beiden blickten sich verständnisvoll an, denn sie wußten, wie oft ›Konferenz‹ nur eine Bezeichnung für ergebnislose Beratungen war.

»Ich nehme an, Sie können maschineschreiben?« fragte Bony.

»Ja, Sir.«

»Tippen Sie bitte diese Personenbeschreibung in drei Ausfertigungen, und bringen Sie mir die gleich, wenn sie fertig sind. Aber niemand soll sie sehen, klar? Ach, hier – diesen Frauenkopf nageln Sie noch an die Wand neben die anderen Bilder, und sorgen Sie dafür, daß sämtliche Uniformierte sie sich einprägen.«

Abbot entfernte sich. Bony drehte sechs Zigaretten, zündete sich eine an und schob seinen Stuhl zurück, um die Füße auf den Schreibtisch legen zu können. Trotz allen Grübelns fand er keinerlei Verbindung zwischen dem Mord an der Polizeibeamtin und der Vergiftung der drei Junggesellen – außer Speiseflecken auf der Kleidung. In seinem Aschenbecher hatten sich vier Zigarettenstummel angesammelt, bis Abbot wiederkam.

»Hier sind die drei Ausfertigungen von dem Mann«, sagte er, indem er die beschriebenen Blätter vor Bony auseinanderlegte. Sein Gesicht sah aus wie immer, aber die Art, wie er sich mit den Fingern durchs Haar fuhr, verriet innere Erregung.

»Bei der Beschreibung ging mir etwas durch den Kopf, deshalb habe ich im Archiv nachgesehen. Und habe Ihnen George Henry Tuttaway mitgebracht.«

Er gab Bony zwei aus den Akten entnommene Fotos, für die der Abgebildete sich nicht freiwillig gestellt hatte. Es war ein stark gebauter, hübscher, bartloser Mann, und unter jedem Bild stand der Name: ›George Henry Tuttaway‹. Nun überreichte Abbot noch eine Karteikarte, und Bony las: ›Tuttaway, George Henry, 1940 in Melbourne angeklagt wegen Entführung und Freiheitsberaubung. Zu Gefängnis auf unbestimmte Zeit verurteilt. Aus dem Gefängnis in Ballarat ausgebrochen am 27. September 1949. Von Beruf Zauberkünstler, bekannt als der ›Große Scarsby‹. Führung in der Haft gut, wurde aber für gefährlich gehalten, da geistig anormal.‹ Dem Text beigeheftet war ein Steckbrief, der im wesentlichen auf den Mann paßte, den Jim Nimmo zweimal gesehen hatte.

»Da müßte Crome sich ja freuen«, sagte Bony, doch Abbot wollte erst eine Bestätigung hören.

»Glauben Sie, daß Ihr Mann dieser Tuttaway ist, Sir?« fragte er.

»Mehr als wahrscheinlich. Meiner wurde beim Kauf schwarzer Handschuhe in Goldspinks Laden gesehen und nachher noch einmal abends – von demselben Beobachter –, als er diese Handschuhe trug. Der Große Scarsby! Kann mich an den Namen nicht erinnern. Ich muß wohl im Innern des Landes gewesen sein, als er verurteilt wurde. Wissen Sie mehr über ihn?«

»Viel nicht, Sir. Keine Ahnung, ob er als Scarsby nach Australien gekommen ist. Allerdings erinnere ich mich noch an die damalige Meldung über seinen Ausbruch.«

»Ein Zauberer!« murmelte Bony. »Verwandlungskünstler und dergleichen also. Jetzt frage ich mich ernstlich – einerlei, was die Frauen ausgesagt haben –, ob es sich bei unserem Giftmörder nicht doch um einen als Frau verkleideten Mann handelt. Wurde für ›geistig anormal‹ gehalten? – Aha, Konferenz ist beendet.«

Er schob die Fotos von Tuttaway und die Karte unter die Schreibunterlage auf seinem Schreibtisch.

Sie hörten die Schritte zweier Männer im Korridor und hörten, wie Crome sein Zimmer betrat. Der zweite Mann kam zu ihnen. Es war Direktor Pavier, der sich sofort hinsetzte und eine Zigarette anzündete.

»Wie kommen Sie vorwärts?« fragte er.

»Langsam, Sir, langsam«, antwortete Bony, während Abbot hinausging. »Und Crome?«

»Auf einem toten Punkt. Welchen Eindruck hatten Sie von meiner Sekretärin?«

»Tüchtig, aber humorlos.«

»Kann ich nur bestätigen. Und sehr verschwiegen. Zurückhaltend. Habe nie versucht, in ihr Privatleben einzudringen. Mein Gefühl sagte mir, daß sie sehr prüde sein mußte und für Männer wohl nichts übrig hatte. Ihre verheiratete Schwester – eine Mrs. Dalton – erklärte, daß sie gar keine Freunde gehabt hat, weder männliche noch weibliche. Das Mädchen, das mit seinem Liebhaber hinter dem Gartentor stand, eröffnete uns, daß sie einige Zeit mit Muriel Lodding bei derselben Firma gearbeitet hat – Viehgroßhandel – und die Lodding sich auch damals nicht für Männer interessierte. Wir haben nicht feststellen können, daß sie jemals Umgang mit Männern gehabt hätte, und doch ist sie Sonntag abend mit einem Mann Arm in Arm gegangen. Und die Beschreibung, die uns das Liebespaar von dem Mann gegeben hat, ist keineswegs klar, Bonaparte. Ich fühle mich stark versucht, Sydney um Assistenz zu bitten.«

»Sagen Sie mir doch bitte: Weshalb kommen Sie zu mir, anstatt mich rufen zu lassen?«

»Weil ich das, wozu mich meine Pflicht eigentlich zwingt, nicht tun möchte. Wollen Sie nicht Crome helfen? Ich weiß, daß ich es von Ihnen nicht verlangen kann, aber vielleicht finden Sie eine Spur, die wir verfolgen können. Crome wünscht sich nichts weiter als ein bißchen von Ihrer Zuversicht. Und das brauche ich auch. Unser bisheriger Optimismus ist restlos hin.«

»Ich werde Crome hereinrufen«, entschied Bony, lehnte sich zurück und bumste an die Zwischenwand. Crome kam und nahm dienstlich stramme Haltung an.

»Setzen Sie sich, Bill«, forderte Bony ihn auf. Der Sergeant blinzelte. Zu Pavier sagte Bony: »Sie lassen doch ständig die ankommenden und abgehenden Züge und Flugzeuge überwachen, den Straßenverkehr haben Sie jedoch ganz außer acht gelassen. Meinen Sie, daß es möglich ist, sämtliche Personenwagen und Lastwagen, die Broken Hill verlassen, zu kontrollieren?«

Der Polizeidirektor bejahte das.

»Mag sein, daß es zu spät ist, doch ich glaube nicht«, fuhr Bony fort, indem er die Abschriften Abbots zur Hand nahm. »Der Gesuchte sieht aus wie hier beschrieben.«

Er gab jedem ein Exemplar, lehnte sich zurück und beobachtete sie. Nach dem Lesen blickten sie ihn hoffnungsvoll an.

»Hier haben Sie die Beschreibung des Mannes, der Ihnen vielleicht etwas über den Mord an Miss Lodding erzählen könnte«, sagte Bony. »Zum Glück für uns und die Allgemeinheit entspringen die meisten Morde gewöhnlichen Regungen wie Eifersucht, Gier, Enttäuschung. Mordfälle aus reiner Leidenschaft, ohne jeden Vorsatz, sind so leicht zu klären, daß ich für sie gar nichts übrig habe.

Dagegen bilden Mordtaten, die einem dem Wahnsinn verfallenen Gehirn entspringen, für den Kriminalbeamten ein viel schwereres Problem, weil die Motive des Mörders keinen ›vernünftigen‹ Ursprung haben. Die einzige Waffe, die ein Kriminalbeamter im Kampf mit einem Irren benutzen sollte, mein lieber Pavier, ist Geduld. Die Geduld des Tigers, die des Todes oder – des Inspektors Bonaparte.«

Pavier wollte offenbar etwas dazu sagen, doch Crome räusperte sich.

»Falls Sie einen Mann festnehmen sollten, auf den diese Beschreibung zutrifft«, schloß Bony seine Darstellung, »so ist das nach meiner Ansicht bestimmt der Mörder von Muriel Lodding. Im übrigen bin ich – dank Abbot – der Meinung, daß es sich um George Henry Tuttaway handeln muß, bekannt als der Große Scarsby!«

Crome vergaß die Gegenwart des Direktors, er lehnte sich über den Schreibtisch und rief mit blitzenden Augen: »Das ist ja toll!«

15

Mit Crome zusammen besichtigte Bony die Gegend, in der Muriel Lodding kurz vor ihrer Ermordung gewesen war. Crome zeigte ihm die Straßenlampe, unter der Miss Lodding mit ihrem Begleiter gesehen worden war, und das Gartentor, hinter dem die beiden Beobachter gestanden hatten. Er wurde ans Ende der Straße geführt, deren letzte Häuser an das Stück Brachland grenzten, das sich bis an die Halden bei dem Erzberg erstreckte.

Der von den schwarzen Fährtensuchern gegebene Bericht mußte chronologisch geordnet werden, denn sie hatten hier sozusagen in der Mitte begonnen und brauchten noch Anfang und Schluß der Vorgänge.

Die Pflasterung der Straße endete fünfzehn Meter hinter den letzten Häusern, und die Mordtat mußte an der Stelle passiert sein, wo man von der festen Straße auf den losen Sand des Brachlandes trat. Und erst von hier ab hatten die Fährtensucher die Spuren ›lesen‹ können.

Als der Mann vom gepflasterten Gehsteig heruntertrat, hatte er die Frau getragen. Die nächste Straßenlampe hinter ihm – unter der er mit seinem Opfer gesehen worden war – lag ungefähr 200 Meter entfernt. Vor ihm in der Finsternis hatte das unbebaute Gelände gelegen, im Hintergrund die Übertagebauten der Bergwerke und die Hütten, die im Licht von großen Lampen klar hervortraten. Die grauen Halden waren nachts vor der Kulisse des Erzberges nicht sichtbar.

Der Mörder mußte sein Opfer über 900 Meter weit getragen haben, bis eine dieser grauen Halden vor ihm aufragte. Dann hatte er die Leiche auf den Boden gelegt und war zögernd stehengeblieben, um schließlich quer über das offene Gelände wieder zur beleuchteten Argent Street zurückzugehen.

Nach Cromes Theorie waren die Ermittlungen der Fährtensucher ein Beweis, daß der Mörder nicht aus Broken Hill stammte, denn alle in dem Bergwerk hinter der betreffenden Halde tätigen Leute kannten den von ihren eigenen Füßen festgetretenen Pfad, und sehr viele benutzten ihn täglich mit dem Fahrrad auf dem Weg von und zu der Arbeitsstätte. Am Ende der Straße angelangt, hatte der Mann sein Opfer getötet, in der Absicht, die Leiche irgendwo in einem der Hüttenwerke zu verbergen, um dadurch, falls man ihn zufällig mit der Frau gesehen haben sollte, den Verdacht in andere Richtung zu lenken. Vor dem steilen Hang der Halde angekommen, hatte er den Pfad verloren und sich, von dem langen Tragen müde, entschlossen, die Leiche dort liegenzulassen.

Cromes Ansicht, daß der Mörder ortsfremd sein müsse, wurde gestützt durch die Tatsache, daß die Bergarbeiter ohne Ausnahme wußten, wie genau die Eingeborenen auch auf härtesten Oberflächen noch Spuren zu entdecken vermögen, und allen Bewohnern der Stadt war das auch bekannt. In diesen Punkten stimmte Bony ihm voll zu, so daß Cromes Selbstvertrauen wenigstens annähernd so gehoben wurde, wie Pavier es für notwendig erklärt hatte.

Wieder in seinem Büro angelangt, ließ sich Bony die Messerklinge zeigen. Sie war 18 Zentimeter lang, dreikantig bis etwa 2 Zentimeter vor der feinen Spitze. Daß sie dicht am Heft angefeilt worden war, ließ sich leicht erkennen. Eine sehr zweckdienliche Maßnahme, weil durch das Belassen der Klinge in der Wunde das Bluten nach außen verhindert wurde. Anschließend sah sich Bony die Gipsabdrücke von den Fußspuren des Mörders an: Sie waren von Schuhen Größe 8, an den Hacken und an den Sohlenkanten ein wenig abgelaufen.

»Gehören bestimmt einem großen, schweren Mann«, sagte Bony. »Er stelzt daher wie ein rechter Angeber, Kopf hochgeworfen,

Schultern gereckt. Ganz sicher dieser Tuttaway. Erbitten Sie telegrafisch von Melbourne alle verfügbaren Informationen über den Lebenslauf des Mannes, auch seine Krankheitsgeschichte, und lassen Sie bei der Gefängnisverwaltung nachfragen, ob vielleicht noch Schuhe, die Tuttaway getragen hat, irgendwo herumstehen. Verlangen Sie dringend, daß wir diese Mitteilungen per Luftpost erhalten, Crome, denn sehr viel Zeit kann ich auf diese Affäre nicht verwenden.«

»Werde das sofort erledigen – und vielen Dank auch, Sir.«

Wieder allein, las Bony die Notizen durch, die Crome von Paviers Gespräch mit der Schwester der Toten gemacht hatte. Er erkannte rasch, daß sich die Fragen an Mrs. Dalton nur um die letzte Zeit gedreht hatten, denn die Daten aus dem früheren Leben von Miss Lodding, über ihre früheren Tätigkeiten und Wohnungen und so weiter, mußten Pavier bekannt und auch in ihren Personalpapieren zu finden sein.

Mit Sicherheit durfte angenommen werden, daß die Ermordete ihren Begleiter vom Vorabend schon früher gekannt hatte, denn sie wäre wohl die letzte gewesen, die wie ein leichtsinniges Frauenzimmer auf der Straße Bekanntschaften schloß. Und ihre Schwester hatte doch mehr als einmal zu Pavier gesagt, Muriel Lodding kenne keinen einzigen Mann so intim, daß sie mit ihm abends Arm in Arm ausgehen würde. Die beiden Frauen hatten ein stilles Leben geführt, beide verabscheuten das Kino, gingen aber häufig ins Konzert oder zu Vorträgen. Sie hatten dieselben Interessen, doch Männer spielten dabei keine Rolle.

Bony rief Pavier an und fragte ihn: »Welchen Eindruck haben Sie von Mrs. Dalton gewonnen?«

»Einen recht guten«, erwiderte der Polizeidirektor. »Ein bißchen älter als die Lodding, aber noch ganz hübsch. Sie behauptete entschieden, ihre Schwester habe in Broken Hill keinen männlichen Bekannten gehabt. Ich ritt aber weiter auf diesem Punkt herum, indem ich sie ausfragte, wie es denn früher gewesen sei, doch sie blieb dabei, daß ihre Schwester sich auch früher nie für Männer interessiert hätte. Sie hat Muriel deswegen oft verulkt und sie gewarnt, daß sie eine kümmerliche alte Jungfer werden würde.«

»Ja, soweit ersehe ich das auch aus der Protokollkopie. Außergewöhnliche Situation.«

Bony las die Aussagen des jungen Liebespaares. Zeitangaben, äußere Umstände und Beschreibung des Mannes waren ungefähr gleichlautend. Das junge Mädchen hatte etwas mehr zu sagen gewußt, doch nicht viel mehr, als schon aus der Personenbeschreibung in dem Steckbrief hervorging.

Aus den Unterlagen der Polizei in Broken Hill konnte auch nur wenig hinzugefügt werden.

Muriel Lodding und ihre Schwester waren im Juni 1936 von London nach Australien gekommen. Seitdem hatten sie zunächst in Sydney gelebt und waren im November 1938 nach Broken Hill übergesiedelt. In Sydney hatte die Ermordete bei einer Viehgroßhandlung gearbeitet und war später in das Zweiggeschäft dieser Firma in Broken Hill versetzt worden. Hier war sie noch zwei Jahre geblieben, war dann bei einem Rechtsanwalt tätig und hatte schließlich eine Bürostellung bei der Polizei angetreten, wo sie später als Beamtin ohne Pensionsberechtigung übernommen wurde.

Am nächsten Morgen vor elf Uhr kam Crome mit einem dicken Päckchen in Bonys Büro.

»Ist eben von Melbourne per Luftpost und Eilboten eingetroffen«, meldete er, indem er aus dem Papier ein Paar Schuhe und ein großes Dienstkuvert wickelte.

»Die Gipsabdrücke«, sagte Bony im Befehlston.

Crome holte sie so schnell, daß Bony über seine flotten Bewegungen ganz erstaunt war. Sie wurden mit den Schuhen verglichen, und sofort strahlte Cromes Gesicht triumphierend, als er dem Blick der glänzenden blauen Augen über dem Schreibtisch begegnete.

»Tuttaway, ohne Zweifel«, stellte Bony fest. »Ich erwarte jeden Moment einen ganz besonderen Freund, der das bestimmt noch bestätigen wird. Öffnen Sie den Bericht, bitte.«

Einen obenauf liegenden Begleitbrief legte Crome zunächst beiseite.

Der Bericht war ausführlich, er enthielt, kurz zusammengefaßt, folgendes: Tuttaway wurde 1880 in Birmingham in England als Sohn eines Eisenwarenhändlers geboren, war in Winchester zur Schule und in Cambridge auf die Universität gegangen. 1907 hatte er sich als Varietékünstler eine Namen gemacht, war mehrere Jahre zusammen mit dem ›Großen Martini‹ aufgetreten und hatte kurz nach dem Ersten Weltkrieg eine eigene Artistengruppe gegründet, mit der er Tourneen durch Europa wie durch Nord- und Südamerika unternahm. Diese Truppe hatte er 1937 aufgelöst und war nach Australien gefahren. Im nächsten Jahr kaufte er sich ein Grundstück in Doncaster im Staat Viktoria.

Es handelte sich um einen wertvollen Besitz, ein großes Gelände mit einem geräumigen Haus aus einer Zeit, in der noch solide gebaut wurde. Dort führte er ein Einsiedlerleben, fast ohne Hauspersonal. Das erste Anzeichen von Geistesgestörtheit trat in Erscheinung, als er ohne ersichtlichen Grund auf einer 20 Morgen großen Plantage sämtliche wertvollen Obstbäume fällen ließ.

Ein sechzehnjähriges Mädchen, das aus dem in der Nähe gelegenen Bezirk Lilydale verschwand, wurde schließlich im Hause von Tuttaway gefunden, der sie fünf Monate in einem Keller eingesperrt gehalten hatte. Als sie befreit wurde, war sie körperlich gesund und sauber, doch geistig gebrochen. Nach sorgfältiger Pflege war sie fähig, die Geschichte ihrer Entführung und Gefangenhaltung zu erzählen.

Tuttaway, der einst berühmte Große Scarsby, hatte unentwegt mir ihr gearbeitet, um aus ihr eine hervorragende Zauberkünstlerin zu machen, und hatte ihr eingeredet, er werde sie als solche der ganzen Welt präsentieren. Ihn ließ es kalt, daß das Mädchen nicht Zauberkünstlerin werden wollte. Als ihr selbst einfache Tricks mißlangen und sie sich weigerte weiterzuüben, schlug er sie mit Rohrstöcken, verdrehte ihr die Arme und zwang sie manchmal, auf den Zehenspitzen mit hochgebundenen Daumen vor einer Wand zu stehen.

Er beschimpfte sie wegen ihrer Dickfelligkeit und wütete über ihre schönen, unbrauchbaren Hände.

Als die Polizei die Kleine fand, warf er sich ihr zu Füßen und beschwor sie, doch bei ihm zu bleiben; sie würde noch die bedeutendste Zauberkünstlerin werden, die jemals in der Welt aufgetreten war. Seiner Verurteilung konnte er nicht entgehen.

Im Gefängnis zeigte er eine vorbildliche Haltung, und seine Geisteskrankheit schien sich nicht zu verschlimmern, so daß ihm eine gewisse Bewegungsfreiheit eingeräumt wurde.

Seinen Ausbruch bewerkstelligte er am Nachmittag des 27. September 1949. Seitdem war er nirgends wieder gesehen oder von jemandem erkannt worden.

»Das muß er sein«, bekräftigte Crome zuversichtlich. »Muß im Auto hergekommen sein.«

»Werden alle Landstraßen überwacht?«

»Jawohl, werden sie. Wenn er nicht sofort nach der Ermordung der Lodding verduftet ist, hat er jetzt keinen anderen Fluchtweg mehr als durch den Busch. Und ihm fehlt die Buscherfahrung.«

»Wollen mal sehen, ob mein Freund schon wartet«, sagte Bony und rief im Dienstzimmer an. Ja, Mr. Nimmo warte dort bereits, bekam er zur Antwort. Und sogleich erschien Jimmy, von einem Uniformierten begleitet. Zu seiner Erleichterung zog dieser sich zurück, aber das Aufatmen verging ihm unter dem Blick der kleinen grauen Augen, die ein Mann von imposanter Figur auf ihn richtete, in dem er längst den Kriminalbeamten erkannt hatte. Jim trug einen eleganten Anzug aus grauem Wollstoff mit dünnen roten Streifen.

»Freut mich, daß du da bist, Jimmy«, begrüßte ihn Bony freundlich. »Das hier ist Sergeant Crome. Ich stelle Ihnen Mr. Nimmo vor, Crome.«

Und schon hatte der Sergeant, fast unbewußt, Jim die Hand hingestreckt, und er sagte: »Erfreut, Sie kennenzulernen, Mr. Nimmo.«

Verlegen ergriff Jimmy die starke Hand, indem er ein wenig lächelte, beinah verzagt. Er setzte sich auf den angebotenen Stuhl und warf Bony einen vorwurfsvollen Blick zu.

»Den Mann hier schon mal gesehen, Jimmy?« sagte der lässig.

Jim nahm die amtlichen Fotos entgegen, wobei es aussah, als rückte er von Crome, der sich neben ihn setzte, ein Stückchen ab. Nachdem er die Fotos von George Henry Tuttaway aufmerksam betrachtet hatte, sagte er, ohne aufzublicken: »Ja, das ist der Kerl, den ich bei Goldspink gesehen habe. Da hatte er allerdings noch einen grauen Schnurrbart und einen kleinen Spitzbart, aber trotzdem erkenne ich ihn leicht.«

»Mit Bestimmtheit?« fragte Crome gewohnheitsmäßig.

»Mr. Nimmo ist, wie wir auch, schon beruflich ein guter Beobachter, Crome«, schaltete Bony ein. »Wie du unten auf den Bildern lesen kannst, Jimmy, hat der Mann den Künstlernamen ›Der Große Scarsby‹. Erinnert dich das nicht an einen Fall?«

»Doch, ja«, antwortete Jimmy, vor dessen geistigem Auge jetzt sofort deutlich das Bild von den zwei Kraftfahrern stand, die sich, als er mit ihnen unterwegs war, über den Ausbruch Tuttaways unterhalten hatten. »Sein Foto sehe ich freilich zum ersten Male. Bei dem soll ja 'ne Schraube locker gewesen sein, nicht wahr?«

»Ist sie noch«, korrigierte Bony. »Na, schönen Dank auch, Jimmy, daß du hergekommen bist. Sehen uns ja gelegentlich wieder. Den Weg nach draußen findest du gewiß allein?«

Jim Nimmo stand auf, nickte Crome zu, bedachte Bony mit einem Lächeln und verließ den Raum.

Bony wartete, bis seine Schritte verklungen waren, ehe er sagte: »Ein tüchtiger Mensch. Hätte eigentlich Detektiv werden müssen. Na, jetzt, da wir gewiß sein können, daß Ihr gesuchter Mörder der entwichene Tuttaway ist, schlage ich vor, Luke Pavier morgen die ganze Affäre zur Veröffentlichung freizugeben. Wenn Tuttaway noch in Broken Hill ist, wird er daraufhin die Flucht ergreifen und dann an einem der Straßenkontrollpunkte gefaßt werden. Wenn Sie ihn nicht innerhalb von drei Tagen zu sehen kriegen, dürfen Sie fest damit rechnen, daß er schon vor Einrichtung der Straßenkontrollen getürmt ist.«

»Leuchtet mir ein, Sir. Bis dahin werde ich diesen Satz Fingerabdrücke und sonstige Unterlagen griffbereit halten. Ich habe schon Leute eingeteilt, die in Antiquitätengeschäften und ähnlichen Läden nachforschen sollen, wo Tuttaway das Messer gekauft haben kann. Übrigens muß ich Ihrem Mr. Nimmo schon mal begegnet sein.«

»Zweifellos, Crome. Mein Freund befindet sich bereits mehrere Monate in Broken Hill. Wenn er auch eigentlich zur Erholung hier ist, erledigt er doch ab und zu ganz gern einen kleinen Job. Er ist nämlich Einbrecher, und mir sind seine Dienste verschiedentlich unschätzbar wertvoll gewesen.«

»Ein Einbrecher!« Sergeant Crome pfiff erstaunt und respektvoll durch die Zähne. »Jetzt sehe ich klar, wie es kam, daß die Beute aus drei Einbrüchen zurückerstattet wurde.«

»Es waren keine Einbrüche, Crome, nur ›Eintritte‹ sozusagen.«

Das Gesicht des Sergeanten rötete sich. Er sah beinah blöde aus vor Verblüffung, gab sich aber gleich einen Ruck und nahm wieder dienstliche Haltung an.

»Jawohl, Sir«, sagte er, fast, als sei er einverstanden.

»Vielleicht werde ich Mr. Nimmo wieder brauchen, Crome. Das ist übrigens nur einer seiner Namen, und zwar nicht der, den er in Sydney benutzt. Was ist schon Diebstahl, verglichen mit Mord! Mein Freund ist ein Einbrecher von hohen Graden, von beinah künstlerischer Vollendung. Ich bewundere jeden Experten, einerlei auf welchem Gebiet er seine Leistungen zeigt, und habe niemals Bedenken, mir derartige Talente bei der Suche nach einem Mörder dienstbar zu machen.«

»Aber einen Einbr –?«

Crome begann zu lachen, nahm sich zusammen und platzte dann richtig los.

Bony riet ihm ernsthaft: »Heften Sie Ihren Blick auf einen Stern und lassen Sie sich nicht durch geringere Leuchtkörper ablenken, sondern benutzen Sie die nur, um ihren Weg bis zu dem Stern zu illuminieren. Ihrer ist der Große Scarsby.«

16

Zwei Tage vergingen, die nichts Neues brachten. Verhöre und Untersuchungen wurden fortgesetzt, Polizeidirektor Pavier vergaß das Datum, bis zu dem Bony ihm ›ausgeliehen‹ war, und der Große Scarsby blieb weiter unauffindbar.

Die Ermordung der Polizeiassistentin Lodding überschattete fast den Tod von Hans Gromberg, was großenteils dem Wirken von Luke Pavier zu verdanken war. Wally Sloan berichtete, daß der Betrieb in seinem Hotel so lebhaft war wie immer. Die Aufmerksamkeit der Menschen in Broken Hill wurde durch die Jagd nach dem Großen Scarsby voll in Anspruch genommen.

Wieder kam ein Freitagnachmittag.

Patrick O'Hara ging mit seiner Katy spazieren. Es war ein klarer, heißer Tag mit grellem Sonnenschein, und sie hatten beide beschlossen, weil sie nicht noch dicker werden wollten, zu Fuß in die Stadt zu gehen, um ihre Freunde auf der Argent Street zu treffen.

Patrick O'Hara mit seinem roten Gesicht war sehr korpulent und temperamentvoll. Jeder kannte ihn als grundreellen Buchmacher, und da es einen Tag vor dem wöchentlichen Rennen war, konnte er sich den Geschäften, die ihm aufgedrängt wurden, nicht entziehen. Er trank viel Bier, und seine Katy folgte ihm, obwohl sie starke Getränke mißbilligte, aus einer Kneipe in die andere, wo sie stets geduldig neben ihm wartete. Auch, wenn er auf der Straße stehenblieb.

Soeben kamen sie an einen Trinkwasserbrunnen, den ein respektabler Bürger der Stadt, ehemals Besitzer von zehn Kneipen und einer Schnapsbrennerei, dicht am Gehsteig hatte errichten lassen. Wer schon unbedingt Wasser trinken mußte, konnte auf einen Knopf drücken und den Mund über die sprudelnde Fontäne halten oder aus einem Metallbecher trinken. Den Becher mit nach Hause nehmen, um ihn mit Bier zu füllen und ihn seinen Gästen als echt Zinn zu präsentieren, konnte er nicht, denn das Gefäß war mit einer Kette am Brunnen befestigt.

Am Fuß der Fontäne stand ein kleiner Wassertrog, der durch einen Hahn unter dem Bassin gefüllt werden konnte, aber diesen Wasserhahn hatte schon vor langer Zeit ein Betrunkener beschädigt, und seitdem funktionierte er nicht mehr.

Patrick O'Hara wäre an dem Brunnen vorbeigegangen, hätte nicht Katy ihm durch Bewegungen des Protestes zu verstehen gegeben, daß sie vor Durst bald eingehen müßte. Also füllte er den

Metallbecher und schüttete das Wasser in den Trog. Katy verlangte noch mehr, denn sie war eine kräftig gebaute Hündin.

Als O'Hara den Becher noch einmal gefüllt hatte und ihn in den Trog leeren wollte, sprach einer seiner Kunden ihn an. Er stellte den Becher auf die Brunnenkante. Ein Passant stieß ihn durch Zufall an und entschuldigte sich. Seine Entschuldigungen wurden geziemend anerkannt, und der Buchmacher sprach gut fünf Minuten mit seinem Kunden. Nachdem der sich verabschiedet hatte, goß O'Hara das Wasser aus dem Becher in den Trog. Gerade wollte er ihn zum drittenmal füllen, da wurde er wieder von einem Kunden begrüßt.

»Wie ist es mit ›Silver Star‹ für den dritten, Pat?«

»Fünf zu eins«, erwiderte O'Hara.

»Einverstanden. Kannst zehn für mich buchen. Was ist denn mit deinem Hund los?«

Katy hatte ein rutschende Bewegung zur Seite gemacht, als habe sie plötzlich einen Stich bekommen. Dann brach das Tier plötzlich im Rinnstein zusammen. O'Hara ließ vor Verblüffung den Becher in das Bassin fallen, beugte sich über seinen Hund und fing an, laut zu fluchen. Wie aus dem Nichts erschien ein uniformierter Polizist und fragte, was passiert sei.

»Verdammt, das können Sie wohl selber sehen« rief O'Hara. »Mein Hund ist vergiftet worden – das ist passiert Ich habe ihm eben Wasser aus dem Brunnen gegeben, und nun sehen Sie sich das mal an.«

Zufällig war es derselbe Polizist, den der Barkeeper beim Tode Grombergs herbeigerufen hatte. Er machte sein Versäumnis, die Frau, die neben Mrs. Wallace gesessen hatte, nicht bemerkt zu haben jetzt wieder gut, indem er sich mit dem Rücken breitbeinig vor die Fontäne stellte, um das wenige im Trog noch vorhandene Wasser zu bewachen. Den sich ansammelnden Neugierigen befahl er weiterzugehen, dann fragte er O'Hara grob: »Was soll das heißen – vergiftet?«

Zwei Kriminalbeamte in Zivil übernahmen den Fall. Der Buchmacher berichtete die Einzelheiten, während der eine in der Menschenmenge untertauchte, um eine Minute später aus einem Taxi, das neben dem Brunnen vorfuhr, wieder zu erscheinen. Der tote Hund wurde in den Wagen gehoben, und O'Hara wurde aufgefordert einzusteigen. Mit ihm fuhr der Uniformierte zum Polizeigebäude.

Einer der Kriminalbeamten bewachte den Brunnen, indes der andere zwei Feilen und einen Packen Löschpapier besorgte. Die Feuchtigkeit in dem Trog wurde mit dem Löschpapier aufgesogen, die Feilen wurden benutzt, um den Becher von der Kette zu lösen. Dann nahm der Verkehr auf der Argent Street wieder den normalen Lauf.

Abbot übernahm offiziell Patrick O'Hara und die tote Katy. Er hörte sich den Bericht des Buchmachers an, den sein Assistent stenografisch festhielt, desgleichen den des Uniformierten und des dienstälteren Kriminalbeamten. Es war halb fünf Uhr, Dr. Hoadlys Sprechstunde. Ein Uniformierter wurde mit dem Metallbecher und dem Löschpapier zu ihm geschickt; er sollte ihn bitten, telefonisch das Ergebnis seiner Untersuchung durchzugeben, selbst wenn es noch kein endgültiges war.

O'Hara wurde mit Bony durch Abbot bekannt gemacht, der dessen Aussage und die Berichte auf den Schreibtisch legte. Dem Buchmacher wurde gestattet zu rauchen, doch er war so wütend, daß er beim Anzünden einer Zigarre vier Streichhölzer zerbrach. Sein Atem zischte mit kräftigen Pfeiftönen durch die knollige Nase. Er trug einen einreihigen hellgrauen Anzug, der zwar alt, aber adrett war. Das gestreifte seidene Oberhemd wirkte bescheiden gegen die grellgrüne Krawatte. Das Hemd war sauber, die Krawatte jedoch hatte Flecke wie von Tomatensuppe.

»Wie alt sind Sie, Mr. O'Hara?« fragte Bony.

»Wie alt?« fragte der Buchmacher verblüfft. »Na, ich bin vierundsechzig.«

»Verheiratet?«

»Ja, zweimal. Weshalb? Was hat das Heiraten denn hier –?«

»Wollen gemütlich bleiben, Mr. O'Hara. Lebt Ihre zweite Frau noch?«

»Nein, sie ist vor elf Jahren gestorben. Ich wohne bei meiner Tochter aus erster Ehe.«

»Jetzt werde ich an Oberwachtmeister Abbot eine allgemein übliche Frage richten, durch die Sie sich nicht verärgert fühlen dürfen«, fuhr Bony fort. »In welchem Ruf steht Mr. O'Hara?«

»Soweit wir unterrichtet sind, in gutem«, antwortete Abbot.

»Ich bin neunundzwanzig Jahre im Beruf, und noch niemals –«

»Selbstverständlich nicht, Mr. O'Hara. Wir wollen jetzt besprechen, wie Ihr Hund zu Tode gekommen ist. War es ein wertvolles Tier?«

»Wertvoll nicht. Zu alt schon, aber mir sehr ans Herz gewachsen. Hat in jungen Jahren viele Rennen gewonnen. Eine Affenschande, ihn zu vergiften. Begreife ich einfach nicht.«

»Wir können ja noch nicht bestimmt behaupten, daß er vergiftet wurde«, sagte Bony. »Den Bericht werden wir bald bekommen, inzwischen sagen Sie mir bitte: Wissen Sie genau, daß er nach dem ersten Becher Wasser noch keine Unruhe gezeigt hat?«

»Ja, denn bis zu dem zweiten Becher verging eine ganze Weile. Ein Kunde hatte mich aufgehalten.«

»Und Sie behielten den zweiten Becher einige Zeit in der Hand?«

»Ja. Ich hielt ihn zwei bis drei Minuten auf dem Rand des Bassins. Kann noch länger gewesen sein.«

»Zeigen Sie mir mal, wie.« Bony schob das Tintenfaß an die Ecke des Tisches, der für den Protokollschreiber aufgestellt worden war. »Dies soll das Bassin sein und der Tisch die Straße. Stellen Sie sich bitte so hin, wie Sie standen, als Sie mit Ihrem Bekannten sprachen.«

Der Buchmacher tat das, und Abbot nahm die Stellung des Bekannten ein. Das Bassin stand am Rande des Bürgersteigs, O'Hara ein wenig seitlich davon. Er demonstrierte, wie er den gefüllten Becher auf der Kante des Bassins gehalten hatte, und Bony fragte: »Vermutlich wurden Sie bei dem lebhaften Fußgängerverkehr von Passanten angestoßen?«

»Ja, von mehreren«, bestätigte O'Hara. »Ich stand ja eigentlich ungeschickt da. Einer stieß mir gegen den Arm und ging weiter, ein anderer, der mich anrempelte, warf mir noch einen wütenden Blick zu. Schließlich war es meine eigene Schuld. Und nachher hat mich noch eine Frau angestoßen, aber die entschuldigte sich. Sie streichelte meinen Hund und sagte etwas zu ihm, ehe sie weiterging.«

»Erinnern Sie sich an die Frau?«

Der Buchmacher furchte die Stirn, setzte sich und starrte auf seine zur Hälfte gerauchte Zigarre.

»Nicht genau. War in den Vierzigern, denke ich. Trug eine Art Kappe, die sehe ich noch vor mir. Ihre Kleidung –«

Ein Beamter trat ein und gab Abbot einen Zettel, den dieser Bony über den Tisch reichte. Bony las: ›Arzt hat angerufen, daß Becher höchstwahrscheinlich Zyankali enthielt und im Löschpapier reichlich davon vorhanden. Endgültiges soll in 40 Minuten vorliegen.‹

»Die Kleidung der Frau – Mr. O'Hara?« fragte Bony sofort nach dem Lesen.

»Weiße Kappe. Und ihr Kleid war, glaube ich, braun.«

»Was für eine Kappe war es? Besonders groß, normal oder klein?«

»Groß. Wie ein Barett.«

»Brille?«

»Könnte ich nicht mehr sagen«, erwiderte O'Hara. »Bedenken

Sie: Ich sprach ja mit dem Kunden, habe auf nichts anderes geachtet.«

»Und sie blieb stehen, um den Hund zu streicheln, sagten Sie?«

»Ja. Ging deshalb extra um meinen Bekannten herum, der am Rand des Gehsteigs stand, um den Passanten genug Platz zu lassen.«

»Hatte sie eine Handtasche?«

»Ja, die hatte sie. Erinnere mich an das Ding. Trug sie unter den Arm geklemmt, als sie meinen Hund anfaßte. Blaue Tasche mit roten Bändern.«

»Was für Bänder denn?«

Mr. O'Hara war gekränkt, da ihm diese Fragerei so unnötig vorkam.

»Was für welche?« gab er zurück. »Na ja, so lappige Dinger. Sahen aus wie Leder oder so was.«

»Abbot!« rief Bony. »Frau in mittleren Jahren – weiße Kappe, braunes Kleid, blaue Handtasche mit roten Bändern oder Zugschnüren. Befindet sich vermutlich noch auf der Argent Street.«

Abbot flitzte in den Korridor hinaus. Der Buchmacher war entschieden blaß geworden. Bony blieb so liebenswürdig wie bisher, als er sagte: »Mr. O'Hara, ich möchte, daß Sie nach Hause gehen und dort bleiben, bis ich Sie rufen lasse. Wie heißt der Herr, mit dem Sie gesprochen hatten?«

»Ted Rowe. Wirt vom Hotel ›Camel Camp‹. – Weshalb soll ich denn zu Hause bleiben? Morgen sind Rennen, da muß ich zur Stelle –«

»Dann trinken Sie vorläufig nichts, das heißt: nur aus Flaschen.« Bony begab sich zur Tür. »Kommen Sie, fix!«

»Was soll das denn heißen? Was haben Sie vor?«

Bony faßte ihn beim Arm und drängte ihn in den Flur hinaus.

»Sie haben doch von Sam Goldspink gehört, wie? Also, gehen Sie nach Hause und bleiben Sie da.« Er führte ihn durchs große Dienstzimmer, vorbei an Pavier, der dort mit mehreren Beamten stand, und öffnete dann dem Buchmacher die Tür nach draußen. Als er sie wieder geschlossen hatte und sich umdrehte, hörte er, daß Pavier verschiedene Anordnungen traf. Er teilte zwei Mann ein, um alle von der Argent Street nach Süden fahrenden Straßenbahnen zu kontrollieren, und zwei für die Gegenrichtung. Andere, die sämtliche Läden auf beiden Seiten der Straße durchkämmen, und ein paar, die in allen Hotels suchen sollten. Gemeinsam verließen sie den Raum, auch Pavier und Bony. Es war gut eine Stunde nach Katys Vergiftung.

Auch die auf den Straßen patrouillierenden Beamten bekamen genaue Anweisungen, insbesondere auf große weiße Kappen, die leicht zu entdecken seien, und Handtaschen mit roten Schnüren zu achten. Aber Bony hatte wenig Hoffnung, denn er hielt es für unwahrscheinlich, daß die Frau nach ihrem Mordversuch sich länger als unbedingt nötig in der Innenstadt aufhielt.

Flotten Schrittes ging er durch die Argent Street und fand, daß erstaunlich viele Frauen weiße Kappen trugen, aus Filz und aus Stroh, kleine und große. Er sah blaue, rote, weiße, grüne und graue Handtaschen, doch nicht den blauen Beutel mit den roten Schnüren.

Ungefähr in der Mitte der Argent Street sah er Mary Isaacs vor einem Hotel stehen. Sie schien aufgeregt, ganz zappelig vor Erregung. Als sie ihn bemerkte, lief sie ihm entgegen.

»Sie ist da drin! Ich sah sie hineingehen«, rief sie, sich mit beiden Händen an Bonys Arm klammernd. »Eine Kundin wollte etwas aus dem Schaufenster haben, und als ich mit ihr herauskam, um mich zu überzeugen, welches Stück sie meinte, habe ich die Frau mit dem blauen Beutel gesehen! Sie ging hierher, und ich eilte ihr nach. Habe die Kundin stehenlassen, um sie zu verfolgen. Mrs. Robinow wird gewiß ärgerlich sein. Sie ging hier ins Hotel – die Fremde, meine ich.«

»Ihr Gesicht gesehen?«

»Nein, ich sah sie nur von rückwärts. Braunes Kleid. Weiße Kappe. Kam mir größer vor, als ich sie im Gedächtnis hatte. Aber der Beutel mit den roten Schnüren war es, Inspektor, das weiß ich ganz bestimmt!«

»Gehen Sie in den Laden zurück«, sagte Bony, indem er sich aus ihrem Griff löste. »Überlassen Sie das Weitere uns.«

Außer dem Haupteingang hatte das Hotel noch vier Türen zur Bar und den anderen Gasträumen. Bony stellte sich so auf die Straße, daß er alle fünf Türen überblicken konnte. Nach etlichen Minuten kamen zwei Kriminalbeamte in Zivil vorüber. Er hielt sie an und informierte sie rasch.

»Der Direktor und Oberwachtmeister Abbot sind auf der anderen Straßenseite, Sir«, sagte der eine.

»Holen Sie sie her.«

Während der Mann hinübereilte, fragte Bony den anderen: »Einen hinteren Ausgang hat das Hotel gewiß auch?«

»Ja, Sir. Führt in eine schmale Parallelstraße. Soll ich diesen Ausgang sperren?«

Bony nickte, der Beamte verschwand durch eine der Türen.

Pavier und Abbot kamen und wurden ebenfalls von Bony informiert.

Sie ließen den zweiten Beamten vor dem Hotel, dann suchten sie systematisch das Vestibül, das Restaurant und die Barräume ab. Vom Geschäftsführer begleitet, auch die Zimmer oben. Die Frau des Geschäftsführers und zwei Mädchen kontrollierten auch die Toiletten. Auch die Räume des Personals und das Wirtschaftsgebäude auf dem Hof wurden durchsucht. Keine Frau, wie O'Hara sie gesehen hatte, zu entdecken.

Vom Hotel bis zu Goldspinks Geschäft waren es ungefähr hundert Meter, und nachdem die Läden beiderseits des Hotels kontrolliert waren, ging Bony hin, um noch mit Mary Isaacs zu sprechen. Da sich im Laden viele Kunden befanden, wurde er in den Anproberaum geführt, wo Mary Isaacs alsbald erschien.

»Sie sagten doch, Sie hätten das Gesicht der Frau nicht gesehen?« fragte Bony sie.

»Nein, Sir. Haben Sie sie gefunden?«

»Keine Spur. Wie weit hinter ihr waren Sie, als Sie ihr folgten?«

»Nur zwei bis drei Meter.«

»Und sie hat sich nicht umgedreht, um festzustellen, ob sie verfolgt wurde?«

»Nein, aber sie hätte mich ja bei einem Blick in die Schaufenster bemerken können. Ich war doch so aufgeregt! Und konnte keinen Polizisten entdecken.«

Bony klopfte ihr auf die Schulter und lachte ein wenig gezwungen.

»Es heißt ja, daß nie ein Polizist zu finden ist, wenn man gerade einen braucht. Na, Sie haben jedenfalls Ihre Sache fein gemacht, und die Polizei wird die Dame fassen, bevor sie aus der Argent Street verschwinden kann. Ich will Sie jetzt nicht aufhalten, Mrs. Robinow braucht Sie gewiß im Laden, es ist doch viel zu tun.«

Die Uhr zeigte kurz vor sechs. Auf den Gehsteigen drängte sich die Menge, der Wagenverkehr war sehr stark. Ein bißchen deprimiert schlich Bony zum Präsidium zurück.

Es wäre töricht gewesen, zu bezweifeln, daß ein Geisteskranker sich in der Argent Street aufhielt, und einem wahnsinnigen Tuttaway – dem berühmten Zauberer, dem Verwandlungskünstler – war alles zuzutrauen. Wenn er in Verkleidung die bewußte Frau gewesen war, hatte er dann im Spiegel der Schaufenster das junge Mädchen aus Goldspinks Laden erkannt, ihr die Aufregung angemerkt? War er ins Hotel gegangen, geradewegs in die Toilette, um sogleich mit gewendeter Kleidung, auch gewendeter Handtasche, in die er eine Kappe pressen konnte, wieder zum Vorschein zu kommen? Die Beobachtungen sprachen dagegen, jedoch . . .

Ein Mann kam plötzlich von hinten und sprach ihn an.

»Eben Nachricht gekommen, Sir, daß die gesuchte Frau aufgegriffen worden ist«, sagte er.

17

»Das macht mir Spaß! Bin im Nu fertig!«

Mrs. Wallace zog sich erstaunlich schnell um, in knapp zehn Minuten, dann setzte sie sich so behaglich in den Fond des Polizeiautos, als ginge es zu einer netten Party. Neben ihr saß Abbot, der über das Wetter sprach.

Inzwischen gab es gewisse Schwierigkeiten für Bony und Direktor Pavier, in dessen Dienstzimmer die von den zur Straßenkontrolle eingesetzten Beamten festgenommene Frau saß. Sie war ganz der Beschreibung O'Haras entsprechend gekleidet und hatte auch eine blaue Handtasche. Doch die roten Schnüre waren aus dicker Kordel und dienten nicht zum Zuziehen der Tasche, sondern nur als Henkel.

Überdies gab die Frau ohne zögern zu, daß Sie bei dem Brunnen stehengeblieben war und den Hund gestreichelt hatte. Sie gab ihren Namen an – Madge Goddard – und ihre Adresse. Ihr Mann hatte ein Lebensmittelgeschäft mit Holz- und Ölhandel.

»Wir haben einen Bock geschossen«, gab Pavier zu, ohne eine Miene zu verziehen.

»Wie alt schätzen Sie die Frau?« fragte Bony.

»Unter vierzig, denke ich.«

»Hat sie Kinder?«

»Habe nicht danach gefragt. Ist das wichtig?«

»Könnte sein. Ich hätte gern gesehen, was sie in der Handtasche hat. Kommen Sie bitte mit, aber überlassen Sie das Fragen mir.«

Während sie durch den Korridor gingen, erfuhr Bony von Pavier, was Mrs. Goddard bisher ausgesagt hatte. Als sie ins Zimmer des Direktors kamen, erhob sich die neue Sekretärin und ging auf einen Wink ihres Chefs hinaus.

Nur in der Figur war Mrs. Goddard der von Mrs. Wallace und teilweise von Mrs. Lucas beschriebenen Frau ähnlich. Bestimmt war sie noch nicht älter als vierzig. Bony wurde ihr als Inspektor

Knapp vorgestellt. Gleich als sie Platz genommen hatten, sprach er ihr beruhigend zu.

»Es tut mir wirklich leid, Mrs. Goddard, daß wir Ihnen Ungelegenheiten machen«, sagte er, indem er eine Schachtel feinster Zigaretten offerierte.

»Ja, es ist wirklich abscheulich«, sagte sie erbittert. »Schon daß ich hier wie eine Verbrecherin hergeschleppt wurde. Ich glaube nicht, daß mein Mann sich das gefallen läßt. – Danke schön.«

Sie nahm eine Zigarette.

»Ich glaube aber, Mrs. Goddard, Sie werden uns verzeihen, sobald ich Ihnen die eigenartigen Umstände erklärt habe. Darf ich Sie bitten, alles, was ich Ihnen jetzt gern sagen möchte, streng vertraulich zu behandeln?«

Ein Geheimnis! Ein Geheimnis ist für eine Frau so reizvoll wie Fisch für eine verhungerte Katze. Und wenn ein liebenswürdiger, gutaussehender Mann mit so wundervollen blauen Augen und so einer Stimme um diese Gefälligkeit bat ... Als Bony nun noch lächelte, war ihr Ärger verraucht.

»Selbstverständlich, Inspektor, das verspreche ich.«

»Also, es handelt sich um folgendes: Der Hund, den Sie beim Brunnen gestreichelt haben, verendete wenige Minuten, nachdem Sie fortgingen. Er hatte Wasser aus dem Trog unterhalb der Fontäne getrunken, und dieses Wasser war vergiftet. Besitzer des Hundes ist ein gewisser Patrick O'Hara, den das tief bedrückt hat, da er sehr an dem Tier hing. Er erinnert sich, daß Sie es gestreichelt hatten, und daher kamen wir auf den Gedanken, Sie könnten mit dem plötzlichen Tod des Hundes zu tun haben. Ein bedauerlicher Irrtum, der nur aus Übereifer entstehen konnte. Sie wohnen, wie ich höre, in der Willow Street und haben dort ein Geschäft?«

»Ganz recht. Ich führe das Lebensmittelgeschäft, und mein Mann handelt mit Holz und Öl. Wir wohnen da schon acht Jahre.«

»Sicher haben Sie Familie?«

»Nein, keine Kinder. Ich hatte einen kleinen Jungen, der aber schon mit zwei Jahren gestorben ist.«

»Ein harter Schicksalsschlag, Mrs. Goddard. Da ich selbst Vater von drei Söhnen bin, kann ich Ihnen das aufrichtig nachfühlen. Ich werde Sie jetzt nur noch einige Minuten aufhalten. Ist es Ihnen recht, wenn ich Sie in einem unserer Wagen nach Hause bringen lasse?«

»Das würde mir Zeit ersparen, denn mein Mann wartet auf sein Abendessen.«

»Da ich bloß ein Polizist bin«, fuhr Bony fort, »kann ich mich manchmal nicht ganz als Gentleman verhalten. Mißtrauisch bis zum Schluß und so weiter. Sie verstehen mich gewiß. Zweifellos haben Sie in Gedanken schon den Tod des Hundes heute nachmittag mit dem Tode mehrerer Männer in Verbindung gebracht?«

»Das drängte sich mir geradezu auf«, gab Mrs. Goddard zu. Sie zog die Stirn in Falten.

»Was ich jetzt frage, ist mir unangenehm«, log Bony. »Würden Sie mich in Ihre Handtasche schauen lassen?«

Mrs. Goddard hatte nichts dagegen, sie gab ihm die Tasche. Die war, wie erwähnt, marineblau, die Henkel aus roter Kordel, der Verschluß der Tasche zum Knipsen. Ihr Inhalt war das Normale und nicht viel, jedenfalls enthielt sie kein Zyankali und keinen Lutscher. Bony tat alle Sachen wieder sorgfältig hinein, schloß die Tasche und gab sie Mrs. Goddard zurück.

»Ich begrüße es dankbar, daß mein häßliches Mißtrauen nun zerstört ist«, sagte er lächelnd. »Und sehr dankbar bin ich Ihnen, daß sie trotz unseres dummen Irrtums so großmütig waren. Gestatten Sie mir, daß ich Sie zum Auto begleite.«

Polizeidirektor Pavier kam um seinen Schreibtisch herum, um ihr die Hand zu geben und sein Bedauern auszusprechen, und Mrs. Goddard verließ, offenbar ganz besänftigt, mit Bony das Zimmer. Im Hauptdienstraum mußten sie an Mrs. Wallace vorbei, die nach einem schnellen Blick auf die blaue Handtasche sofort sagte: »Nanu, Mrs. Goddard! Wie geht's Ihnen denn? Habe Sie ja ewig nicht gesehen.«

»Danke – und Ihnen, Mrs. Wallace? Nein, tagsüber gehe ich selten aus, der Laden beansprucht mich vollauf.«

Bony blieb ein paar Minuten stehen, während die Frauen plauderten, dann führte er Mrs. Goddard zu dem Polizeiauto, das hinter dem wartete, mit dem Mrs. Wallace geholt worden war. Der Fahrer öffnete die Tür, Mrs. Goddard lächelte, und Bony verneigte sich. »Good bye«, sagte er gedämpft. »Darf ich Sie, wenn mir einfallen sollte, daß Sie mir noch ein wenig helfen könnten, wieder herbitten?«

»Aber gewiß«, antwortete Mrs. Goddard. »Unsere Nummer finden Sie im Telefonbuch.«

Bony trat zurück, der Wagen fuhr ab.

Als er wieder zu Mrs. Wallace hineinkam, sagte sie im Verschwörerton: »Das kann sie nicht sein, Inspektor. Mrs. Goddard hätte ich ja im Vestibül sofort entdeckt. Sie hat zwar dieselbe Figur wie jene Frau, auch dieselbe Größe und auch das Haar so mit

Henna gefärbt, aber – Nein, Mrs. Goddard kann es nicht gewesen sein.«

»Kennen Sie Mrs. Goddard denn schon lange?«

»Zwei Jahre wohl. Hatte sie aber ein halbes Jahr nicht mehr gesehen. Sie kann's nicht gewesen sein, Inspektor.«

Als sie gegangen war, kam Pavier herein.

»Hoadlys Analyse hat ergeben, daß in dem Trinkbecher und in dem vom Löschpapier aufgesogenen Wasser Zyankali enthalten war«, sagte er. »Kommen Sie jetzt mit mir und essen Sie bei uns.«

»Schönen Dank, Sir, das mache ich gern.«

»All right, der Wagen steht hinterm Haus.«

»Wie weit sind Sie denn tatsächlich vorangekommen?« fragte Pavier, als sie unterwegs waren. Als Bony zögerte, sagte er – bei ihm ungewohnt – ziemlich grob: »Ich werde Ihnen schon nicht Ihre Lorbeeren wegnehmen.«

Bony gab nach.

»Es sind so viele eigenartige Details in Erscheinung getreten, daß sich noch kein klares Bild formen will, Direktor. Und obwohl Sie mir so viele Hilfskräfte zur Verfügung gestellt haben, kriege ich's noch nicht zusammen. Zwei Männer wurden auf dieselbe Art vergiftet. Beide waren schon älter und beide unverheiratet. Als dritte Gleichheit bei den Fällen kommt hinzu, daß beide an Freitagnachmittagen ermordet wurden.

Die Vergiftung des dritten brachte viel Wesentliches an den Tag und bestätigte gewisse Theorien erheblich. Sie brachte uns die Beschreibung einer Frau, die Zyankali in das Bier dieses Mannes geschüttet haben könnte. Wie die ersten beiden, war auch das dritte Opfer ein älterer Junggeselle, nur wurde er nicht an einem Freitagnachmittag vergiftet. Schließlich haben wir noch den Versuch, O'Hara zu vergiften – an einem Freitagnachmittag. O'Hara ist allerdings zweimal verheiratet gewesen. Als gemeinsame Nenner in allen Fällen bleiben zwei: Die vier Männer waren in vorgerückten Jahren und beim Essen unsauber.

Lassen wir den Fall O'Hara außer acht, so scheint eine Frau bei allen Vergiftungen ihre Hand im Spiel gehabt zu haben. In zweien der Fälle unterstützt eine Handtasche von besonderer Form und Farbe unsere Annahme. So sehen wir jetzt wie durch ein dunkles Glas und noch verschwommen die Gestalt einer bestimmten Frau.

Zum Motiv: Anscheinend ist keins da, aber selbstverständlich muß ein Motiv zugrunde liegen. Wie ich schon Crome – oder Abbot – erklärte, ist es möglich, daß hier durch mehrere Morde nur das Motiv zur Ermordung eines einzigen Mannes vertuscht werden sollte. Bisher haben wir weder den Beweis für diese Annahme noch das Gegenteil.«

»Sicher sind Sie also nicht, daß die Täterin eine Frau ist?« warf Pavier ein.

»Sicher kann ich in keinem Punkt sein«, gestand Bony, »neige aber zu dem Glauben, daß es eine Frau ist.«

Pavier fuhr absichtlich langsam, und Bony erklärte sofort weiter: »Nachdem Goldspink getötet worden war, hat Crome mit seinen Leuten überall in Broken Hill nachgeforscht, wo Zyankali erhältlich sein könnte. Nach der Vergiftung von Parsons hat er mit seinen Männern sich doppelt bemüht, denn sie wurden außerdem noch von Stillman angefeuert. Und als Gromberg vergiftet war, ist das alles noch einmal exerziert worden. Resultate: gleich Null. Wie Sie wissen, wird Zyankali handelsüblich an Viehfarmen und Dorfläden abgegeben, in Dosen von ein und von anderthalb Kilo, und unser Giftmörder hätte für seine Aktion zu Anfang bestimmt viel weniger als ein Kilo gebraucht.

Wir glauben, den Täter in einer Frau sehen zu können, doch nach den heutigen Feststellungen meine ich, daß es auch ein Mann sein könnte. Tuttaway ist am 27. September ausgebrochen, einen Monat später wurde der erste Mord der Serie verübt – an Goldspink.

Die von Mary Isaacs verfolgte Frau betrat ein Hotel, das wir fünf Minuten später schon durchsuchten. Da war sie bereits verschwunden. Der Große Scarsby beispielsweise hätte so schnell Kleidung und Handtasche wechseln können, nachdem er seine Verfolgerin, in den Schaufenstern gespiegelt, erkannt hatte. Und doch bezweifle ich, daß es ihm – bei all seinem Können – gelungen wäre, eine Frau wie Mrs. Wallace zu täuschen, die, wie man so sagt, mit allen Wassern gewaschen ist. Einfach, nicht wahr?«

»Demnach haben Sie doch entschieden Fortschritte gemacht«, meinte Pavier anerkennend. »Sie sind beträchtlich weiter gekommen als Stillman.«

»Wie vorauszusehen war«, stimmte ihm Bony freundlich zu. »Aber zuletzt wird die Theorie wieder verwirrt dadurch, daß auch Tuttaway ein unappetitlicher Esser ist.«

»Was?«

Bony vermied Erklärungen zu diesem Punkt, indem er sagte: »Ich hoffe, daß Sie die Straßenkontrollen weiter aufrechtzuerhalten bereit sind?«

»Die lasse ich bestehen, bis Sie mich ersuchen, sie aufzuheben.«

»Danke sehr.«

Wenige Minuten später wurde Bony der Schwester Paviers vorgestellt, die ihrem Bruder den Haushalt führte, und alsbald erschien auch Pavier junior, der anregte, vor dem Essen erst ›einen zu heben‹.

Dieses Abendessen sollte Bony lange in Erinnerung bleiben. In roter Glut leuchtete die sinkende Sonne durch die offenen Fenster, so daß die Bestecke und das Kristall auf dem Tisch wunderbar glänzten und der Solitär am Finger seiner Gastgeberin in zartem Rot funkelte. Im Pfefferbaum vor den Fenstern zwitscherten die Vögel, deren Stimmen sich siegreich über das ferne Gerummel der Hüttenwerke erhoben.

Es wurde nicht gefachsimpelt. Pavier sprach über Bücher, sein Sohn legte, fast schüchtern, das Geständnis ab, daß er Stücke schriebe.

»Habe bis jetzt noch keinen Erfolg zu verzeichnen«, sagte er ehrlich, »doch die Hoffnung gebe ich nicht auf.«

»Aber du hattest doch schon Erfolg«, protestierte seine Tante, »im vorigen August wurde ja eins deiner Stücke aufgeführt.«

»Das nenne ich nicht Erfolg«, stritt Luke Pavier ab und erklärte dem Gast, daß eins seiner Stücke zweimal bei Wohltätigkeitsveranstaltungen aufgeführt worden sei.

»Es war aber so gut, Mr. Bonaparte, daß mehrere hundert Pfund einkamen«, erklärte die Tante. »Die hiesigen Schauspieler sind sehr gut, alle Zuschauer haben ihre Freude daran gehabt. Luke wird Ihnen sicher nach dem Essen mal sein Miniaturtheater zeigen, das ist spaßig. Ich helfe ihm immer, die Figuren zu bewegen.«

Das kleine Theater wurde mit dem Kaffee zusammen hereingebracht und auf den Tisch gestellt. Bony, der sich für alles interessierte, wenn es ihm von Menschen gezeigt wurde, die ihre Sache verstanden, ließ sich die Technik erklären. Dabei erkannte er, daß der junge Pavier über Theater und Schauspieler auffallend gut orientiert und voll Begeisterung bei der Sache war, doch nach einer halben Stunde war Bony ganz geknickt wegen seiner eigenen Unkenntnis auf dem Gebiet.

»Was für Kunststücke hat denn der Große Scarsby geboten?« fragte er schließlich.

»Scarsby?« Der junge Mann warf seinem Vater einen raschen Blick zu, als bäte er um die Erlaubnis, fachsimpeln zu dürfen. »Der Große Scarsby, der Große Martini und der Große Lafayette erzielten ihre Erfolge hauptsächlich durch reine Schaustücke. So zum Beispiel ließ Lafayette sich eine Staffelei mit einer Leinwand auf die Bühne stellen. Er schlug ein Loch in das Leinen, und schon steckte von der Rückseite ein Neger sein Gesicht durch das Loch. Lafayette klebte im Nu dem schwarzen Gesicht einen Backenbart an, übermalte es mit weißer und rosa Kalkfarbe, und schon stand lebensecht der Kopf Edwards des Siebenten vor dem erstaunten Publikum. Dann ging er hinter die Staffelei, der bemalte Neger nahm den Kopf zurück, kam um die Staffelei herum, riß sich den Backenbart ab, wischte sich das Gesicht ab, und Lafayette selbst stand vor den Zuschauern.«

»Raffiniert«, stimmte Bony zu. »Ich vermute, daß er auch seinen Anzug schnell wechseln konnte und dergleichen?«

»Ging hinter einen Spiegel, kam als Frau im Abendkleid hervor, verschwand wieder, erschien als Königin Viktoria, ging abermals hinter den Spiegel und trat hervor als irgendein bekannter Staatsmann. Und dabei blieb er nicht länger hinter dem Spiegel, als man für den bloßen Weg um das Gestell brauchte.«

»O nein! Ich war noch ein Kind, als Lafayette bei einem Theaterbrand in Edinburgh ums Leben kam, während er ein prächtiges weißes Pferd zu retten versuchte. Vielfach wird behauptet, Scarsby sei als Künstler ebenso bedeutend gewesen, doch niemand behauptet, daß er auf der Bühne besser war als Lafayette.«

Nach dem Abendessen verließ Bony mit dem Polizeidirektor, der wieder ins Präsidium wollte, das Haus. Pavier junior begleitete sie bis zum Wagen, und draußen glaubte er sich berechtigt, sofort berufliche Fragen anzuschneiden.

»Um auf das Bild zurückzukommen, das Sie haben«, sagte er zu Bony. »Es hat mir eine Frau in Erinnerung gebracht, nur kam ich nicht darauf, wer sie sein konnte. Sie erinnern sich doch?«

»Natürlich.«

»Diese Frau auf dem Bild ähnelt in gewissen Zügen stark einer Dame, die in meinem Stück mitgespielt hat und deren Leistung ich für die beste bei der Aufführung hielt. Sie heißt Goddard und wohnt in der Willow Street.«

»In welcher besonderen Einzelheit ähnelt sie der Skizze?« fragte Bony, während der Polizeidirektor regungslos neben ihm stand.

»Mund und Kinn. Ist das von Bedeutung?«

»Was haben Sie heute nachmittag gegen Abend gemacht?«

»Bin schon seit vier Uhr zu Hause. Weshalb – Mr. Freund?«

Bony lachte, und der Polizeidirektor sagte: »Gott sei Dank!«

18

Zu der Zeit, als Mrs. Goddard auf der Argent Street in eine Straßenbahn stieg, verfolgte Mary Isaacs eine Frau mit einer ihr sehr bekannten Handtasche. Oberflächlich betrachtet bewies das, daß Mrs. Goddard nicht die von Mary Isaacs entdeckte und bis zum Hotel verfolgte Frau gewesen sein konnte, und Bony hätte zufrieden sein können, wäre nicht die Unsicherheit von Mrs. Wallace gewesen, als sie Mrs. Goddard sah, und wiederum die Ähnlichkeit mit Mrs. Goddard, die Pavier junior in der Skizze von Mills fand, die unter den Augen von Mrs. Wallace und Mrs. Lucas entstanden war.

Er rief Jimmy Nimmo an, und in einer halben Stunde saß der vor seinem Schreibtisch.

»In der Willow Street wohnen Leute namens Goddard, Mann und Frau ohne Kinder, die ein Geschäft haben. Kennst du die zufällig schon oder hast von ihnen gehört?«

»Gehört, ja«, erwiderte Jimmy. »Sie haben einen Lebensmittelladen und ein Brennstofflager. In einem Hause hinter dem Laden. Großer Holzhof. Jeden Samstagabend kommen sie in die Innenstadt, um ins Kino zu gehen, und dann lassen sie in der Wohnung zwei Lampen brennen, um arme, harmlose Einbrecher zu täuschen.«

»Aha! Du hast offenbar die Szenerie in Augenschein genommen.«

»Hatte sie schon genau im Kopf, bis das Pech mich erfaßte.«

»Und wann war das?«

»Als wir beide uns auf der Argent Street trafen.«

»Nanu, sei bloß nicht so unfreundlich«, verwahrte sich Bony. »Du hast schon mehrmals von deiner ›attraktiven‹ Freundin gesprochen, an die du ja wohl nicht durch Pech gekommen bist, wie?«

»Das spielt aber auch hinein«, protestierte Jimmy. »Ich werde mich nämlich bald verheiraten, und dann muß ich meinen Beruf aufgeben – um des lieben Friedens willen. Könnte es nicht ertragen, im Kittchen zu sitzen, während ein anderer mit meiner Madam herumspaziert. Eine Frau muß den Mann um sich haben, sonst haut sie über die Stränge.«

»Üble Situation, Jimmy. Weil ich dich um einen kleinen Einbruch bitten wollte. Da wir Samstag haben, wollte ich gern, daß du dich in das Haus der Goddards begibst und nach einer dunkelblauen Damenhandtasche – einem Beutel mit roten Zugschnüren –

suchst, ferner nach einem Babyschnuller und – nach Zyankali. Ich werde hier noch spätabends bei der Arbeit sitzen und deinen Bericht entgegennehmen, ehe ich schlafen gehe.«

»Angenommen, ich werde geschnappt? Dann ist's aus mit allen meinen guten Vorsätzen und aus mit dem Traum von der ehelichen Liebe.«

»Du wirst nicht geschnappt werden – wenn du nicht meinen Befehlen zuwiderhandelst, indem du dort Geld mitnimmst oder irgendeinen Gegenstand von Wert. Jetzt arbeitest du ja für mich, Jim, und die Polizei bin ich, klar?«

»Schön, dann darf ich also meinem Mädchen sagen, daß ich für die Polizei arbeite, das heißt für Sie? Ich muß sie nämlich ein bißchen beruhigen, weil ich sie nicht ins Kino führen kann.«

»Kann sie ein Geheimnis bewahren?«

»Ebenso gut wie ich. Sie gehört zu den Leuten, die ihre rechte Hand nicht wissen lassen, was die linke tut – so wie ich.«

»Na schön, darin sind wir einig. Ich werde dafür sorgen, daß du nicht festgenommen wirst, aber du wirst beim Betreten und Verlassen des Hauses ebenso große Vorsicht anwenden, als wenn zehn Polizisten an der nächsten Straßenecke ständen.«

»Okay. Auf Wiedersehen.«

Bony begab sich in Cromes Zimmer, wo er sich die Akte Tuttaway aushändigen ließ und hervorhob, es sei zweckdienlich, wenn Inspektor Hobson dafür sorgte, daß die zwischen 8 und 11 Uhr abends im Gebiet der Willow Street patrouillierende Streife sich dem Hause der Goddards nicht näherte. Crome versprach, das zu veranlassen.

»Schon eine Spur von Tuttaway, Sir?« fragte er, als er Bony das Aktenstück gab.

»Leider nicht«, antwortete Bony. »Ich glaube, er könnte sogar noch hier in der Stadt sein und sich in einer tadellosen Verkleidung ganz ungezwungen bewegen. Was haben Sie heute morgen vor?«

»Ich setze meine drei Fährtensucher an, sie sollen weiter nach dem Griff des Glasdolchs suchen.«

»Gut. Ich will Sie nicht aufhalten.«

Bony nahm die Akte wieder mit in sein Zimmer. Der Inhalt war recht dürftig; sie enthielt aus der Zeit vor dem Verbrechen, für das Tuttaway verurteilt wurde, nur das Geburtsdatum und kurze Angaben über den Lebenslauf. Die Krankengeschichte war bis zur Verurteilung ebenso vage.

Tuttaway war das zweite Kind einer Familie mit vier Söhnen und vier Töchtern. Zwei Söhne hatten das Geschäft des Vaters übernommen, einer hatte später Selbstmord begangen, von den vier Töchtern hatte eine sich mit einem Geistlichen, die zweite mit einem Kunstmaler verheiratet. Die dritte wurde ein Jahr nach ihrer Verheiratung mit einem Architekten für geisteskrank erklärt, während die vierte mit ihrem Bruder, dem Zauberkünstler, zusammenblieb. Alle Tuttaways hatten beträchtliche Geldsummen geerbt.

Bony studierte das im Gefängnis aufgenommene Foto. Ein sonderbares Gesicht, das den gestörten Geist deutlich spüren ließ, aber noch viel mehr enthüllte. Edles und Böses, Härte und Güte, Humor und Arroganz. Als Schauspieler und Schausteller, in einem Leben, das nur der Betonung der eigenen Wichtigkeit galt, war Tuttaway selbst sein ärgster Feind gewesen. Er mußte im Leben der Frau, die er umbrachte, eine Rolle gespielt haben, ob diese Rolle nun groß oder klein war, und sie mußte ihn schon gekannt haben, bevor sie nach Broken Hill zog oder bevor sie England verließ. Ja, so mußte es sein, vor ihrer Ausreise aus England, die im Juni 1936 stattfand.

Dagegen aber hatte doch ihre Schwester wiederholt versichert, Muriel Lodding hätte sich mit Männern überhaupt nicht abgegeben. Mrs. Dalton hatte gesagt –

»Mrs. Dalton ist da«, meldete in diesem Augenblick Abbot. »Sie wollte zum Direktor, aber der ist unterwegs und Sergeant Crome auch.«

»Sagen Sie ihr, ich würde mit Vergnügen für sie tun, was in meinen Kräften steht«, entgegnete Bony.

Er pustete die Zigarettenasche von der Schreibtischplatte, schob die Akte Tuttaway in ein Fach und breitete schnell einige Papiere aus. Als Mrs. Dalton hereingeführt wurde, empfing er sie stehend. Er fand sie sofort sympathisch. Ihre ausdrucksvollen grauen Augen gewannen noch durch das seidenweiche, zu einer Nackenrolle gedrehte braune Haar und den kleinen Hut mit der schmalen, hochgebogenen Krempe. Die Nase war gerade; ihr Gesicht war nur wenig gepudert, der Lippenstift harmonierte gut mit dem roten Kleid unter dem weiten schwarzen Staubmantel. Alles übrige – Schuhe, Strümpfe und Tasche – war schwarz.

»Mrs. Dalton, nehmen Sie bitte Platz«, forderte Bony sie auf. »Ich bin Inspektor Knapp. Vielleicht kann ich Ihnen dienen?«

In ihren Augen las er erst Überraschung, dann Zustimmung.

»Eigentlich hatte ich mit Direktor Pavier sprechen wollen, wegen meiner Schwester«, erwiderte sie. »Muriel hat ihren ganzen bescheidenen Besitz mir hinterlassen und mich gleichzeitig als Testamentsvollstreckerin bestimmt. Ich habe von Direktor Pavier einen Brief bekommen, in dem er mir über ihr Gehalt und das ihr noch zustehende Urlaubsgeld schreibt. Das Testament habe ich mitgebracht, Name und Adresse des Anwalts stehen hier auf dem Umschlag.«

Bony nahm das ihm dargebotene Dokument entgegen.

»Tut mir leid, daß der Direktor nicht da ist«, sagte er, schrieb sich die Adresse des Rechtsanwalts auf und gab das Testament zurück. »Die Abteilung wird sich mit dem Anwalt Ihrer Schwester in Verbindung setzen. Miss Lodding stand hier in gutem Ansehen, Mrs. Dalton. Ich selbst hatte keine Gelegenheit, sie näher kennenzulernen, doch Direktor Pavier empfindet ihr Ableben wie einen persönlichen Verlust.«

»Sie hat hier sehr gern gearbeitet, weil sie die Tätigkeit so interessant fand.«

»Sie haben keine Verwandten – in Australien?«

»In Australien nicht. In England einige Cousins und Cousinen, mit denen wir aber beide nicht in Briefwechsel standen. Mein Mann ist schon vor Jahren gestorben, und Kinder hatten wir nicht.«

»Soviel ich weiß, wohnen Sie in Broken Hill schon etliche Jahre?«

»Ja, seit 1938. In Sydney hat es mir nie gefallen, in der abscheulich feuchten Luft dort, und als meine Schwester von ihrer Firma gebeten wurde, ins Zweiggeschäft nach Broken Hill zu gehen, bin ich mit ihr hergezogen. Hier haben wir uns beide wohl gefühlt, wenn auch kulturell wenig geboten wird. Aber die Aufklärung von Muriels Tod gehört gewiß gar nicht zu Ihren Aufgaben?«

»Doch, ja, ich arbeite mit Sergeant Crome zusammen«, antwortete Bony. »Wir werden selbstverständlich Tuttaway finden.«

»Sind Sie denn so sicher, daß er sie getötet hat?«

»Ziemlich. Jedenfalls muß Ihre Schwester ihn gekannt haben. Wahrscheinlich, als Sie noch in England lebten.«

»Ja. Und das ist mein zweiter Grund, weshalb ich zu Direktor Pavier wollte. Obgleich der Name des Mannes mir bekannt vorkam – von dem Großen Scarsby hat wohl jeder schon gehört –, konnte ich mich nicht erinnern, daß meine Schwester irgendwie mit ihm Verbindung gehabt hätte.

Es ist doch schon vierzehn Jahre her, seit wir England verließen, und damals war Tuttaway, glaube ich, in Amerika. Und als er dann wegen der Entführung des Mädchens ins Gefängnis kam, wohnten wir schon hier, und meine Schwester interessierte sich nur wenig für diese Affäre. Sie erinnerte sich nur, daß sie irgendwann einmal für ihn Arbeiten ausgeführt hatte. Aber damit ist Ihnen gewiß nicht sehr gedient?«

»Im Gegenteil, Mrs. Dalton, es kann sogar von größter Bedeutung sein. Bitte weiter.«

»Also gut denn. Ich muß Ihnen einiges aus unserem früheren Leben in London erzählen. Darf ich?«

Mrs. Dalton hatte aus ihrer Handtasche ein Zigarettenetui genommen, und Bony murmelte, während er ihr Feuer gab: »London! Wie gern wollte ich immer schon London sehen! Einmal hatte ich Gelegenheit, dienstlich im Austausch hinzukommen, doch daraus wurde nichts. In welcher Gegend von London haben Sie gewohnt?«

»In Ealing. Ganz dicht an der U-Bahn, Station Gosport Grove. Weit genug von der Innenstadt, um aus dem Verkehrslärm heraus zu sein, und doch nicht allzu weit. Von meinem Mann her hatte ich ein ganz ansehnliches Vermögen, so daß Muriel keine Stellung anzunehmen brauchte, aber sie wollte sich absolut nützlich machen. So hat sie für mehrere Schriftsteller gearbeitet, ihre Manuskripte getippt und ihnen auch sonst geholfen. Aber nie wollte sie sich über ihre Tätigkeit oder über ihre Arbeitgeber äußern. Nur die Namen nannte sie mir.

Nicht etwa, daß die Leute in mein Haus kamen. Muriel ging zu ihnen oder brachte sich die Arbeit von ihnen mit, und ich habe sie nie mehr gefragt als das, was sie gern beantwortete. Als ich mir gestern abend alles wieder durch den Kopf gehen ließ, fiel mir ein, daß sie auch einmal für den Großen Scarsby tätig gewesen ist, und der Name ist mir wohl nur wieder ins Gedächtnis gekommen, weil Muriel damals erwähnt hatte, die Arbeiten für ihn seien besonders schwierig. Und jetzt –«

»Wir sind überzeugt«, unterbrach Bony sie, »daß es Tuttaway war, mit dem Ihre Schwester am letzten Abend ihres Lebens gesehen wurde. Bestimmt wissen wir, daß er an dem Abend in Broken Hill gewesen ist, und vermuten, daß er auch jetzt noch hier ist. Können Sie sich noch an andere Einzelheiten der Verbindung Ihrer Schwester mit dem Großen Scarsby erinnern?«

»Nein, leider nicht, Inspektor. Es ist mir alles nur noch ganz unklar in Erinnerung, und damals schien das ja so unwichtig. Sicher bin ich mir nur in einem: daß zwischen den beiden kein Liebesverhältnis bestanden hat. Na, sie muß ja auch zwanzig bis fünfundzwanzig Jahre jünger gewesen sein als er.«

»Wissen Sie vielleicht noch, wann – in welchem Jahr – Ihre Schwester für George Henry Tuttaway gearbeitet hat?«

»Hm . . . Das müßte dann gewesen sein, ehe er nach Amerika

ging, also vor 1934. Ich weiß nicht recht ... es könnte sein ... Nein, Inspektor, leider kann ich diese Frage nicht beantworten.«

»Sie haben doch nicht etwa Grund zu fürchten, daß er sich, sagen wir, für Sie interessieren könnte?«

»Für mich? Weshalb sollte er das? Allerdings habe ich ein wenig Angst, daß er, falls man ihn verhaftet, sehr peinliche Geschichten über Muriel erzählt. Warum er sie getötet hat und so weiter. Ich nehme zwar an, daß die Polizei auf die Wutausbrüche eines Irren nichts gibt, aber die Zeitungen nehmen das vielleicht ernst, und ich finde es furchtbar, öffentlich genannt zu werden. Muriel war ja so ... so gleichgültig gegen Männer an sich. Wie oft hat sie mir gesagt, sie wäre wohl zur alten Jungfer schon geboren!«

Bony unterließ das Gekritzel auf seinem Löschblatt und lächelte Mrs. Dalton ermunternd zu.

»Sie brauchen sich in dieser Hinsicht gar keine Sorgen zu machen«, sagte er. »Es wird, da Tuttaway für geisteskrank erklärt ist und aus dem Gewahrsam entwich, bestimmt keine Verhandlung stattfinden, weil er wegen seiner Unzurechnungsfähigkeit verhandlungsunfähig ist.«

»Also wird man ihn nur wieder ins Gefängnis zurückbringen?« fragte Mrs. Dalton in bitterem Ton, indem sie aufstand, um sich zu verabschieden.

»Ja, das dürfte auf seine Verhaftung folgen.«

»Ich hoffe, Sie werden ihm die Schuld nachweisen können. Das würde zwar meine Vereinsamung nicht ändern, aber ich will die Wahrheit erfahren.« Ihre Lippen zitterten, ihre Augen füllten sich mit Tränen. »Ich vermisse meine Schwester so sehr, daß ich es gewiß in Broken Hill nicht mehr aushalte. Wir haben uns so wunderbar verstanden und hatten in allem denselben Geschmack. Meinen Sie, daß auch die anderen Morde von Scarsby verübt worden sind?«

»Möglich ist das, Mrs. Dalton, doch dafür haben wir bisher keine Beweise. Überlassen Sie die Sorgen ruhig mir. Wir werden ihn finden. Wir kriegen nämlich unseren Mann immer.«

»Hoffentlich. Aber ›Jack the Ripper‹ hat die Polizei doch nicht gefaßt, nicht wahr?«

»Ach so. Tja, damals war ja auch ich nicht in London.«

»Selbstverständlich.« Mrs. Dalton versuchte zu lächeln. »Ich vergaß ganz, daß Sie noch nie in London gewesen sind. Na, dann auf Wiedersehen. Sie werden Direktor Pavier ausrichten, daß ich hier war, ja?«

»Aber gewiß! Auch betreffs des Geldes, das zum Nachlaß Ihrer Schwester gehört. Leben Sie wohl, Mrs. Dalton. Mich persönlich hat es gefreut, daß der Direktor gerade nicht hier war.«

19

Während im Fall Lodding die Lösung nahe schien, blieben die Giftmorde noch rätselhaft.

Daß durch Mrs. Dalton eine frühere Verbindung zwischen Miss Lodding und Tuttaway bestätigt war, konnte entschieden als Fortschritt gewertet werden. Das Motiv zur Tat war also in der Vergangenheit, nicht aber in jäher Leidenschaft oder reiner Blutgier zu suchen, und daher bestand kaum Grund zu der Befürchtung, daß der Große Scarsby noch einen Mord begehen würde.

Bony sprach gegen Abend mit Crome über Tuttaway.

»Hatte heute morgen Besuch – Mrs. Dalton«, sagte er, indem er Crome einen Zettel gab. »Hier ist die Adresse von Muriel Loddings Anwalt, die können Sie der Buchhaltung weitergeben.«

»Was halten Sie von ihr?«

»Von Mrs. Dalton? Kultivierte Frau. Sehr temperamentvoll. Die Schwester hat Tuttaway schon in England gekannt.«

»Tatsächlich?« rief Crome mit großer Genugtuung aus.

Bony gab wieder, was Mrs. Dalton ihm erzählt hatte, und Crome stürzte sich auf die Tatsache, daß Tuttaway, da sein Motiv sich aus Vergangenem herleitete, wohl kaum einen Moment länger als nötig in Broken Hill bleiben würde.

»Meinen Sie nicht, daß wir die Straßenkontrollen jetzt aufheben können?« schlug er vor. »Sind dadurch eigentlich ein bißchen knapp an Leuten.«

»Warten Sie noch, Crome. Vorläufig wollen wir uns nach dem Rat eines großen Kaisers richten: ›Wenn du im Zweifel bist, unternimm gar nichts.‹ Und inzwischen notieren Sie bitte einige Details.

Im Jahre 1934 machte Tuttaway mit seiner Truppe eine Tournee durch die Vereinigten Staaten. Zu der Zeit wohnte Muriel Lodding bei ihrer Schwester im Stadtteil Ealing in London und war für mehrere Schriftsteller tätig, deren Manuskripte sie schrieb. Besonderer Vermerk: Miss Lodding machte diese Arbeiten im Hause von Mrs. Dalton und suchte ihre Auftraggeber auf, die niemals ins Haus kamen. Zu ihnen gehörte auch Tuttaway, der sich ebenfalls, wie die Schriftsteller, in Mrs. Daltons Haus nicht zeigte.

Zwei Jahre nachdem er die Tournee durch Amerika begann, kamen die Schwestern nach Australien, und im folgenden Jahr kam auch Tuttaway, nach Auflösung seiner Truppe, dorthin. Das war 1937. Im nächsten Jahr, im November, zogen die Schwestern von Sydney nach Broken Hill um – soweit wir informiert sind, weil Muriel Lodding von ihrer Firma hier eine bessere Stellung angeboten wurde.

Das kann der Grund für den Umzug nach Broken Hill gewesen sein, vielleicht aber geschah es auch, weil Tuttaway in Sydney auftauchte. Folgender Punkt bedarf noch der Überprüfung: ob die Lodding sich selbst um Versetzung nach Broken Hill bemüht hat oder ob ihr das angeboten wurde. Bitten Sie Sydney, sich bei der Viehgroßhandlung zu erkundigen und alle über die zwei Frauen feststellbaren Einzelheiten zu ermitteln. Die Adressen müssen im Archiv sein.«

Crome war seine Verblüffung anzumerken.

»Ist das Ihrer Meinung nach nötig, Sir?« fragte er. »Wenn wir sowieso wissen, daß Tuttaway der Mörder der Lodding ist?«

»Ich glaube, ja«, erwiderte Bony kühl. »Außerdem soll Sydney in London feststellen lassen, welche Adresse das Haus in Ealing hat, in dem Mrs. Dalton bis 1936 wohnte, und soviel wie möglich über das Leben und die Bekannten der beiden Schwestern.«

»Wird erledigt, jawohl, Sir.«

»Das meiste hiervon könnten wir ja von Mrs. Dalton direkt erfahren, aber ich möchte sie gerade jetzt nicht gern kopfscheu machen. Das Leben von Muriel Lodding bis zu ihrer Übersiedlung nach Broken Hill ist das Wichtigste dabei. Es gibt den Herren in Sydney einiges zu denken und heilt sie von dem Irrglauben, daß man in Broken Hill untätig sei.«

»Noch dürfen Sie die Suche nach Tuttaway nicht abblasen«, fuhr Bony nach einer kleinen Pause fort. »Solange wir nicht das Gegenteil ermitteln, müssen wir davon ausgehen, daß Tuttaway noch in Broken Hill sein kann. Im übrigen – wenn Sie Ihren Bericht für den Direktor machen, denken Sie bitte daran, daß Sie ganz aus eigener Initiative handeln und ich mit den Zyankalimordfällen vollauf beschäftigt bin.«

Crome wurde rot; er nickte dankbar und ging.

Bony zog das oberste Löschblatt seiner Schreibunterlage heraus, betrachtete die Kritzeleien, die er gemacht hatte, während er Mrs. Dalton zuhörte, und warf das Blatt in den Papierkorb. Er nahm seinen Hut, schritt gemächlich durch den Korridor zum Dienstraum der Kriminalabteilung, sprach mit Abbot und stellte sich dann vor die Schwarzweißzeichnungen von der Frau, die Mrs. Wallace und Mrs. Lucas beschrieben hatten. Ein wenig enttäuscht ging er in sein Hotel, um zu Abend zu essen.

Jim Nimmo meldete sich bei Bony um elf Uhr. Er trug einen bequem sitzenden dunkelbraunen Anzug und Schuhe mit Kreppsohlen. Nachdem er sich eine Zigarette angezündet und sich gemütlich niedergelassen hatte, begann er zu erzählen.

»Ich ging um acht hinein und blieb bis halb elf. Keine Handtasche und auch kein Schnuller.« Sein Berufsstolz drängte ihn, mehr zu sagen, als liege in dem Bericht von seinem erfolglosen Bemühen gleichsam das Eingeständnis, versagt zu haben. »Ich habe die Lokalitäten vom Laden bis ins Büro auf dem Holzhof durchgekämmt, habe unter den Ladentischen und in Schubfächern gestöbert. Die Ladenkasse war leer, und die Speckschneidemaschine müßte mal sauber gemacht werden. Hinter dem Laden liegen zwei Schlafzimmer, ein Wohnzimmer, eine Diele und eine Küche mit einem kleinen angebauten Waschhaus. In einem der Schlafzimmer schläft das Ehepaar, das andere wird nicht benutzt.

Unter dem Bett dort steht eine große Blechkassette. Sie war verschlossen, aber das Schloß ist eins von den simplen Dingern, mit denen mein Herr Papa mich schon spielen ließ, als ich fünf Jahre alt war. In dem Kasten befinden sich zwei Pistolen, Kaliber 9,5 und über 200 Patronen. Außerdem ungefähr 4000 wertlose alte Benzinbezugscheine.

In der Diele nichts Besonderes außer einem Loch in der Wand hinter einem verglasten Bücherschrank, und mir war klar, daß dieses Loch einen Safe verbarg. Ich beschloß, zehn Minuten zu riskieren, und nahm die schöne Chance wahr. In dem Tresor liegt allerhand: Bargeld, Sparbücher und 48 goldene Armbanduhren.

Auch in der Küche war einiges geboten. Unter einem lockeren Fußbodenbrett liegt noch eine Blechkassette, ein bißchen kleiner als die im Schlafzimmer. Sie enthält zwischen 700 und 1000 Pfündchen. Sie mögen jetzt denken, was Sie wollen, aber die ließen mich vollkommen kalt. In der Geldkassette befindet sich auch ein Päckchen Briefe, von denen ich ein paar las, weil ich weiß, daß Sie gern die Nase in anderer Leute Briefe stecken. Adressiert sind sie an Mrs. Madge Goddard, und unterschrieben: ›Dein ewig treuer Arty‹. Wie heißt ihr Mann?«

»Frederick Albert.«

Jimmy grinste breit.

»Außer den Briefen sind da eine häßliche Puppe und neun Fotos von einem kleinen Kind. Daß die Liebesbriefe mit dem Geld zusammen in der Kassette liegen, deutet an, daß der Ehemann nichts davon weiß. Das Bargeld muß wohl aus der Ladenkasse abgezapft sein, um den Ehemann oder die Steuer zu beschuppen – ich glaube, den Ehemann.«

»Hast du auch unter den Kleiderschrank und obendrauf nachgesehen?«

»Nur langsam, Inspektor. Die Handtasche, die Sie suchen, ist nicht in dem Hause, und ein Baby gibt's dort auch nicht. Zwei Handtaschen sind da, eine aus Schlangenhaut und eine aus schwarzer Seide, beide leer. Ich habe überall gestöbert; nirgends etwas im Hause, was als Gift bezeichnet werden kann.

In der Küche ist eine Einstiegöffnung, und unter dem Dach habe ich auch alles beschnüffelt. Nichts als Staub und Spinnweben. Dann war ich hinter dem Haus und habe das Büro vom Holzhof unter die Lupe genommen. Der Raum ist an eine Seite der hinteren Veranda angebaut, die Tür hat ein Sicherheitsschloß, mit dem ich mich nicht herumgeplagt habe. Ich entdeckte auf dem Dach, daß eine Wellblechplatte los war, da bin ich eingestiegen. Das Büro ist nicht groß, steht aber ziemlich voll. Das Übliche: Geschäftbücher, Ordner, Hefter und Auftragsbücher. An der Wand zwei Winchesterbüchsen und eine Schrotflinte, alle Waffen gut gepflegt. Auf einem Regal Schachteln mit Munition, in einer Ecke ein Stapel Känguruhfelle. Auf einem Bord stehen fünf Kilodosen Zyankali und ein Pappkarton, in dem sich früher ein gutes Dutzend Flaschen mit Strychnin befunden haben müssen. Jetzt sind noch vier volle und eine angebrochene Flasche drin. Die Auftragsbücher, ein ganzer Packen, sind von den letzten zwei Jahren. Das wäre alles.«

»Ein ganz ordentlicher Katalog«, sagte Bony anerkennend. »Verstehst du was von Känguruhjagd?«

»Kein bißchen, aber ich habe auch nie gehört, daß die Tiere mit Zyankali gefüttert würden oder ihnen Strychnin flaschenweise an den Kopf geworfen wird. Oder sind Sie dieser Meinung?«

»Zyankali wird allerdings ausgiebig gegen wilde Kaninchen und andere Schädlinge gebraucht.«

Jim zündete sich eine neue Zigarette an.

»Wissen Sie, Inspektor, mich müßte der Staat für zweitausend Pfund im Jahr engagieren, bloß um in anderer Leute Häusern herumzustöbern. Dann brauchte ich nichts zu stibitzen und könnte trotzdem mein gewohntes Leben führen. Denken Sie doch mal an die vielen interessanten Entdeckungen, die ich da für die diversen Ressorts machen könnte: für die Steuer, den Zoll, das Gesundheitsamt. Und – für die Polizei. Neulich habe ich gelesen, daß die russischen Schriftsteller die bestbezahlten in der Welt sind. Weshalb macht Australien nicht Gebrauch von seinen Einbrechern wie Rußland von seinen Schriftstellern? Mit einem guten Dutzend Einbrechern ließen sich alle großen Gaunereien ausmerzen.«

»Den Gedanken habe ich auch schon gehabt, Jimmy, und zwar schon recht lange«, erwiderte Bony augenzwinkernd. »Aber die Sache hat nämlich auch schwache Seiten. Ich habe den von dir erwähnten Artikel ebenfalls gelesen; du wirst dich erinnern, daß russische Schriftsteller, die sich nicht streng an die Richtlinien der Partei halten, sehr bald außer Kurs gesetzt werden. Und wie viele Einbrecher wären fähig, auf gesetzwidrige Handlungen zu verzichten, selbst wenn sie zweitausend Pfund im Jahr bekämen! – Weißt du nicht, wo ich einen Glasdolch kaufen könnte?«

»Nein, wüßte ich nicht. Kenne solche Dinger gar nicht. Ein Bekannter von mir erzählte mal, er hätte im Krieg einen Neger beobachtet, der einen gläsernen Dolch in der Faust hatte. Haben Sie denn was gegen die altmodischen, aber hübsch blitzenden aus Stahl?«

»Es scheint, daß man bei einem aus Glas die Klinge dicht am Griffansatz einfeilen kann, so daß sie in der Wunde abbricht und das Bluten nach außen verhindert.«

»Saubere Sache, Inspektor.« Jim blickte Bony nachdenklich an. »In den Zeitungen war aber kein gläserner Dolch erwähnt.«

»Ganz richtig. Außer der Möglichkeit der zweckdienlichen Manipulation mit der Klinge sehe ich keinerlei Vorzüge an dem Ding.«

»Buntes Glas?«

»Blaues.«

»Fragen Sie den Großen Scarsby. Solche Leute habe ich schon auf der Bühne gesehen, wenn sie farbige Dolche auf Frauen warfen.«

»Und das war, glaube ich, auch der ursprüngliche Zweck des Messers, mit dem die Lodding erstochen wurde. Wir haben den Griff bisher nicht gefunden. Paß bei deinem täglichen Spaziergang gut auf, ob du nicht zufällig auf eine Spur kommst. Wo Tuttaway hier in der Stadt einen Unterschlupf haben könnte, weißt du gewiß auch nicht?«

»Keine Ahnung, Inspektor. Die Plätze, die dafür in Frage gekommen wären, haben Crome und seine Knaben gründlich unter die Lupe genommen. Der gute Mann muß es aus dem Effeff verstehen, sich unkenntlich zu machen. Wünschte, ich wäre so gerissen wie der! Wann lassen Sie mich aus dieser Stadt raus?«

»Immer noch Sehnsucht danach?«

»Aber es handelt sich doch um die kranke Tante.«

»Und die ›attraktive Dame‹, wie?«

»Um die auch, ja. Sie möchte übrigens gern meine polizeiliche Dienstmarke sehen. Haben Sie nicht so'n Ding übrig?«

»Habe nie eine besessen, Jimmy. – Schon das Datum für die Hochzeit angesetzt?«

»Nein, sie macht noch Sperenzchen.«

»Merkwürdig. Du würdest als Empfangschef im Laden sicher Furore machen.«

Jimmy blickte ihn ehrlich erschrocken an.

»Hat sie Ihnen das erzählt?« fragte er.

»Nein, das ist meine eigene Meinung. Ich hoffe, du hast ganz ehrbare Absichten?«

»Jedenfalls sind sie absolut berufswidrig«, schnaubte Jimmy der Schloßknacker. »Erst vergaffe ich mich in die Perlen und Brillanten, und dann platzen Sie dazwischen und sagen: Hände weg! Du darfst nicht die Alarmanlage stillegen und darfst nicht diese hübschen Geschenkartikel von ihren samtenen Ruhekissen nehmen. Und nachher, als mir klar wird, daß mir die Dame selbst lieber ist als ihr Schmuck, und sie sich in mich verliebt, behaupten Sie plötzlich, ich will sie wegen der Dinger heiraten! Weshalb seid ihr gräßlichen Kerle bloß immer so mißtrauisch?«

»Ich bin noch wankend in meinem Glauben, Jimmy.«

»An was denn, zum Donnerwetter?«

»Ob dich die Liebe treibt oder die Habgier.«

Jim Nimmo erhob sich.

»Was denken Sie eigentlich von mir?« Er schrie fast, sein ganzes Gesicht spiegelte Entrüstung. »Gute Nacht!«

»Ich begleite dich hinaus«, entgegnete Bony und ging mit ihm durch den Korridor. Seine Schritte waren auf dem kahlen Fußboden deutlich zu hören, während Jimmy fast geräuschlos ging, wie auf Katzenpfoten. An der Tür blieb Bony stehen.

»Wünsche dir alles Gute, Jimmy. Ganz aufrichtig«, sagte er.

20

Ted Pluto war ein Eingeborener aus der Gegend am Darling River, ein ganz aufgeweckter Bursche. Er konnte die Sportberichte und die Witze in der Zeitung lesen, konnte schreiben und sogar die leichteren Kreuzworträtsel lösen. Und war von Natur aus ein guter Reiter und ein ganz verläßlicher Viehtreiber.

Ted gefiel es in Broken Hill, er arbeitete gern für die Polizei als Fährtensucher, Pferdezureiter, Autowäscher und rechte Hand des Zellenwärters. Da er erst zwanzig war, ließ sich erwarten, daß er bald der Stadt und ihrer weißen Bewohner müde werden und unerträgliche Sehnsucht nach dem Busch und den Jungfrauen seiner eigenen Rasse haben würde, aber jetzt war Chic Chic noch der Magnet, der ihn in der Stadt hielt.

Chic Chic war achtzehn und ein schönes Mädchen, und Pfarrer Playfair, bei dem sie arbeitete, war recht nett, vorausgesetzt, Ted Pluto besuchte seine Angebetete bei Tage und ohne Heimlichkeiten. Also marschierte Ted jeden Sonntagnachmittag zum Pfarrhaus, um dann bei ihr in der Küche, sobald sie dem Pfarrer und seiner Gattin den Nachmittagstee gebracht hatte, Kuchen in Massen zu essen.

Für diese Besuche legte Ted viel Wert auf seinen Anzug. Auch an diesem Sonntag bat er Sergeant Crome um Urlaub und verließ das Polizeigebäude, indem er jeden Gedanken an dienstliche Dinge, sogar an den Glasdolch abschüttelte.

An sich hatte der Griff des gläsernen Dolches für Ted – und nicht weniger für die anderen schwarzen Fährtensucher – große Bedeutung bekommen. Er hatte, nachdem ihm die Dolchklinge, vom Blut gereinigt, gezeigt worden war, seinen Beitrag zu der Geschichte von dem Mann geleistet, der eine tote Frau über das sandige Gelände bis an die Schutthalde trug.

Mit den übrigen Fährtensuchern und Sergeant Crome hatte er sich auf die Jagd nach dem vermißten Dolchgriff begeben. Rasch war er sich darüber schlüssig geworden, daß er dieses Ding sicher nicht auf dem Brachland finden würde. Trotzdem hatte Crome ihm befohlen, dort weiterzusuchen, was er gehorsam tat, um den ›Boss‹ und seine Kollegen zufriedenzustellen. Schließlich hatte der Sergeant demjenigen, der den Griff herbeischaffte, ein ganzes Pfund Tabak versprochen.

Aber jetzt? In einer Hose aus gutem Gabardine und einem weißen Seidenhemd, mit polierten braunen Schuhen an den etwas breiten Füßen, wer wollte sich da, wenn ein hübsches Mädchen auf ihn wartete, noch viel über Glasdolche mit oder ohne Griff lange den Kopf zerbrechen?

In einiger Entfernung vom Pfarrhaus sah er eine Schar weißer Kinder spielen, deren Treiben ihn so fesselte, daß er ganz vergaß, daß Chic Chic auf ihn wartete.

Ein kleiner Junge und ein noch kleineres Mädchen schlenderten über den Bürgersteig. Der Junge trug einen Spazierstock, so, wie er es wohl von einem Gecken im Theater gesehen hatte. Das Mädchen, das mit zierlichen Schritten neben ihm trippelte, hatte über dem Arm ein schmales Stück Schaffell hängen, das einen edlen Pelz darstellen sollte. Es hatte leuchtend rotes Haar, trug ein sauberes Kleid aus bedrucktem Stoff und um den Hals eine ›Kette‹ mit einem blitzenden ›Edelstein‹.

Hinter der Ecke an einem niedrigen Staket lauerten drei ›Banditen‹, einer mit Pistole. Als die ›Dame‹ und ihr Begleiter bis zur Ecke gekommen waren, sprangen sie hervor mit dem Ruf: »Hände hoch!«

Der Kavalier benutzte seinen Stock als Degen, worauf der Bandit »Peng!« rief und der Kavalier wie ein guter Filmschauspieler in die Knie sackte und sich zu Boden fallen ließ. Nun umringten die Straßenräuber die Dame, der Pistolenheld schrie: »Los, sofort raus mit dem Edelstein, sonst kriegst du auch dein Fett! Wir sind Räuber!«

Da seine Komplicen die Dame an den Armen festhielten, war es ihr unmöglich, das Verlangen zu erfüllen. Der schießwütige Räuber klemmte seine Pistole zwischen die Zähne und riß den Edelstein nach oben, um der Dame die Schnur über den Kopf zu zerren. Die drei verzogen sich dann, indes der ›tote‹ Kavalier sich, vor Schmerzen stöhnend, aufrichtete und im Knien seinen Stock wie ein Gewehr an die Schulter setzte. Dreimal schrie er: »Peng!«, und schon fielen – denn er war ein vorzüglicher Schütze – die drei Räuber nacheinander tot um.

Damit war das Spiel zu Ende. Die Kinder kamen wieder zusammen, und die Jungen begannen sich zu streiten, wer von ihnen bei der nächsten Vorstellung der ›Kavalier‹ sein sollte. Nachdem sie sich geeinigt hatten, wiederholten sie das Spiel bis zum Schluß, was Ted Pluto begeistert beobachtete. Ihn interessierte einstweilen die Szene selbst mehr als das Requisit am Hals der Dame, das in der Mittagssonne strahlend blau glänzte.

Auf einmal gab es in seinem Gehirn gleichsam einen Ruck: Er mußte plötzlich wieder an den blauen Glasdolch denken und an alles, was Sergeant Crome ihm über den vermißten Griff gesagt hatte.

»Laßt mich doch mal schauen«, bat er, die Hand ausstreckend, das kleine Mädchen.

Nachdem das Kind prüfend in sein lachendes rundes Gesicht geblickt hatte, erlaubte es ihm, den ›Edelstein‹, der an der Schnur hing, in die Hand zu nehmen. Einer der Jungen rief, es sei ja bloß ein Stückchen altes Glas, das sie gefunden hätten.

Ted betrachtete es sehr genau. Ein Irrtum war nicht möglich, denn die Spuren vom Feilen und die glatte Bruchfläche ließen sich sehr gut erkennen.

»Ich gebe euch einen Shilling dafür«, sagte er.

Die Jungen stimmten gleich zu, doch das Mädchen wollte nicht. Ted erhöhte sein Angebot auf zwei Shilling. Nun hatten die Jungen es eilig, den Handel abzuschließen, aber die Kleine sträubte sich noch – nicht des Geldes wegen, sondern weil sie den hübschen ›Edelstein‹ behalten wollte. Ted Pluto blieb hartnäckig, und als er jetzt drei Schilling bot, riß der eine Junge rasch das Glas von der Schnur ab und hielt es ihm mit einer Hand entgegen, die andere für das Geld geöffnet.

Das kleine Mädchen brach in Tränen aus, was Ted sofort herzlich leid tat. Er mußte unbedingt den Dolchgriff haben, nach dem Sergeant Crome so energisch suchen ließ, wobei ihn hauptsächlich der Ehrgeiz trieb, Lob und Anerkennung bei Crome zu finden, nicht zuletzt aber auch, um sich das begehrte Pfund Tabak zu verdienen. Sobald er das blaue Glasstück in der Hand hatte, wäre er am liebsten von dem weinenden Mädchen und den wild debattierenden Jungen fortgelaufen. Nur sein angeborenes Gerechtigkeitsgefühl hielt ihn davon ab.

»Wem gehört eigentlich dieses Stück Glas?« fragte er laut, um sich verständlich zu machen.

»Gefunden habe ich es!« rief einer der Jungen.

»Nein, wir alle!« schrien die zwei anderen, und das Mädchen hörte zu weinen auf und stimmte mit ein. Ted dachte an Chic Chic, die auf ihn wartete, und bereute schon fast, hier soviel Zeit vertan zu haben.

»Ich gebe euch jedem einen Shilling, und damit fertig. Ja oder nein?«

Nun klappte die Sache. Mit dem Dolchgriff in der Tasche beeilte sich Ted Pluto, zum Pfarrhaus zu kommen, in Gedanken nach guten Entschuldigungen für seine Verspätung suchend.

An der Küchentür empfing ihn Chic Chic entrüstet. War sie nicht eine ›moderne Miss‹? Auch kein Jüngling der eigenen Rasse durfte sich erlauben, sie warten zu lassen oder sich als großer Herr aufzuspielen. In durchaus moderner Sprache erklärte sie ihm, er könne ihr gestohlen bleiben, beruhigte sich aber wieder und musterte ihn kritisch von oben bis unten.

Die ungewöhnlich dick hervortretende Tasche gab ihr Anlaß zu weiterer Kritik.

»Was hast du denn da, Ted?« herrschte sie ihn an. »Wohl schon wieder unnütz Geld ausgegeben für eine neue Pfeife, was?«

Schuldbewußt betastete er die erwähnte Stelle.

»Ach, das habe ich bloß für den Sergeanten besorgt«, antwortete er, indem er den Glasgriff hervorzog.

»Oh, wie hübsch!«

Chic Chic streckte sofort die Hand aus, aber Ted machte keine Bewegung, um den ›Edelstein‹ in ihre wohlgeformte braune Hand mit der samtenen Haut zu legen. Chic Chic stampfte mit dem nett beschuhten Fuß.

»Laß es mich doch mal ansehen, Ted.«

»Kann ich nicht. Gehört der Polizei, ist nicht meins, Chic Chic.«

Und rasch gerieten sie in ein Handgemenge, denn erstaunlicherweise vermochte sich Ted mit Worten, wie es in den Kreisen seiner Vorfahren selbstverständlich war, bei der Frau nicht durchzusetzen. Er mußte sie sehr energisch an den Handgelenken packen, um sich das Kleinod nicht wegnehmen zu lassen.

Nichts hätte ihm größere Freude gemacht, als Chic Chic dieses begehrte Objekt zu schenken, gehörte er doch zu einer Menschenrasse, deren Angehörige niemals etwas besessen hatten außer der Freiheit. Nichts gehörte dem Einzelnen, alles dem Stamm. Besitzgier hatten sie niemals gekannt, und wenn Chic Chic dieses Stück Glas begehrte, so hätte er es ihr sonst gern gegeben, und ebenso gern und leicht hätte sie es wieder einem anderen Mädchen oder einem Mann von ihrer Rasse geschenkt, denn bei ihnen hieß ›haben‹ nicht auch ›besitzen‹.

Hinter und vor sich aber sah er Sergeant Crome, und der war ein Weißer. Mehr noch: ein weißer Polizist. Sergeant Crome wollte dieses dumme Stück blaues Glas haben, und er sollte es bekommen.

Chic Chic fing an zu weinen, sie verstand nicht, daß Ted Pluto sich so benehmen konnte. Es waren Tränen der Enttäuschung. Der arme Ted mühte sich, sie zu trösten, und sparte nicht mit Erklärungen: daß Sergeant Crome das Ding dringend haben müsse und schon ganz wild danach gesucht habe, seitdem die weiße Frau getötet worden war. Chic Chic ließen die Wünsche des Sergeanten kalt, denn sie liebte Ted Pluto, und der verweigerte ihr ein Stückchen farbiges altes Glas!

»Geh weg, ich will dich nicht mehr sehen!« kreischte sie. »Ich werde Mrs. Playfair erzählen, was für einer du bist, und dem Pfarrer, und der wird dich fix aus dem Hause jagen, für immer, das kannst du glauben!«

Ein weißer Verehrer hätte nun wohl nachgegeben, doch der schwarze Mann bleibt eigenwillig, wenn er sich auch der Zivilisation der Weißen teilweise hat anpassen müssen. Er erkennt, daß die Zukunft ihm mehr bieten kann als die Gegenwart. So begab sich Ted Pluto, als Chic Chic ihn aus der Küche drängte und die Tür hinter ihm zuschlug, recht traurig auf den Rückweg zum Polizeigebäude.

Als Sergeant Crome das Stück blaues Glas in seine großen Hände nahm und in Teds triumphierendes Gesicht blickte, sagte er: »Gut gemacht, Ted! Wo hast du's gefunden, mein Junge?«

»Hab's nicht selbst gefunden, Sergeant«, erwiderte Ted, »ein kleines weißes Mädchen hat's mir gegeben, es spielte mit ein paar Jungen auf der Straße Überfall. Fünf Shilling mußte ich dafür bezahlen. Die kriege ich doch zurück, ja? Und das Pfund Tabak, nicht wahr?«

»Hast du die Kinder gar nicht gefragt, wo sie das Ding gefunden haben?« fragte Crome ihn, ohne Ärger zu zeigen, denn bei einem Eingeborenen war mit Schimpfen und Anschnauzen nichts zu erreichen.

»Nein, Sergeant.«

»Meinst du, daß wir die Kinder wiederfinden können? Die Straße weißt du doch noch?«

»Aber sicher, Sergeant. Ich habe den Kindern fünf Shilling gegeben.«

»Hier hast du sie wieder. So, nun komm, Ted, wir wollen gleich die Kinder suchen.«

Chic Chic war nur noch ein unerfreulicher Traum, die Wolken, die Ted Plutos Gedanken verdüstert hatten, waren verflogen. Er hatte das Richtige getan, hatte sich mannhaft benommen, und Sergeant Crome war zufrieden mit ihm – so zufrieden, daß er ihn sogar aufforderte, in seinem Wagen vorn mit Platz zu nehmen, nicht hinten wie sonst immer. So ein schöner Nachmittag! Dies gefiel Ted Pluto sehr. Der Sergeant protestierte noch nicht einmal, als Ted sich eine Zigarette drehte.

»Müssen wir zur Pfarrei raus, Ted?« fragte Crome.

»Ja, Sergeant.«

Nach einem Kilometer angenehmer Fahrt zeigte er dem Sergeanten, wo er in eine Nebenstraße biegen und ein Stück des Weges abschneiden konnte. Wie schön fand er das, hier gewissermaßen Befehle zu erteilen! Und mit dem Tabak brauchte er kein bißchen zu sparen, denn er kriegte ja ein ganzes Pfund!

An der Ecke, wo der ›Überfall‹ stattgefunden hatte, veranlaßte er Crome zum Halten. Es waren jedoch keine spielenden Kinder zu sehen. Cromes gefurchte Stirn kündigte wieder dunkle Wolken an, was Ted in neue Sorgen versetzte.

»Hättest doch feststellen müssen, woher die Kinder den Dolchgriff hatten«, sagte Crome streng. »Wo bleibt dein Köpfchen, Ted? Wirst nie ein Polizist, wenn du so weitermachst. Jetzt müssen wir nach diesen Kindern erst suchen, und Kinder gibt's in Broken Hill massenhaft. Würdest du sie denn wiedererkennen?«

»Klar kenne ich die wieder, Sergeant.« Teds Miene wurde heller. »Vielleicht sind sie gleich in den nächsten Laden gelaufen und holen sich Lutschstangen. In der Straße da drüben ist so ein Laden.«

»Guter Gedanke, Ted. Wirst doch noch ein tüchtiger Polizist.«

Hell von der Sonne beschienen, strahlte Ted Pluto vor Stolz, man konnte seine Brust förmlich schwellen sehen.

Auf dem Bordstein vor dem Süßwarengeschäft saßen zwei Jungen.

Crome bremste dicht neben ihnen und lehnte sich lächelnd aus dem Fenster.

»Guten Tag«, rief er. »Na, wie geht's euch?«

»Guten Tag, Mister!« kam die doppelte Antwort.

»Kommt mal her«, forderte Crome sie auf. Sie sprangen auf das Trittbrett des Wagens und glotzten gespannt das Geldstück an, das er in seiner breiten Hand liegen hatte. »Ihr wißt doch noch, daß ihr vorhin ein Stück Glas für fünf Shilling verkauft habt, wie?«

»Ja, Mister. Das hatten wir vor zwei Tagen gefunden. Wirklich, es ist wahr.«

»Ob ihr mir wohl genau zeigen könnt, wo das gewesen ist?«

»Natürlich, das können wir. Ist aber ziemlich weit weg von hier. Wenn Sie uns mit ins Auto nehmen, zeigen wir's Ihnen«, sagte der eine, und der andere ergänzte: »In einem Garten hat es gelegen, Mister.«

»Schön. Geht erst mal da in den Laden, holt vier Portionen Eis, und dann fahren wir.«

Einer nahm das Geldstück, rannte in den Laden und kam mit vier Eiswaffeln wieder. Der Sergeant verteilte sie, die Jungen stiegen hinten ein. Ted Pluto kam sich vor wie im Himmel. Crome lenkte mit einer Hand, weil er in der anderen sein Eis halten mußte.

Die Jungen dirigierten ihn schließlich in eine Straße, deren Häuser sehr massiv gebaut waren. Crome hielt im Schatten einiger Pfefferbäume an.

»Auf dieser Straße war es also?«

»Ja, Mister. Der Garten ist aber noch ein Stückchen weiter.«

»Na schön, einer von euch bleibt hier bei Ted, der andere kann mir die Stelle zeigen.«

Crome stieg aus und entschied selbst, wer mit ihm gehen sollte, da die Jungen das natürlich beide wollten. Sie gingen unter den Bäumen weiter, an einigen Gartentüren vorbei. Die Laternenpfähle am Rand des Bürgersteiges standen weit voneinander entfernt.

»Das ist das Tor«, sagte der Junge und deutete nach vorn. Crome sagte, er solle leiser sprechen und bei der Tür zunächst ruhig weitergehen.

Sie kamen an ein Doppeltor, dessen eine Hälfte offenstand und anscheinend nie geschlossen wurde. Auf dem Grundstück wuchsen ein paar Sträucher und eine schöne alte Fichte, um die die Auffahrt einen Bogen machte. Ein Stück weiter war in demselben Staket eine kleine Gartentür aus gekreuzten Latten. Der Erdboden dort ließ erkennen, daß sie nie benutzt wurde.

Der Junge erklärte: »Dort drin, dicht an der Tür, hat's gelegen, Mister. Rod hat's zuerst entdeckt, leider. Hat mich gerufen, ich sollte's mir ansehen, und da bin ich 'reingegangen und habe es geholt.«

Crome war währenddes mit dem Jungen an der Tür vorbei und noch ein Stück weiter gegangen. Jetzt gingen sie zurück, wobei er schweigend das Grundstück betrachtete. Hinter der einzelnen Fichte stand ein zweistöckiges, geräumiges, aber recht verwittertes Haus, das Crome nicht zum ersten Male sah. Außer auf der Argent Street hat Broken Hill nur sehr wenige massiv aus Stein gebaute Häuser aufzuweisen.

21

Jimmys Welt geriet so ins Wanken, daß ihm fast schwindlig wurde. Am Tage arbeiten und nachts schlafen zu sollen war eine ärgerliche Zumutung, geradezu demütigend. Böse Einflüsse waren am Werk, mit denen fertig zu werden er sich unfähig fühlte, bis er die Möglichkeit fand, zu meutern und seine Freiheit wiederzuerringen.

Die schlimmste Bedrohung war dieser verflixte Bonaparte, der entschlossen zu sein schien, ihm die härtesten Qualen zu bereiten, indem er ihm Befehle erteilte und ihn unter Druck setzte wie ein Erpresser. In ein Haus einbrechen, um eine Handtasche oder einen Säuglingslutscher zu holen! Solch blöde Sachen! Das war doch glatt Erpressung. Und zweitens: die ›attraktive Dame‹. Sie verlangte zum Beweis seiner ernsten Absichten, er solle sich um eine feste Stellung in einem der Hüttenwerke bemühen, sonst würde sie ihn nicht heiraten. Die Ungebundenheit aufgeben, um Sklave zu werden? Ja, Mr. White, nein, Mr. Black! Jeden Morgen nach der Uhr blicken zu müssen und nachmittags dann wieder. Ein bitteres Schicksal!

Bei seiner Intelligenz wußte Jim Nimmo sowieso, daß ein Einbrecher, wenn er sich verliebt, bald auf seine Karriere verzichten muß. Er war auch klug genug, um zu wissen, daß ein Rückzug aus dieser Laufbahn, wenn man kurz vor dem Gipfelpunkt stand, zum Stillstand führen mußte. Was sollte er bloß tun, wenn die Dame seines Herzens es einfach ablehnte, sich überzeugen zu lassen, daß er ein ganz ehrbarer Einbrecher war? Ihr das nicht sagen, selbstverständlich, denn verheiratete ehrbare Einbrecher sind ja einfach undenkbar. Verfluchte Kiste! Ausgerechnet er hatte es nötig, sich in eine Frau zu verlieben, die nicht mit einem Einbrecher verheiratet sein wollte!

Gegen diese Untätigkeit galt es etwas zu unternehmen. Um ein künstlerisch vollendeter ›Schloßknacker‹ zu bleiben, hieß es immerfort üben, genau wie ein Konzertsänger üben mußte. Also weshalb nicht gleich?

Selbst in seiner Eigenschaft als Liebhaber hatte Jim für den Mond nichts übrig, denn der Bursche störte die Geschäfte in unkontrollierbarer Weise und machte sich zum Bundesgenossen der Polypen. Nächste Woche beherrschte er wieder die Nacht.

Jim erreichte das zweistöckige Haus um Mitternacht.

Da stand es, das Haus seiner Träume, groß, geräumig, solide. An der kleinen hölzernen Gartentür stehend, konnte er an der einen Seite der einzelnen Fichte vorbei kaum den Umriß des Schieferdachs erkennen. Seine Vorarbeiten waren abgeschlossen: die Gewohnheiten der Hausinsassen, die diversen Türschlösser sowie die Fensterriegel studiert. Er konnte so leicht hineingehen, wie er in Goldspinks Laden trat.

Wegnehmen brauchte er nichts – oder nur wenig. Bloß der Übung halber hineingehen, wieder das erregende Gefühl haben, das die tiefe Stille erzeugt, und das Machtgefühl, sich in einer kleinen schlafenden Welt bewegen zu können. Ehe er recht zu einem Entschluß kam, hatten seine Füße ihn schon durch die kleine Tür in den Garten getragen.

Zuerst hieß es, an dem Strauch in Deckung zu gehen. In den Zweigen der Fichte seufzte der Wind, sein Säuseln wurde zu einer leise gespielten Melodie, als Jim, mit dem Rücken am Stamm, unter dem Baum stand. Nur wenige Meter vor ihm lag die Fassade des Hauses. Zu beiden Seiten der breiten Haustür lagen zwei Fenster, im ersten Stock fünf, alle waren dunkel.

Rechts vom Haus stand eine hölzerne Garage ohne Auto, die hauptsächlich als Schuppen für Brennholz diente. Zwischen Haus und Garage lief ein breiter Fußweg zur hinteren Tür und der Küche. Die alte Dame befand sich gewiß in einem der hinteren Räume, da es erst kurz nach Mitternacht war, doch davon mußte er sich überzeugen.

Weder in der Küche noch in den übrigen Räumen auf der Rückseite brannte Licht. Jimmy ging, verblüfft und doppelt aufmerksam, zur Fichte zurück.

Zwei Frauen, deren Lebensrhythmus sich nur selten zu ändern schien, bewohnten das Haus. Einen Raum neben der Küche benutzten sie als Eßzimmer, aber sonst hatten sie getrennte Wohnungen, die eine unten, die andere oben. Jeden Abend gegen zehn begab eine sich in die Küche, um das Essen zuzubereiten, und sobald sie im Speisezimmer gegessen hatten, ging die jüngere in ihre Wohnung, wo sie gegen elf das Licht löschte, während die andere – oben – bis ungefähr zwei Uhr das Licht brennen ließ.

Auch nachdem die jüngere mit einem Glasdolch erstochen worden war, blieb die ältere bei ihrer Lebensweise. Aber heute war oben schon zwei Stunden früher als gewöhnlich das Licht aus.

Schlecht! Man mußte doch wissen, wo die einzelnen Bewohner steckten, bevor man ein Haus betrat. Jim hatte beabsichtigt, die untere Wohnung zu inspizieren, und jetzt schwebte er in Ungewißheit, ob Mrs. Dalton schlief oder vielleicht verreist war. Wenn er gewußt hätte, daß sie oben war – einerlei, ob sie schlief oder nicht –, wäre er unbesorgt gewesen. Aber nicht genau zu wissen, wo sie sich zur Zeit befand, das ließ sein Eindringen zu einer sehr unsicheren Sache werden.

Sonderbar, wie alles sich geändert hatte. Vor der Ermordung der Polizistin hatte Jimmy schon mindestens ein dutzendmal nachts unter diesem Baum gestanden und war ums Haus gewandert, um die Frauen in der Küche oder im Eßzimmer zu beobachten. Sein Eindruck war, daß sie sich gut verstanden, doch auf getrennte Wohnungen legten sie trotzdem Wert. Manchmal waren sie zusammen ausgegangen, aber nie später als um Mitternacht heimgekommen. Besucher erschienen nicht, und es hatte, jedenfalls solange Jim in der Nähe war, niemand das Haus betreten, der Tuttaway auch nur entfernt ähnlich sah.

Zweimal, während er beobachtete, war Mrs. Dalton krank gewesen. Da hatte er gesehen, wie die jüngere Frau die Küche mit einer großen Schüssel voll roher Fleischstücke verließ, die geschnitten waren wie für Gulasch. Bei diesen Gelegenheiten brannte in beiden Stockwerken das Licht die ganze Nacht.

Jimmy hielt es für beinah gewiß, daß die Polizeibeamtin ihrer Schwester nichts über die Begegnung mit Tuttaway gesagt hatte. Weibliche Züge waren an ihr sowieso kaum zu entdecken. Sollte ja eine Männerfeindin gewesen sein. Seit wann denn, wenn sie spätabends mit einem Mann spazierenging, noch dazu mit einem Kerl wie Tuttaway!

Die Zeit verging schnell. Jimmys Uhr, deren matt gewordene Leuchtziffern er nur ganz dicht vor den Augen zu erkennen vermochte, zeigte 1.24 Uhr. Plötzlich spürte er Schmerzen in den Beinen vom langen Stehen an dem Baum, und gerade jetzt nahm er etwas wahr, das nichts mit dem Säuseln des Windes zu tun hatte. Das Geräusch näherte sich zwischen Garage und Haus, es kam am Haus entlang an ihm vorbei. Jemand mußte durchs hintere Gartentor gekommen sein. Nicht dumm, von dort aus das Grundstück zu betreten, obgleich der Weg hinter dem Hause durch die Abfalltonnen unübersichtlich war.

Der schattenhafte Unbekannte ging um die Hausecke und blieb beim ersten Fenster stehen. Jim konnte nicht erkennen, was er da vorhatte. Auch nicht, als er weiterging und bei dem zweiten Fenster wieder stehenblieb.

Bewegung am Fenster oberhalb der Haustür. Von Jimmys Platz sah es aus, als sitze dort ein Vogel von der Größe einer Krähe oder Elster, aber die Bewegung glich nicht der eines Vogels.

Der Mann ging vom Fenster weg und die zwei breiten Stufen zum Eingang hinauf. Jimmy konnte ihn nicht mehr beobachten. Die Erscheinung auf der Fensterbank oben bewegte sich, wurde größer und nahm die Form eines Menschenkopfes an. Es konnte nur Mrs. Dalton sein, die sich weit hinausbeugte, um den Mann an der Haustür zu sehen, was jedoch durch das Regendach über dem Eingang verhindert wurde.

Ein Polizist, der Türen und Fenster überprüfte? Nein, das kam Jim hier in Broken Hill, abseits der Argent Street, unwahrscheinlich vor. Ein Berufskollege? Wäre möglich. Mit den Fenstern war leicht fertig zu werden, während die Vordertür nicht in Frage kam, da sie außer dem Patentschloß innen noch durch eine Kette gesichert war.

Der Mann ging von der Haustür weg, der Kopf oben am Fenster wurde kleiner, als die Frau sich ein wenig zurückzog. Der Fremde ging bis zum nächsten Fenster, blieb kurz stehen und schritt zum vierten. Jimmy kam es vor, als stände er dort lange, und er fragte sich schon, was das für einen Grund haben mochte. Gewiß stand er mit dem Rücken zum Fenster und wartete auf ein Ereignis oder auf jemanden, der ihn dort treffen wollte.

Nun, der Mensch kann Glück haben. Wäre Jimmy hineingegangen, so hätte ihn vielleicht eine Flut von Licht überfallen und eine Pistole ihn gezwungen stillzuhalten, bis Mrs. Dalton die Polizei anrufen konnte. Und dagegen hätte er nur wenig unternehmen können.

Mußte doch wohl ein Polyp sein, der da mit dem Rücken zum Fenster stand, denn kein ›Professional‹ würde sich so verhalten. Auch kein – Tuttaway! Kalt wie Eis lief es Jimmy über den Rükken, und die Kälte blieb zwischen den Schulterblättern sitzen. Tuttaway! Der hatte die eine Schwester erledigt, und jetzt wollte er vielleicht die andere noch . . .? Und die wußte das und beobachtete ihn. Beobachtete ihn am dunklen Fenster in einem Haus ohne Licht.

Das Telefon! Warum hatte sie nicht die Polizei angerufen? Vielleicht hatte sie das, und Polizisten waren gerade unterwegs? Nicht der richtige Aufenthaltsort für Jim Nimmo.

Moment! Denk doch mal nach, du liebeskranker Tropf! Es konnten ja schon Polizisten bei ihrem Job sein, die das Grundstück umstellten und jetzt kamen, um den Kreis enger ums Haus zu ziehen. Dann wartete der Mann am Fenster vermutlich nur auf eine Gelegenheit fortzukommen.

Und jetzt ergriff er die. Er kam direkt auf die Fichte zu, vielleicht, um sich zwischen den Zweigen zu verstecken oder bis zum nächsten Strauch weiterzuschleichen. Es hatte keinen Sinn, einen Kerl an sich herankommen zu lassen, der wieder einen Glasdolch haben konnte, dessen Griff so fein angefeilt war, daß er nach der Tat abbrach.

Jimmy glitt um den Stamm herum und zog sich, indem er in Deckung des Baumes blieb, bis zum nächsten Gebüsch zurück. Besser, dem Sergeanten Crome in die Arme tapsen und seine Zeit im Kittchen abreißen als einem wahnsinnigen Mörder begegnen. Von dem Strauch schlich er geräuschlos bis zum nächsten, in atemloser Unruhe, um das niedrige Staket zu erreichen.

Keine Polizei – bis jetzt noch nicht, aber zweifellos bewegte der Unbekannte sich auf ihn zu. Jenseits der Straße und der flachen Häuser und kleinen Bäume dahinter war der Himmel bleich erhellt vom Widerschein der Lampen in den Hüttenwerken. Jim sagte sich, daß er beim Übersteigen des Zaunes als scharfe Silhouette zu sehen sein würde. So legte er sich dicht am Staket flach auf die Erde und hoffte, daß ihn keiner als Treppenstufe benutzte.

Der Unbekannte ging durch das offene Vordertor. Noch keine Polizei. Jimmy durfte nicht bleiben, durfte aber auch nicht wegrennen, denn der Mann stand am Bordstein, etwa als warte er auf eine Straßenbahn. Im Lichtkranz der nächsten Straßenlampe war er gerade noch sichtbar.

Und jetzt war er verschwunden. Jimmy wartete, ob Schritte auf ihn zukamen, ließ dem anderen zehn Minuten Zeit, dann glitt er über den kleinen Zaun und entfernte sich rasch in entgegengesetzter Richtung. Vor sich sah er noch eine Straßenlampe, die einzige, auf der anderen Seite. Er hielt sich nicht länger auf.

Kaum hatte er fünfzig Meter zurückgelegt, indem er sich dicht an den Gartenzäunen und im Schutz der Pfefferbäume bewegte, da merkte er, daß ihm jemand folgte. Wie spürte er das? Nicht durch Augenschein und nicht durch Geräusch. Durch den aus langer Erfahrung geborenen Instinkt.

Er schlich weiter und nahm sich zusammen, um nicht zu laufen. Als er das Ende der Straße erreichte, bog er um die Ecke, schwang sich über ein Gartentor und duckte sich hinter den Zaun. Bäume standen hier nicht. Das Licht der Sterne reichte aus, ihn erkennen zu lassen, wenn jemand um die Ecke kam. Doch es kam keiner, und außer dem Geräusch der Maschinen in den Hüttenwerken war nichts zu hören. Sein Instinkt mußte ihn betrogen haben.

Wieder schwang er sich über das Tor und drang weiter vor. Er hätte nach der anderen Seite gehen sollen, noch einmal um die Ecke, um sich zu vergewissern, daß Tuttaway dort nicht lauerte und ihn beobachtete. Man sollte die Angst immer an der Gurgel packen.

Er wurde wirklich verfolgt, das war kein Irrtum, keine Einbildung. Geräusche nahm er nicht wahr, nichts bewegte sich hinter ihm, und doch wurde er verfolgt.

Diese Straße führte ihn auf eine breitere, mit Lampen zu beiden Seiten. Es war drei Uhr früh. Zum ersten Male in seinem Leben bedauerte er, daß er keine Schußwaffe bei sich hatte. Kein Polizist hätte so lautlos hinter ihm her schleichen können wie dieser Schatten und keiner sich so verborgen halten wie dieser Irrsinnige.

Jimmy gelangte vor einen kleinen Laden. Er schob sich in den dunklen Eingang, um in die Richtung zu spähen, aus der er gekommen war. Noch immer sah er nichts und hörte er nichs außer den Hüttenmaschinen.

So durfte das nicht weitergehen. Wo waren seine stählernen Nerven geblieben? Wenn er so versagte, konnte er ebensogut heiraten. Weiter unten auf der Straße sah er noch eine einzelne Lampe. Er zwang sich zu ruhigem Tempo, erreichte den Lichtkreis, passierte ihn und kam ins Dunkel dahinter, wo er sich umdrehte und wartete. Jetzt sah er den Verfolger in das Licht treten und sah ihn eine Hand erheben, die ihm Halt gebieten sollte.

Na, das hätte er ja eigentlich wissen müssen! Hätte sich doch denken können, daß es der verflixte Bonaparte war!

22

Bony bot Jim den einzigen Stuhl in seinem Hotelzimmer an; er selbst setzte sich aufs Bett und schenkte zwei Gläser voll Bier.

»Ich darf doch wohl annehmen, daß diesem Haus nicht dein berufliches Interesse gilt, Jimmy?« fragte er.

»Früher wär's so gewesen, jetzt aber nicht.«

Jimmy trank, ohne prosit zu sagen, er war in trüber Stimmung, der Bony mit besonders gütigem Ton entgegenkam. Als Jim keine nähere Erklärung abgab, sagte er sinnend: »Eine recht geeignete Nacht zum Einbrechen. Bist du ins Haus gegangen?«

»Sie wissen verdammt genau, daß ich nicht drin war.«

»Ich frage nur selten ohne Grund, Jimmy.«

»Also waren Sie es gar nicht, der die Fenster und die Haustür geprüft hat? Der mich ans Staket gelockt hat und mir den ganzen Weg bis zur Straßenlampe gefolgt ist?«

»Nein, ich habe weder Fenster noch Türen geprüft und habe dich erst gesehen, als du über den Zaun stiegst. In dem Moment kam ich erst vorn beim Zaun an und stellte mich an einen Pfefferbaum, um dich vorbeizulassen. Gebe zu, daß ich dich von da ab verfolgte. Übrigens fühle ich mich in meinem Stolz verletzt – wie konntest du wissen, daß dir jemand folgte?«

Jim seufzte. Bony füllte ihm das Glas wieder.

»Sie sind bestimmt nicht ungeschickt als Verfolger«, sagte

Jimmy mit Nachdruck. »Ich habe von Ihnen nicht das geringste gehört, nichts gesehen oder gerochen. Nur ein Kribbeln im Kopf sagte mir, daß einer hinter mir her kam. Das paßte mir gar nicht, weil ich gerade über bestimmte Dinge nachdachte.«

»Über welche denn?«

»Einen Glasdolch, dessen Heft beim Stoß abbricht, zwischen die Schultern zu kriegen.«

»Wie bist du gerade auf den Gedanken gekommen?«

Jim berichtete ausführlich, wobei er seine Geschicklichkeit als Erzähler bewies. Als er fertig war, holte Bony eine neue Flasche aus dem Kleiderschrank.

»Bist du sicher, daß es eine Frau gewesen ist, die aus dem Fenster im ersten Stock blickte?«

»In allen Einzelheiten bin ich sicher. Weshalb mag sie nicht die Polizei gerufen haben? Sie hat doch Telefon in der Wohnung.«

»Interessanter Punkt, das gebe ich zu. Was brachte dich auf die Vermutung, der Mann könnte Tuttaway gewesen sein?«

»Na, stellen Sie sich doch die Situation vor: Es ist nach ein Uhr morgens und stockdunkel. Wandert ein Kerl um das Haus rum, bleibt bei jedem einzelnen Fenster und dann an der Haustür stehen, wahrscheinlich auch an der Hintertür. Hätte eine Art Kollege von mir sein können, der sich erst mal den Laden ansah, um später seinen Plan zu machen. Als er eine Weile auf demselben Fleck stehenblieb, dachte ich, es müßte einer von der Polizei sein, bis mir wieder die Dame einfiel, die ihn von oben beobachtete.

Ich überlegte mir: Ein Berufsgenosse wird's nicht sein, denn der würde nach dem Auskundschaften nicht noch unnötig dableiben, und wenn er hineinwollte, hatte er keinen Grund zu zögern. Das schien mir ziemlich klar. Ich dachte, das alte Mädchen muß wohl die Polizei angerufen haben, und da beschloß ich gleich zu türmen, aber ehe ich losgehen konnte, kam schon der Kerl schnurstracks auf den Baum zu, an dem ich stand.

Ich war mir nicht einmal sicher, ob er mich nicht vom Haus abgedrängt hatte, aber einen Gedanken wurde ich nicht los: daß die Frau die Polizei nicht angerufen haben konnte, sondern im verdunkelten Hause den Burschen beobachtete, der bei ihr Fenster und Türen prüfte. Kann doch sein, daß sie ihn schon früher beobachtet hat, wie er da herumlungerte, und nun erwartete, daß er einen neuen Versuch machte. Mich jedenfalls hat sie nicht erwarten, weil ich den Leuten, die ich besuche, so eine Chance, mich zu beobachten, nie geben würde.«

»Hatte er überhaupt Ähnlichkeit mit Tuttaway?« drängte Bony.

»Nicht so , daß ich's beschwören könnte. Er war größer als Sie oder ich, und das ist Tuttaway ja auch. Trotzdem: Tuttaway ist ja nie so ein Fachmann gewesen wie Sie oder ich, und dieser Unbekannte bewegte sich wie einer. Haben Sie ihn denn bemerkt?«

»Nein, er muß sich schon einige Sekunden, bevor ich ankam, nach der anderen Richtung entfernt haben. Wahrscheinlich ist es Freund Tuttaway gewesen. Der Griff von dem Glasdolch wurde hinter der kleinen Gartenpforte gefunden, also war er vor heute abend schon einmal dort. Wie lange hast du das Haus beobachtet?«

»Mit Pausen schon seit etwa zwei Monaten.«

Auch das gute Bier vermochte nicht, Jimmys Mißstimmung zu vertreiben. Er ergriff beinah wild die zweite Flasche und machte die Kappe mit den Zähnen los. Bony erkundigte sich genauer nach den Gewohnheiten von Mrs. Dalton und ihrer Schwester und erfuhr, daß sie getrennt wohnten, aber gemeisam aßen. Rätselhaft blieb ihm vorerst, warum Muriel Lodding, als ihre Schwester krank war, die rohen Fleischwürfel hinauftrug.

»In meinen Verstandskasten wollen ein paar Sachen einfach nicht rein«, sagte Jimmy. »Können Sie sich vorstellen, wozu die jeden Tag über sieben Pfund Steak gebrauchen?«

»Sieben Pfund Fleisch täglich für zwei Frauen?«

»Ja, Sie haben richtig gehört. Ungerechnet die Rumpsteaks, Kotelette und Hammelkeulen am Wochenende. Und auch nach dem Tod ihrer Schwester ist beim Fleischer immer dieselbe Menge bestellt worden.«

»Hunde im Haus?«

»Keine gesehen. Auch keine Katze.«

»Wenn du schon so gut im Bilde bist – wie steht's mit den sonstigen Lebensmitteln, Brot und Milch vor allem?«

»Normale Mengen für zwei Frauen. Wollen Sie wegen diesem Schleicher nichts unternehmen? Hätte ja Tuttaway sein können, der Mrs. Dalton nachspürte.«

»Ein Beobachter ist bereits aufgestellt. Er kam gleich mit mir zusammen. Es ist aber unwahrscheinlich, daß der Schleicher heute abend schon wiederkommt.«

Jim schnitt eine Grimasse.

»Ich glaube, ich werde mich nie mehr in einer Stadt betätigen, wo Sie zufällig sind. Bei dem Haus ist mir noch was unbegreiflich. Vorn und hinten ist alles gut instand gehalten, auch die Blumen und Pflanzen, die die Frauen im Winter ziehen. Hinter dem Hause aber liegt ein Stück Brachland – ungefähr viermal so groß wie dieses Zimmer –, das mit Maschendraht eingezäunt ist und eine kleine

Tür hat. Kommt mir vor wie ein Platz, wo man alles mögliche vergräbt.«

»Vielleicht Küchenabfälle«, gab Bony zu bedenken, doch das verneinte Jimmy.

»Abfälle vergraben die Leute doch nicht in Säcken. Außerdem leert die städtische Müllabfuhr dreimal in der Woche die Kübel hinten an der Straße.«

Bony drehte sich eine Zigarette und sagte, ehe er sie anzündete: »Du erzählst wirklich interessant, Jimmy.«

»O ja, das kann ich, Inspektor, ich kann ganz spannend schildern, was ich so beobachte.«

»Wie heißt der Fleischer?«

»McWay. Wohnt am Südende der Hauptstraße.«

»Und der Milchmann?« forschte Bony weiter, indem er sich Notizen machte.

»Ludkin heißen die Leute. Wohnen auf dem Lande, in Umberumaka. Der Bäcker heißt Perry, und der Brennholzlieferant ist ein alter Bekanter von uns: Frederick Albert Goddard. Er hat erst vor zwei Tagen Holz angeliefert.«

»Deine Auskünfte sind ja erstaunlich genau, Jimmy.«

»Ich habe ein paar Kindern Geld gegeben, um das auszukundschaften, was ich bei Tage nicht selbst ermitteln konnte.«

»Guter Gedanke Die Kinder hätte ich gern gesprochen, vielleicht wissen die noch mehr zu erzählen. Ja, wir werden sie im Café Favalora mal mit Eis und Kuchen bewirten. Sieh zu, daß du sie morgen nachmittag um vier Uhr dorthaben kannst. Sonst noch etwas?«

»Nein, habe alles ausgepackt. Kann ich nicht mal gelegentlich nach Haus gehen und schlafen?«

»Darfst du sofort, Jimmy. Also bis morgen um vier.«

Bony ließ Jim hinaus, schlief drei Stunden und war um sechs Uhr wieder auf. Er begab sich in die Küche, wo er den Hausdiener vorfand, der seinen Tee trank und eine tüchtige Portion Fleisch von einem Hund verzehrte, der ihn am Abend vorher gebissen hatte. Zu einer höflichen Unterhaltung war es noch viel zu früh. Gestärkt durch Tee mit Biskuits kam Bony um sieben Uhr im Polizeigebäude an. Crome war in seinem Dienstzimmer.

»Nichts Neues«, sagte er, »nichts gesehen, nichts gehört.«

»War auch keine einzige Lampe eingeschaltet?«

»Nicht der kleinste Lichtschimmer. Ich bin sogar bis zu der Fichte gegangen und habe da gesessen, bis es hell wurde. Haben Sie den Schleicher gefaßt, der über den Zaun stieg?«

»Nein. Er entpuppte sich als ein guter Freund von mir. Wir sind ein bißchen zu spät gekommen. Er hatte schon einen Mann beobachtet, der die Fenster und Türen am Haus kontrollierte. Wir dürfen annehmen, daß es Tuttaway war, der Mrs. Daltons Haus wieder aufsuchte.«

»Sagte ich doch«

»Es scheint so«, korrigierte Bony. »Jetzt aber zu Bett mit Ihnen. Heute nacht kommen wir vielleicht sehr viel weiter. Wann wird Abbot Bericht erstatten?«

»Um acht. Kann ich sonst noch etwas erledigen?« fragte Crome erwartungsvoll.

»Nichts, bevor Sie nicht geschlafen haben. Heute nacht werden Sie Ihr Bett entbehren müssen. Nutzen Sie jetzt die Zeit aus und legen Sie sich aufs Ohr.«

Sergeant Crome verzog sich, ein wenig verärgert. Ihm gefiel verschiedenes nicht, so auch Bonys stets ausweichende Antworten. Den Dolchgriff hatten Kinder gefunden, und auf diese Kinder war so ein blöder Schwarzer durch reinen Zufall gestoßen, während er selbst die halbe Nacht an dem Baum gehockt hatte und so ein verflixter Berufseinbrecher noch vor ihm dagewesen war und Bony schon viel berichtet hatte, Einzelheiten, über die der ihm praktisch nichts sagte. Bony war stets am besten im Bilde. Und jetzt wurde ihm befohlen, zu Bett zu gehen, indes Bonaparte schon den nächsten Schritt vorbereitete, um dann einen noch größeren Vorsprung zu haben als bisher.

Als Oberwachtmeister Abbot zum Dienst kam, wurde er von Bony schon erwartet.

»Kommen Sie, wir wollen mal zusammen die Kartei durchgehen«, forderte Bony ihn auf. »Der zuständige Beamte ist wohl noch nicht da?«

»Nein, Sir.«

»Ich interessiere mich für Muriel Lodding«, sagte Bony, als sie vor der Kartothek standen.

Abbot zog die gewünschte Karte heraus. Auf ihr fanden sie vermerkt, wann die Lodding bei der Polizei eingetreten war, wann sie befördert und wann sie als verstorben gestrichen wurde. Bony wollte aber noch mehr wissen. Abbot holte einen Ordner herbei und schlug den Bogen auf, der die Polizeiassistentin Lodding betraf.

Nachdem Bony Abbot entlassen hatte, studierte er die Angaben über den Dienst der Lodding bei der Polizei. Sie hatte stets ihren Urlaub genommen, wenn er fällig war, hatte mehrmals auch am

Sonntag gearbeitet und sich dafür den Montag freigenommen. Von Abwesenheit wegen Krankheit war bis zum vorigen Jahr nicht die Rede, aber die darüber vermerkten Daten notierte Bony sich rasch.

Wieder in seinem Büro, schrieb er seine Notizen in Tabellenform nieder und merkte sehr schnell, daß es sich bei gewissen Daten nicht um Zufälle handeln konnte. Er ging in Cromes Zimmer, wo er den Wandkalender studierte. Dann rief er die Zentrale an, um zu hören, wann Direktor Pavier kommen würde.

Pavier las gerade die Frühpost, als Bony in sein Zimmer trat.

»Will Sie nicht lange aufhalten, Sir«, sagte er, und er wurde aufgefordert, sich zu setzen. »Komme wegen Ihrer früheren Sekretärin. Stelle fest, daß sie in den letzten Monaten mehrmals wegen Krankheit nicht im Dienst war. Können Sie mir sagen, ob sie an den Tagen vorher einen wirklich kranken Eindruck machte?«

»Bloß Nervosität, glaube ich«, erwiderte Pavier mit einem fragenden Blick. »Mir hat sie gesagt, sie quäle sich oft mit Kopfschmerzen; sie meinte, es müsse wohl Migräne sein.«

»Wissen Sie, ob sie einen Arzt konsultiert hat?«

»Nein, das weiß ich nicht, Bonaparte. Steht gewiß in den Personalakten – oder müßte jedenfalls vermerkt sein.«

»Eine ärztliche Bescheinigung habe ich da nicht finden können, aber immerhin ist die Tatsache auffallend, daß sie ungefähr alle zwei Monate einmal am Sonntag Dienst gemacht und sich dafür am folgenden Montag freigenommen hat. Weshalb das?«

»Sie hat aber nicht extra um Sonntagsdienst gebeten, um den Montag freizuhaben«, entgegnete Pavier. »Es kommt zuweilen vor, daß viele Berichte aus Sydney eintreffen, die gleich bearbeitet werden müssen, und dann hat sich Miss Lodding immer sofort zu dieser Arbeit bereit erklärt, wenn ich sie darum bat. Sie war eine intelligente Frau, und mir kommt erst jetzt so recht zu Bewußtsein, wie sehr ich mich auf sie verlassen konnte. Was für besondere Gedanken machen Sie sich denn über ihr seinerzeiges Fehlen?«

»Bitte sehen Sie sich mal diese Notizen an.«

Bony legte das Blatt vor den Direktor auf den Schreibtisch.

1. Lodding krank vom 22. bis 26. Oktober.
   (Goldspink ermordet: 28. Oktober)
2. Lodding krank vom 19. bis 21. Dezember.
   (Parsons ermordet: 23. Dezember)
3. Lodding krank vom 16. bis 23. Februar.
   (Gromberg ermordet: 25. Februar).

Pavier blickte Bony scharf an, senkrechte Falten zeigten sich zwischen seinen Augen, die Finger seiner Linken trommelten auf dem Tisch, und er schwieg ein paar Sekunden.

»Sehr merkwürdig, Bonaparte«, sagte er dann, »in jedem der drei Fälle wurde am zweiten Tage, nachdem sie wieder im Dienst war, ein Mann umgebracht.«

»Zwischen dem ersten und dem zweiten Mord liegen zwei Monate, ebenso zwischen dem zweiten und dem dritten«, ergänzte Bony die Feststellung. »Deshalb fragte ich Sie ja nach der Sonntagsarbeit. Vielleicht ist das nicht von Bedeutung, da sie ja sonntags auf Ihre Bitte hin Dienst gemacht hat. Sie kann die Arbeiten wohl kaum mit Vorbedacht so eingerichtet haben, daß sie mit der Bitte Ihrerseits rechnen konnte?«

Pavier behauptete entschieden, das habe sie bestimmt nicht getan. Bony entzog sich seinen abtastenden Fragen und ging wieder in sein Büro.

23

Inspektor Bonaparte saß im Café Favalora und erwartete Jim Nimmo mit seinen jugendlichen Spähern.

Knapp zwei Monate früher, zur selben Stunde, war der alte Alfred Parsons hier gewesen, um eine Tasse Tee und Sandwiches zu sich zu nehmen. Er hatte den besseren Teil seines Lebens schon hinter sich, genoß aber den Ruhestand und fiel niemandem lästig. Hier hatte er sein Magazin gelesen, seinen Tee getrunken, war aufgestanden, um heimzugehen – da war der Tod über ihn gekommen.

Dann war da Hans Gromberg, ein ruhiger Gewohnheitsmensch in gesicherter Position, der sich recht wohl fühlte, wenn er sein Bäuchlein voll Bier hatte. Auch bei ihm schlug, als er von seinem Platz aufstand, der Tod zu. Und ebenso war es dem alten Samuel Goldspink ergangen, einem liebenswürdigen Mann, der fast nur seinem Geschäft lebte. Sicher kommt für jeden die Stunde zum Sterben, doch als diese drei Männer vom Tode überrascht wurden, war das noch nicht ihre rechte Stunde gewesen.

Auf dem Schauplatz des ersten und des dritten Giftmordes hatte sich eine Frau befunden, die beide Male die gleiche Handtasche getragen hatte. Andere Frauen erinnerten sich an sie, zwei genau an ihr Gesicht und ihre Kleidung, und eine berichtete von dem Schnuller, den sie in der Handtasche bemerkt hatte. Als die Möglichkeit erörtert wurde, daß die Person auch ein als Frau verkleideter

Mann gewesen sein könnte, hatten beide Beobachterinnen – Mrs. Lucas und Mrs. Wallace – das nicht glauben wollen. Auf ihre Beobachtungsgabe und ihr Urteil konnte man sich verlassen – und doch!

Die erste Mordtat geschah, nachdem Tuttaway aus dem Gefängnis entwichen war. Und der Mann war geistesgestört. Er hatte eine Frau durch einen Dolchstich getötet, die, wie bekannt, mit ihrer Tätigkeit und ihrem Heim zufrieden gewesen war. Aber die Lodding und er hatten sich schon früher in England gekannt und waren in Broken Hill zusammen gesehen worden. Eine Frau, die eine Handtasche wie die erwähnte trug, war beim Eintreten in ein Hotel gesehen worden, und schon wenige Minuten später wurde bei der Durchsuchung des Hotels keine Spur von ihr gefunden. Tuttaway, der Verwandlungskünstler, hätte sehr wohl als Frau verkleidet in das Hotel gehen und es schon Sekunden später wieder als eine andere Frau verlassen können. Tuttaway hatte mit einem Messer, nicht mit Zyankali getötet – das heißt als Tuttaway in Person.

Der Mord an Muriel Lodding hatte sich in die Ermittlungen über die drei Giftmorde gleichsam eingeschmuggelt. Anfangs schien er in keinerlei Beziehung zur Ermordung der drei älteren Junggesellen zu stehen. Deshalb hatte Bony sich auch um Muriel Loddings Wohnung nicht gekümmert – bis zum letzten Abend. Tuttaway, selbst Junggeselle und schmuddelig beim Essen, stand irgendwie mit den drei Vergiftungsfällen in Zusammenhang. Logisch gedacht, kam er jedoch eher als Opfer in Frage, aber kaum als der Mörder.

Es lagen vor: die sonderbaren Parallelen der Mordtage mit den Daten von Miss Loddings Fehlen beim Dienst, ferner der Griff des gläsernen Dolchs, gefunden im Garten des jetzt allein von der Schwester der Toten bewohnten Hauses – ein Beweis, daß Tuttaway mindestens schon einmal, bevor Nimmo ihn sah, dort gewesen war.

Und Mrs. Dalton hatte ihn beobachtet. Während sie sonst fast nie vor zwei Uhr nachts zu Bett ging, waren in der letzten Nacht ihre Lampen alle um eins schon aus, und sie beobachtete im Dunkeln den Mann, der die Schutzvorrichtungen ihres Hauses prüfte. Aus welchem Grund?

Mrs. Dalton! Obwohl sie, soviel man wußte, kein Haustier besaß, bestellte sie täglich sieben Pfund Fleisch zusätzlich zu dem normalen Bedarf ihrer Küche! Keine Milch und kein Brot extra.

Lebte außer ihr noch jemand in dem Haus? Beherbergte sie etwa Tuttaway? An sich eine absurde Vorstellung. Wenn Jimmy sich aber geirrt hatte und der Mann an den Fenstern nicht Tuttaway gewesen war, so konnte dieser im Hause einen Schlupfwinkel haben.

Eine Durchsuchung hätte vielleicht allerlei enthüllt, aber besaß man denn schon genug Indizien, daß die Ausfertigung eines Haussuchungsbefehls berechtigt wäre? Sowohl Pavier wie Crome, die Mrs. Dalton aufgesucht hatten, waren von ihr ohne Ausweichen oder Täuschungsversuche empfangen worden.

Jimmy Nimmo! Ja, da war er. Eben betrat er, gefolgt von zwei Jungen, auf deren Gesichtern die freudige Erwartung deutlich zu lesen war, das Café. Er schaute sich ohne Begeisterung nach der rothaarigen Kellnerin um, hätte aber ganz unbesorgt sein können, denn Bony hatte sie vorher schon gebeten, weder mit Jimmy noch mit ihm selbst so zu sprechen, als kennten sie sich schon.

Jimmy stellte die Jungen, ›Mr. Knapp‹, Besitzer einer Viehzuchtfarm in Queensland, vor, und Bony erzählte ihnen, in Neusüdwales finde er es sogar noch schöner als dort, und die australische Fußballmannschaft werde die Engländer in den kommenden Ausscheidungsspielen bombensicher hoch schlagen. Die Jungen faßten schnell Vertrauen zu ihm. Sie hielten sein Leben als Viehzüchter für romantisch und waren sehr bald geneigt, sich eine doppelte Portion Eis munden zu lassen. Sie nannten sich Bluey und Blackie, der Blaue und der Schwarze.

Beide wohnten in derselben Straße wie Mrs. Dalton. Sie bewiesen Verständnis dafür, daß ihr neuer Freund Mr. Nimmo großes Mitgefühl für Mrs. Dalton hatte und soviel wie möglich über sie erfahren wollte, um ihr jetzt, da sie allein leben mußte, helfen zu können. Bony war überzeugt, daß den beiden Jungen die Eisportionen weit wichtiger waren als Mr. Nimmos gute Absichten.

»Wie gefällt dir eigentlich Mrs. Dalton?« fragte Bony den mit dem rötlichen Haar.

»Ach, die finde ich ganz nett, Mister«, erwiderte Bluey. »Besser als die andere, die totgemacht wurde. Die war ein bißchen säuerlich. Mrs. Dalton schickt mich oder Blackie manchmal Besorgungen machen, und dann gibt sie uns einen halben Shilling.«

»Mir hat sie mal'n ganzen geschenkt, als ich dem alten Clouter einen Bescheid bringen mußte«, steuerte Blackie bei.

»Ob sie wohl schon Besuch gehabt hat, seitdem ihre Schwester tot ist?«

»Glaube ich nicht«, antwortete Bluey, der sich die Finger ableckte. »Gib mir doch mal den Kuchen rüber, Blackie, du sollst ihn nicht hamstern. Hast du bei Mrs. Dalton mal Besuch bemerkt?«

»Nein, glaub' nicht. Nun hamstere aber du nicht den Kuchen.«

»Und einen großen, stattlichen Herrn, der sich für das Haus interessierte, habt ihr auch nicht gesehen?« fragte Jim dazwischen.

Im Augenblick waren die Jungen so beschäftigt, daß sie ihm gar nicht antworteten. Bony fing an, über Hunde zu reden. Er beschrieb einige auf seinem angeblichen Gut und flocht ganz nebenbei die Frage ein, ob Mrs. Dalton Hunde gehalten habe.

»Nein«, antwortete Bluey. »Einen hat sie mal gehabt, so'n kleinen schwarz-weißen.«

»Ja«, murmelte Blackie zwischen zwei Bissen. »Ist gestorben. Hat ihn im Garten begraben.«

»Hm. Traurig. Wie lange ist das schon her?« fragte Bony.

»Vor Weihnachten muß das so ungefähr gewesen sein.«

Jimmy schaltete sich wieder ein.

»Ach ja, mit Hunden muß man sich heutzutage schon Mühe geben. Gutes Fressen ist wichtig.«

»Der von Mrs. Dalton muß es prima gehabt haben«, brachte Blackie heraus, den Mund noch voll Kuchen. »Mrs. Dalton hat jedenfalls für ihn jeden Tag sieben Pfund Beefsteak besorgt. Und das tut sie noch. Hat mir Tom gesagt, der das Fleisch da ins Haus bringt. Kommt mir eigentlich komisch vor, Mister. Wofür mag sie das jetzt brauchen?«

»Vielleicht Welpen – junge Hunde?« schlug Bony vor.

»Glaub' ich nicht. Höre nie welche bellen.«

»Aber Katzen womöglich?«

»Nein, auch keine Katzen. Nie eine gesehen bei ihr. Du, Bluey?«

»Nein. Vielleicht macht sie Frikadellen.«

»Und verschenkt sie an arme Nachbarn«, meinte Bony, um mehr zu erfahren. »Hat Mrs. Dalton oft Besuch?«

»Nein«, kam wieder Blackies Antwort, und Bluey sagte: »Eine Frau hab' ich mal 'reingehen sehen.«

»Ich nicht«, widersprach Blackie.

»Aber ich«, erklärte Bluey, dessen Stupsnase plötzlich vor Kampflust zuckte, nachdrücklich. »Hab' gesehen, wie sie durch die Hintertür ging, und auch, wie sie wieder rauskam. Unser Haus liegt doch auf derselben Straße, deshalb hab' ich sie gesehen.«

»Noch ein Eis?« fragte Bony.

Aber warum erst fragen, diese Knaben konnten unentwegt Eis konsumieren. Er wartete, bis die Portionen da waren, ehe er weitere Fragen stellte.

»Wie sah die Frau denn aus?«

»Wie die aussah? Och, vielleicht so alt wie Mrs. Dalton. Trug 'ne

Brille. Wenigstens das eine Mal hab' ich's gesehen. Die andere, Miss Lodding, konnte sie nicht leiden.«

»Soo? Wann war denn das?«

»Ist schon lange her, so um Weihnachten rum, da kam die Frau, und Miss Lodding sah sie im Garten.«

»Und was passierte da?« fiel Jimmy ein.

»Krach gab's. Ich hab' über unsern Zaun geguckt. Hören konnte ich nichts, aber die zankten sich, die Frau ließ ihre Brille fallen, hob sie wieder auf, und dann ging sie mit Miss Lodding ins Haus.«

»Die Dame mal wiedergesehen, seitdem Miss Lodding tot ist?«

»Ja, einmal.«

»Und wer hat den Hund im Garten begraben?«

»Mrs. Dalton. Hab' gesehen, wie sie ihn in den kleinen Hof brachte. Tot war der bestimmt. Auch wie sie das Loch buddelte, das habe ich gesehen. Und nachher hat sie keine Hunde nicht mehr gehabt.«

»Mit Maschendraht eingezäunt«, kam Blackie etwas langsam nach, weil er den Mund voll Kuchen hatte. »In dem kleinen Hof da gräbt sie immerzu rum, stimmt das nicht, Bluey?«

»So ab und zu, ja. Pflanzt da sicher was ein. Kann nicht so dicht rankommen, um zu erkennen, was sie macht.«

Auf Bonys Frage, ob Mrs. Dalton einen Mann für die Pflege des Gartens beschäftigte, antworteten beide Jungen durch energisches Kopfschütteln.

»Ihr seid wohl nie richtig in dem Garten dringewesen?« fragte er weiter.

»Nein«, entgegnete Blackie. »Ich war einmal drin, da hat Miss Lodding mich geschnappt und hat mich rausgejagt – ich sollte mich ja nicht wieder blicken lassen. So 'ne bissige alte Ziege! Mrs. Dalton ist sonst ganz nett, aber in ihren Garten läßt die uns auch nicht. Wenn wir für sie einen Weg machen sollen, kommt sie ans Staket und ruft uns.«

»Meinst du nicht, daß die Frau, von der du erzählt hast, bei Mrs. Dalton wohnt?« bohrte Bony.

»Glaub' ich kaum, kann aber sein. Den Tag jedenfalls, als Miss Lodding ihr die Leviten las, ist sie nicht wieder weggegangen.«

»Was ihre Handtasche für eine Farbe hatte, weißt du gewiß nicht?«

»Nein«, antwortete Bluey, und Blackie bekräftigte das durch Kopfschütteln. Sie hatten jeder fünf, sechs Portionen Eis verputzt und den Kuchen restlos vertilgt. Zum Platzen voll waren sie. Nun folgten sie, nicht so munter wie beim Hereinkommen, Jim und

Bony auf die Straße. Bony verabschiedete sie, forderte Jimmy auf, mit ihm um halb sieben Uhr zu Abend zu essen, und wanderte langsam zum Polizeigebäude.

Kaum war er in seinem Büro, als Crome hereinkam.

»Stillman ist da«, verkündete er mit tonloser Stimme. »Drin beim Chef.«

»Wahrhaftig?« Bony sah den Sergeanten scharf an, dann schaute er auf seine Uhr. »Ich brauche noch genau zwölf Stunden. Wollen Sie mir helfen, daß mir die gesichert sind?«

Crome wollte das gern, er war aber vorsichtig.

»Soweit ich kann«, sagte er. »Der Kerl geht mir gegen den Strich. Gerade kommen wir sichtlich vorwärts, da muß er hier 'reinplatzen.«

»Keine Sorge um den, Crome. Konzentrieren! Gebt mir noch zwölf Stunden, dann muß Stillman unverrichteterdinge nach Sydney zurückkehren. Ich möchte gern Sie und Abbot heute abend zum Essen einladen. Um halb sieben Uhr in meinem Hotel.«

Crome schien im Moment wenig begeistert, dann lächelte er.

»Gut, wir werden da sein. Schönen Dank auch.«

»Dann hauen Sie jetzt ab, und nehmen Sie Abbot mit. Wenn von Ihren Leuten noch welche im Dienst sind, schicken Sie die nach Hause oder weit weg. Stillman mag morgen früh beginnen, aber diese Nacht gehört mir, ja?«

»Aber ganz sicher. Abbot macht bestimmt auch mit.«

Crome lächelte wieder, diesmal in freudiger Erwartung.

Bony lauschte auf die sich entfernenden Schritte. Ohne Eile nahm er seine Notizblätter zusammen und steckte sie in seine Aktentasche. Auch die Akte Tuttaway. Rasch ging er in die Kriminalabteilung, nahm die Skizzen von den Wänden und tat sie ebenfalls in die Tasche. Dann rief er Pavier junior an, den er auf der Redaktion erreichte.

»Heute abend viel vor?« fragte er ihn.

»Paar lokale Veranstaltungen zu besuchen – Kleinkram. Könnte aber dem Boss sagen, daß ich darauf pfeife.«

»Unterlassen Sie beides. Ich gebe im ›Western Mail‹ eine Party. Um halb sieben. Sie wissen doch, daß ich Ihnen versprochen habe, Sie am Finish teilnehmen zu lassen.«

»Werde pünktlich zur Stelle sein«, antwortete Luke lachend. »Brauchen Sie Hilfestellung?«

»Wobei?«

»Stillman. Könnte ihm eins über den Schädel ziehen, wenn Sie ihn festhalten.«

»Dem ziehe ich auf meine Art eins über. Erwarte Sie also zum Abendessen. Zu Haus erwähnen Sie davon bitte nichts.«

»Okay.«

Bony rief Sloan an, bat ihn um einen ruhigen Tisch und um die Vergünstigung, diesen noch für eine Stunde nach dem Essen behalten zu dürfen. Wally Sloan bewilligte die Ausnahme und würdigte Bony noch einer besonderen Gunst: Er wollte ihn und seine Gäste persönlich bedienen.

Bony legte den Hörer auf den Schreibtisch, nicht auf die Gabel, und wartete. Zehn Minuten vergingen. Im Hörer knackste es ein paarmal, woraus er schloß, daß Pavier ihn zu sprechen wünschte. Er schob den Stuhl zurück, legte die Füße auf die abgeräumte Schreibtischplatte und auf die Ecke neben sich einen kleinen Berg Zigaretten.

Stillman trat ein.

Von Kriminalinspektor Stillman hatte einmal jemand behauptet, er spräche die Menschen an wie ein Filmstar, habe eine Stimme wie ein Rundfunksprecher und sei listig wie ein Wiesel.

»Ah – Tag, Bonaparte. Pavier wollte Sie sich mal vorknöpfen.«

Bony deutete mit der Hand auf einen Stuhl, doch Stillman zog es vor, auf einer Schreibtischecke zu sitzen. Er holte ein goldenes Etui mit blauem Monogramm aus der Tasche, zündete sich eine Zigarette an und wedelte lässig den Rauch zu Bony hinüber.

»Hörte schon von Ihrer Ankunft«, sagte Bony kalt.

»Mußte kommen, der Chef hat es verlangt. Sie verlassen uns ja jetzt, wenn ich recht informiert bin?«

»Ich bleibe noch eine Woche in Broken Hill, vielleicht sogar einen Monat. Interessiere mich für den Erzabbau und werde vielleicht ein Buch darüber schreiben.«

»Ist darüber nicht schon genug geschrieben worden? Fahren Sie lieber nach Hause, sonst werden Ihre Leute ärgerlich. Jedenfalls, mein Freund, übernehme ich hier die Sache, und Sie täten gut, schon morgen mit dem Flugzeug nach Brisbane zurückzukehren. Ihre geistige Heimat ist der Busch, Bonaparte. Weiße Verbrecher in einer Stadt ausfindig machen ist offenbar nicht Ihr Metier.«

»Die Aussprache des französischen Wortes ist mangelhaft, Stillman.«

»Ich habe nie mit meiner Bildung geprotzt«, entgegnete Stillman fast zischend. »Sie haben hier ausgespielt, also ziehen Sie ab. Ist natürlich schlecht für Sie, aber ich kann nicht zulassen, daß dieser Kerl, der Tuttaway, noch in Broken Hill rumläuft, sonst bringt der womöglich noch einen um, während Sie und Crome hier Generalprobe für einen komischen Film machen. Wie ich schon andeutete: Diese in der Großstadt gezüchteten Vögel fliegen für Leute wie Sie zu hoch. Ich habe nie an den Ruf geglaubt, den Sie sich so sorgfältig zurechtgeschustert haben. Mich überrascht es nicht, daß Sie bei dem Zyankalimord versagen, der sich direkt vor Ihrer Nase abgespielt hat, noch dazu in dem Hotel, wo Sie selbst wohnen.«

»Die Auskünfte, um die wir London ersucht hatten, müßten Ihnen dienlich sein.«

»Ja, vielleicht. Ich habe sie mitgebracht. Pavier sagt mir, daß Sie betreffs Tuttaway nur wenig vorangekommen sind.« Stillman glitt vom Schreibtisch. »Na, wir müssen jetzt an die Arbeit, Bonaparte. Ich will Sie nicht länger aufhalten. Die diesbezüglichen Akten und Berichte sind wohl irgendwo im Hause?«

»Zweifellos, Stillman.« Bony erhob sich aus dem Schreibtischsessel und nahm Aktentasche und Hut. »Wie Sie zu betonen beliebten, habe ich hier ausgespielt, daher interessieren mich die Akten und Berichte nicht mehr. Sie werden sie ja zu finden wissen. Da Sie im Besitz der aus London erhaltenen Auskünfte sind, werden Sie sie freilich kaum benötigen.«

An der Tür drehte Bony sich um. Stillman beobachtete ihn. In Bonys Lächeln konnte er keine Spur von Freundlichkeit finden. Gelassen schritt Bony hinaus, schloß die Tür und ließ Stillman allein in einem aktenlosen Büro. Er ging in Paviers Zimmer.

»Es hat den Anschein, Sir, daß ich gehen soll«, sagte er steif.

»Ich dachte, Sie seien nicht im Hause«, erwiderte der Polizeidirektor. »Habe schon versucht, Sie zu erreichen. Offenbar haben Sie mit Stillman bereits gesprochen.«

»Ja.«

Pavier stand auf und erklärte mit ernster Mine: »Ich bin von Sydney vorher nicht benachrichtigt worden. Stillman marschierte herein und wies mir eine Anordnung vor, laut der Ihre Assistenz hier beendet ist und Ihnen befohlen wird, sofort nach Brisbane zurückzukehren. Mir persönlich mißfällt das noch mehr als Ihnen. Die Sache ist nicht korrekt gehandhabt worden, aber als Entschuldigung wurde angeführt, daß Stillman noch vor Eintreffen der Luftpost ankommen würde.«

»Warum überhaupt Stillman? Über den haben wir ja schon genug gesprochen, aber – warum wird ein Mann hierhergeschickt, der schon vorher versagt und sich nach Sydney zurückgemogelt hatte?«

»So wie ich den Chef kenne, wäre denkbar, daß bei ihm der Wunsch maßgebend war, den Mann noch einmal versagen zu sehen. Aber einerlei: Ihre Abberufung von hier wurde nicht durch Sydney veranlaßt. Der Brief hier erklärt das. Lesen Sie ihn.«

»Nicht jetzt. Sie verstehen: Sie sollen sich nur einbilden, mit mir gesprochen zu haben. Hatten vergebens versucht, mich zu erreichen, und stellten fest, daß ich fortgegangen war. Morgen um neun Uhr kommen wir zusammen, und dann werden Sie den offiziellen Fußtritt vollziehen. Klar, Sir?«

»Es beginnt wohl etwas zu kochen, wie?«

»Wenn die Ereignisse sich verzögern, muß man ihnen nachhelfen, Sir. Ich darf niemals versagen. Nur zwölf Stunden möchte ich noch für mich haben.«

Langsam nickte der Polizeidirektor. Indem er starr über Bony hinwegblickte, sagte er: »Freue mich, der Anordnung nicht Folge leisten zu können, bis Bonaparte sich bei mir meldet.«

Er blieb mit diesem geistesabwesenden Blick stehen. Bony machte kehrt und verließ den Raum.

Außer dem diensthabenden Wachtmeister befand sich im Wachraum nur noch ein Kriminalbeamter in Zivil, den Stillman gerade barsch fragte, wo das ganze Personal der Abteilung eigentlich stecke. Als Bony gemächlich an der Tür vorbeiging, hörte er die Antwort: »Weiß es auch nicht genau, Sir. Wahrscheinlich alle im Außendienst, Sir.«

24

Es war ein vortreffliches Mahl. Von Bonys Gästen war es am unbehaglichsten Jimmy dem Schloßknacker, Pavier junior fühlte sich wie zu Hause. Sergeant Crome war ein wenig verlegen, und Oberwachtmeister Abbot ein bißchen eingeschüchtert. Aufs Wohl seiner Gäste sehr bedacht, lenkte Bony die Unterhaltung, wußte unauffällig Trennendes zu überbrücken und gab allen das Gefühl, mit ihm befreundet zu sein. Sogar Jim Nimmo taute schließlich auf.

Wally Sloan räumte das Geschirr ab und brachte Kaffee nebst einer Flasche von seinem besten Kognak. Jeder seiner Sätze schloß wieder mit dem ›Sir‹.

Als er hinausgegangen war, sagte Bony: »Es ist eigentlich ganz gut, daß Inspektor Stillman die Stellung zu halten hat. Immerhin hat er sich ein bißchen gewundert, daß bis auf einen Kriminalbeamten alle gerade Außendienst machten.«

»So«, meinte Crome. »Wer war denn da in der Wache, wissen Sie das?«

»Den Namen nicht. Großer, blonder junger Mensch.«

»Simmons. Ein Dummkopf. Hatte ihm doch gesagt, er sollte sich verdrücken«, knurrte der Sergeant. »Allen hatte ich gesagt, sie sollten verschwinden und wegbleiben, aber vor dem Fortgehen noch sämtliche Papiere einschließen. Dem Simmons werde ich noch den Marsch blasen.«

»Stillman blieb also mit dem Zaumzeug ohne Pferd allein, was?« bemerkte Luke Pavier schadenfroh.

»Er hat nicht mal Zaumzeug«, versetzte Bony, »denn das hatte ich mitgenommen. Sloan hat es hier im Hotel in seinen Safe gepackt. Na ja, wir werden ihn morgen aufs Pferd setzen – oder wenn Sie, meine Herren von der Kriminalabteilung, den Dienst wieder beginnen. Diese Nacht gehört uns.«

Crome starrte seinen Gastgeber durch den Zigarrenqualm an. Abbot schien gespannt auf weitere Erklärungen zu warten, während der junge Pavier im Geist den steifen Crome und den wendigen Abbot sowie sich selbst und diesen merkwürdigen Mr. Nimmo bei einem gewaltigen Nachtbummel sah, von dem man in der Argent Street noch lange reden sollte. Aber gleich fiel ihm ein, daß dieses Essen das Vorspiel zu durchaus ernsten Ereignissen war. Er konzentrierte sich auf Bony.

»Sie erinnern sich gewiß, Crome, daß wir Sydney gebeten hatten, gewisse Auskünfte von London anzufordern«, sagte Bony. »Die hat Stillman mit. Wollte mir keinen Einblick geben.«

»Sieht dem Kerl ähnlich«, meinte Abbot, ohne sich aufzuregen.

»Ich bin ziemlich überzeugt, daß wir, wenn wir mit diesen Informationen das ergänzten, was ich schon weiß, in wenigen Stunden diese Mordfälle klären könnten«, führte Bony weiter aus. »So freilich bin ich darauf angewiesen, den Inhalt der Londoner Mitteilungen zu raten. Ich glaube, den Inhalt richtig zu erraten, und beabsichtige, meine weiteren Schritte von dieser Annahme ausgehend zu tun. Ohne die Kenntnis von dem, was ich wiederum weiß, wird Stillman nicht in der Lage sein, sich aufgrund der Londoner Informationen ein auch nur annähernd klares Bild zu machen.

Ich habe nun allerlei Informationen für Sie und dazu einen Vorschlag. Stillman hat aus Sydney eine an Direktor Pavier gerichtete Anweisung mitgebracht, die ihn verpflichtet, mir zu eröffnen, daß meine dienstliche Tätigkeit bei der Polizei von Neusüdwales beendet sei. Ab neun Uhr morgen früh soll ich in Neusüdwales keinerlei dienstlichen Befugnisse mehr haben, vielmehr hat dann Stillman alles übernommen, und ich möchte gern, daß er überhaupt nichts zum Übernehmen vorfindet.

Sie, Crome und Abbot, wissen, wie außerordentlich schwierig die Aufklärung der Morde sich bisher gestaltet hat. Am Tatort wurden jedesmal durch die vielen Männer und Frauen die Spuren verwischt. Bei logischem Denken ließ sich kein einziges vernünftiges Motiv finden, so daß nicht mit Bestimmtheit gesagt werden konnte, ob es sich hier um vorsätzliche Morde oder um Taten im Affekt handelte.

Durch den Mord an der Lodding jedoch stießen wir auf den Großen Scarsby, und daher sind die Giftmorde in eine gewisse Verbindung mit dem Fall Lodding geraten. Wie stark das Verbindungsglied zwischen ihnen ist, vermag ich bis jetzt selbst noch nicht zu beurteilen.

Ich kann keine einleuchtende Antwort finden auf die Frage, warum gerade diese drei Männer von dem Mörder als Opfer ausgesucht wurden. Unsinniger Haß auf ältere Junggesellen kann für den Täter nicht der Grund gewesen sein, denn Patrick O'Hara, der knapp dem Vergiftungstode entrann, ist zweimal verheiratet gewesen.

Eins hatten diese vier Männer immerhin gemeinsam: Alle waren beim Essen nachlässig, ein Zug, durch den sie für den Vergifter gleich hassenswert wurden. Versuchen Sie sich in einen Geisteszustand zu versetzen, der die wütende Lust erzeugt, einen Mann wegen einer Gewohnheit umzubringen, für die derselbe Verstand, wäre er gesund, nur Widerwillen hätte. Und dann denken Sie an Tuttaway.

Vor sechzehn Jahren hat Muriel Lodding als Sekretärin für diesen Mann gearbeitet, und als er auf Tournee durch die Vereinigten Staaten gegangen war, kam sie mit ihrer Schwester, Mrs. Dalton, nach Australien. Sie wohnten hier in Broken Hill, als Tuttaway verurteilt und ins Gefängnis gesteckt wurde. Er entwich dann und tauchte in Broken Hill auf, offentischtlich mit dem Plan, die Frau zu ermorden, die in England für ihn gearbeitet hatte.

Mrs. Dalton hat anfangs ausgesagt, ihre Schwester habe nie im Leben mit einem Mann zu tun gehabt, und korrigierte das nachher dahingehend, daß sie für Tuttaway gearbeitet habe. Der ist allerdings nie ins Haus der Schwestern gekommen, und Mrs. Dalton wußte auch so gut wie nichts über ihn, denn sie hatte sich mit Muriel nur ganz flüchtig über ihn unterhalten. Und doch zögerte sie nicht, mir genau das tatsächlich richtige Jahr anzugeben, in dem Tuttaway auf jene Tournee ging. Und damit hat sie, glaube ich, einen Fehler gemacht.

Der Griff des Glasdolchs, durch den Muriel Lodding starb,

wurde in Mrs. Daltons Garten bei der Pforte gefunden. Seit geraumer Zeit schon hatte der Fleischer täglich sieben Pfund Beefsteak bei Mrs. Dalton abgeliefert, und es sind keine Haustiere vorhanden, für die diese Menge als Futter denkbar wäre. Mrs. Dalton und ihre Schwester empfingen keine Besuche, wir wissen aber, daß eine ältere Frau mit Brille sowie eine ohne Brille beim Eintreten ins Haus oder beim Fortgehen beobachtet worden sind.

Ferner ist uns bekannt, daß Mrs. Dalton Brennholz durch einen Mann namens Goddard bezogen hat, und außerdem, daß sich im Kontor von Goddards Holzhof mehrere Dosen Zyankali befinden. Wir wissen, daß Mrs. Daltons Hund plötzlich gestorben ist. Wir wissen, daß ein Mann nachts um ihr Haus gegangen ist und die Türen und Fenster geprüft hat, wobei ihn Mrs. Dalton von einem Fenster im ersten Stock beobachtete. Obwohl sie Telefon hat, unterließ sie es, sich mit der Polizei in Verbindung zu setzen.«

Bony machte eine Pause und drehte sich eine Zigarette.

Pavier junior sagte: »Rätselhafte Taten eines Wahnsinnigen.«

»Die Lösung muß in Mrs. Daltons Haus zu finden sein«, fuhr Bony fort, »doch wir haben nicht genügend Beweise, um einen Haussuchungsbefehl zu erwirken. Für mich jedenfalls ist es jetzt zu spät, einen zu beantragen, und ich kann Ihnen versichern, daß Stillman nicht einen Bruchteil von dem weiß, was wir wissen. Damit komme ich zu dem, was direkt vor seiner arroganten Nase liegt.«

Bony zählte die Tage auf, an denen Miss Lodding wegen Krankheit im Dienst gefehlt hatte. Er wies darauf hin, daß die Perioden zwischen der ersten und zweiten und zwischen der zweiten und dritten Erkrankung fast gleich lang gewesen waren, und führte die Daten der drei Giftmorde an.

»Auf den ersten Blick könnten wir annehmen, daß die Lodding unter starken Kopfschmerzen litt, deswegen vom Dienst fernblieb und dann innerhalb von achtundvierzig Stunden nach Rückkehr zur Arbeit ein Opfer gesucht hat, um es mit Zyankali zu vergiften. Wir wissen jedoch, daß sie Dienst machte, als die drei Männer getötet wurden, und wissen, daß sie, als der Anschlag auf O'Haras Leben erfolgte, bereits tot war. Frage: Ging es der Lodding, als sie sich krank meldete, um die eigene Person? Auch hierauf könnten wir vielleicht in Mrs. Daltons Haus die Antwort finden.

Und jetzt zu meinem Vorschlag. In knapp einer Stunde wird es dunkel sein, wenn ich den Abendhimmel richtig beurteile, sogar sehr dunkel. Ganz kurz nach unserer Besprechung wird Jim sich mit mir zum Hause von Mrs. Dalton begeben. Wir werden uns hineinschleichen, um zu sehen, was es zu sehen, und zu hören, was es zu hören gibt. Sie beide, Crome und Abbot, möchte ich bitten, uns bis zum Garten zu begleiten, sich dort zu verbergen und aufzupassen, bis wir ein Zeichen geben. Und Sie, Luke, sind sicher bereit, sich Crome anzuschließen, mit zu beobachten und sich Notizen für Ihre Zeitung zu machen. Ich halte es für wahrscheinlich, daß der Mann, den Mrs. Dalton vorige Nacht bemerkt hat, heute abend ins Haus kommt. Wir werden ihn ruhig eintreten lassen, um zu erfahren, was er beabsichtigt, und ihn überwältigen, falls er Mrs. Dalton angreifen sollte. Und ich persönlich glaube, daß Tuttaway dieser Mann sein wird.

Ich stelle anheim: Wer von ihnen Bedenken hat, sich an dieser gesetzlich nicht ganz korrekten Aktion zu beteiligen, ist gewiß so gut, offiziell nichts davon zu wissen und nach Hause ins Bett zu gehen.«

»Noch zu früh – zum Schlafengehen«, erklärte Abbot.

»Für mich aber nicht zu früh, um endlich in Gang zu kommen, Mr. Freund«, rief der Sohn des Polizeidirektors.

Jim Nimmo hielt sich an der Tischkante fest. Ein wahnsinniger Mörder, ein irrer Giftmörder – und nun noch ein verrückter Kriminalbeamter! Er wußte nicht mehr, was er davon halten sollte. Abbot lächelte, Crome saß eisern da, seine kleinen grauen Augen blickten scharf konzentriert. Er war es, der schließlich das Schweigen brach.

»Ich bin dreiundzwanzig Jahre in der Abteilung. Dieser Job kann mich Kopf und Kragen kosten.«

»Und ich bin elf Jahre in der Abteilung, aber mir ist es Wurscht, ob mich das Kopf und Kragen kostet«, sagte Abbot. »Würden Sie uns noch weitere Erklärungen geben, Inspektor?«

Bony trank einen Schluck Kognak und den Rest seines kalt gewordenen Kaffees.

»Über Tuttaway wollen wir noch ein wenig nachdenken«, meinte er dann. »Nach dem, was Ihnen gestern abend gemeldet wurde oder heute in der Frühe, Crome, sind Sie verpflichtet, Beamte zum Beobachten von Mrs. Daltons Haus abzustellen. Angenommen, der fensterprüfende Unbekannte verhält sich heute ebenso wie gestern nacht, Sie verhaften ihn und stellen fest, daß es Tuttaway ist – was könnten Sie ihm dann beweisen? Mord, werden Sie antworten, und zwar ganz richtig. Also würde Tuttaway nach Viktoria gebracht und wieder ins Gefängnis gesteckt werden. Und was dann? Wird er der Polizei den Gefallen tun zu erzählen, weshalb er das Haus betreten wollte? Ich glaube, kaum. Sie hätten etwas erreicht, aber längst nicht so viel, als wenn Tuttaway erst das Haus betreten hätte und dann festgestellt würde, daß eine andere im Hause befindliche Person als Täter für die drei Giftmorde in Frage kommt. Wollen Sie nun einen Haussuchungsbefehl beantragen, oder wollen Sie Mrs. Dalton um die Erlaubnis zur Durchsuchung ihres Hauses bitten? Weshalb sollte sie das gestatten, wenn Sie den Mörder ihrer Schwester schon haben, den Mann, der in ihr Haus eindringen und auch sie ermorden wollte?

Nehmen wir jetzt an, daß Jim und ich uns ins Haus schleichen und nichts Belastendes finden, das heißt: nichts, was darauf hindeutet, daß eine im Hause lebende Person Goldspink und die anderen vergiftet haben könnte. Dann ziehen wir ab, und es ist keinerlei Schaden angerichtet. Nehmen wir an, Jim und ich würden von Mrs. Dalton ertappt, die fuchsteufelswild wird und die Polizei anruft. Dann brauchen nicht gerade Sie zur Verfügung zu sein, sondern Sie gehen ruhig heim. Jim und ich verschwinden oder kriegen was auf den Kopf.

Nachdem wir die Lage pessimistisch betrachtet haben, wollen wir sie jetzt optimistisch sehen. Wir greifen Tuttaway und können ihn – oder jemand anders – für den Tod der drei Männer zur Verantwortung ziehen. Wir präsentieren das ganze Ermittlungsergebnis morgen früh dem Direktor – und Stillman kann mit dem ersten Flugzeug wieder nach Sydney abrauschen.«

Wieder Schweigen. Der junge Pavier musterte aufmerksam Jim Nimmo, über dessen Beruf er nicht orientiert war, und wunderte sich, warum der Mann in der mattgelben Beleuchtung eine grünliche Gesichtsfarbe hatte. Er studierte Abbot und Crome und lächelte ein bißchen geringschätzig über die Männer, die noch zögern konnten, wenn ihnen eine so glänzende Gelegenheit geboten wurde.

Da sagte Abbot: »Ich mache mit, Inspektor.«

»Sie dürfen versichert sein«, wandte sich Bony an Crome, »daß weder Jimmy noch ich in dem Haus etwas mitnehmen werden. Ich bitte nur um eins: daß nicht Sie uns mitnehmen.«

Der grimmige Zug um Cromes Mund verging, seine Lippen zuckten, er begann leise zu lachen, um schließlich ein Gelächter anzustimmen, daß das Zimmer dröhnte. Er schob seinen Stuhl zurück und versuchte auf die Beine zu kommen, die ganz steif geworden zu sein schienen.

»»Das ist ja komischer, als man's in Romanen liest«, erklärte er. »Ich werde darüber sogar noch lachen, wenn ich aus der Abteilung hinausgefeuert bin. Wollen jetzt gehen, ich bin bereit.«

»Sloan wartet bereits. Er will uns in seinem Wagen zu dem Einbruch transportieren«, sagte Bony vergnügt.

Sie erhoben sich alle wie auf Kommando. Luke Pavier hätte am liebsten jedem die Hand geschüttelt. Und Jim Nimmo war felsenfest überzeugt, daß sein Verstand seit seiner Ankunft in Broken Hill sehr gelitten hatte.

25

Gut vierhundert Meter vor dem zweistöckigen Haus wurde Wally Sloan gebeten, unter die tiefhängenden Zweige eines Pfefferbaumes zu fahren und die Scheinwerfer auszuschalten. Die nächste Straßenlampe war über hundert Meter entfernt.

»Falls ein Polizist auf seinem Streifengang Sie hier aufstöbert, Sloan, müssen Sie sich selbst eine Erklärung ausdenken«, sagte Bony. »Es ist noch nicht halb zehn, und Sie werden vielleicht stundenlang warten müssen.«

»Das soll mir nichts ausmachen, Sir. Ich warte bis zum Jüngsten Tag auf Sie, wenn nötig.«

»Nun los, Jimmy, wir beide gehen jetzt ans Werk. Und Sie, meine Herren, kennen auch Ihre Funktionen. Von Ihnen hängt viel ab. Passen Sie gleich gut auf, wenn es auch unwahrscheinlich ist, daß Tuttaway schon vor Ihnen den Garten betritt, und lassen Sie ihn ungeschoren, sofern Sie nicht sicher sind, daß er das Grundstück wieder verlassen will.«

Crome drückte ihm die Daumen und bereitete sich, zusammen mit Abbot und Pavier, auf eine halbe Stunde Wartezeit vor. Jim und Bony entschlüpften in die Dunkelheit, die Wagentür wurde leise zugemacht. Drei Minuten später betraten sie den Weg, der an der Rückseite von Mrs. Daltons Haus vorbeiführte.

»Ich kenne mich hier auf dem Grundstück nicht so aus wie du«, flüsterte Bony, »immerhin habe ich ein allgemeines Bild im Kopf. Nimm du die linke Seite des Hauses, ich werde die rechte nehmen. Wir treffen uns dann bei der Fichte vorn im Garten. Klar?«

»Okay. Und was wollen wir beobachten?«

»Alles, was vom Normalen abweicht. Erst Überblick gewinnen, dann planen und drittens erst handeln.«

»Wer ist nun eigentlich hier der Einbrecher – Sie oder ich?«

Bony kicherte und klopfte Jim auf den Arm.

»Wenn wir uns je zusammentun sollten, kein Polizist der Erde würde uns schnappen.«

Jim langte zuerst bei der Fichte an. Er lehnte sich an den Stamm wie am vorigen Abend. Es war so dunkel, daß er den Erdboden nicht sehen konnte und nicht den Umriß des Hauses. Zwei erleuchtete Fenster im oberen Stockwerk sahen aus wie goldene Plaketten. Obgleich er auf Bony wartete, zuckte er zusammen, als eine Hand ihn am Arm packte. Die Stimme kannte er natürlich.

»Meine Seite vom Haus ist ohne Licht«, sagte Bony leise. »Es gibt da einen Werkzeugschuppen und eine Art Laube. Kein Mensch drin.«

»Auf meiner Seite ist Licht, in der Küche, die Jalousie ist runtergelassen«, berichtete Jimmy. »Ich habe in die Garage gespäht, um festzustellen, ob da einer Däumchen dreht. In der Zeit, die ich hier stehe, ist einmal in dem Zimmer oben rechts jemand am Fenster vorbeigegangen. – Was tun wir jetzt?«

»Du kennst doch die Fenster.«

»Das Fenster . . .«

Jimmys Stimme erstarb, denn vom Haus war gedämpft das Klingeln des Telefons zu vernehmen. Crome hatte berichtet, daß es sich in der Diele befand. Bony lauschte, es klingelte weiter. In der Glasscheibe über der Haustür erschien Licht. Das Klingeln hörte auf. Keiner der beiden sprach, bis das Licht in der Diele erloschen war.

Jim wartete noch eine halbe Minute, ehe er sagte: »Das Fenster neben der Küche geht leicht zu öffnen, auch eins auf der anderen Seite des Hauses, das ich mir vorgemerkt hatte.«

»Welches – von der Ecke aus?«

»Das zweite.«

»Ich gehe jetzt dorthin. Folge mir erst in einer Minute – vorsichtshalber, falls einer mich verfolgen sollte.«

Jim zählte die Sekunden, bevor er seinen Platz an dem Baum verließ. Bei jedem Schritt tastete er erst den Boden ab, ob kein Hindernis im Weg lag. Die Wolken hatten die Sterne verhüllt – eine Nacht, wie Jimmy sie liebte. Jetzt aber hätte er sich doch ein wenig Sternenschimmer gewünscht, um rechtzeitig zu merken, ob der Mann in seiner Nähe war, der ein gläsernes Messer in der Wunde abgebrochen hatte und vielleicht noch eins besaß, das er gern ebenso abbrechen wollte. Die ferne Straßenlampe jenseits des vorderen Zaunes und das metallische Glühen von den Hüttenwerken spendeten ihm keinen Trost. Er war froh, als er die Hausecke erreichte und sich an der Wand entlang drücken konnte, bis er gegen das weiche Hindernis von Bonapartes Körper stieß.

»Was ist hier drin?« fragte Bony leise.

»Schlafzimmer der Lodding.«

»Woher weißt du das?«

»Hab's mal gesehen, ehe sie die Jalousie runterließ. Mehr als einmal übrigens. Der Raum vorn ist ein Wohnzimmer. Dahinter ist die Diele und hinter der noch ein Wohnzimmer – wo Crome und Pavier die Dalton verhört haben, wissen Sie?«

»Alles klar, Jimmy. Wollen hineingehen.«

Bony kam es vor, als werde der Einbrecher zu einem Teil des Fensters. Er hörte keinerlei Geräusch.

»Ist schon geritzt«, flüsterte Jimmy.

Als Bony nach dem Fenster tastete, war es bereits hochgeschoben. Er glitt über das Sims und blieb abwartend stehen. Jim schwang sich nach ihm herein. Ein wachsamer Hund hätte sie vielleicht hören können, doch Bony bezweifelte es.

Jimmy brach die verschobene Jalousie wieder in Ordnung, weil er das Fenster als Rückzugsweg offenlassen wollte, doch Bony wies ihn darauf hin, daß Tuttaway vermutlich alle Fenster probieren würde und keins geöffnet finden dürfe.

Jim mußte im stillen seinen Partner bei diesem nächtlichen Unternehmen bewundern. Bony stand mit ihm in dem stockdunklen Zimmer, er spürte den Geist des Hauses und ahnte Hintergründe, während er Gerüche einatmete, aus denen sich, mögen sie auch schwach sein, soviel schließen läßt.

Die Luft war schal, er fühlte es mehr, als er es roch. Zwei Gerüche unterschied er genau: Mottenpulver und kosmetische Mittel, aber noch einen unbestimmbaren muffigen Geruch, wie Verwesung, von dem Parfüm und dem Mottenpulver überdeckt. Die Stille, eine schläfrige Ruhe, wurde durch den Lärm der Hütten nicht gestört, da er die massiven alten Wände nicht durchdrang. Kein Licht brannte, bis ein kleiner matter Lichtkreis anzeigte, daß Bony seine umhüllte Taschenlampe angeknipst hatte.

Vorsichtig nahm er ein paar Lagen des über die Lampe gehaltenen Taschentuchs ab, bis diese einen kurzen, matten Strahl ohne scharfen Umriß gab. Der Strahl begann zu wandern. Ein Lehnstuhl stand, schwärzlich glänzend, wie ein versteinertes Tier an einer Seite des großen Kamins. Ein Nachttisch mit einer Lampe und zwei Büchern darauf wurde erkennbar, dann das Bett, aufgedeckt, als erwarte es die Frau, die nie mehr zurückkehren würde.

Die Sachen auf dem Frisiertisch waren höchst geschmackvoll, Kommode und Kleiderschrank altmodisch, aber von feinem Rosenholz. Die im Schrank enthaltene Kleidung schien für eine Polizeibeamtin zu elegant. Für Bony enthielt der Raum nichts von Wert –

bis auf die Bilder an den Wänden. Es waren fünf, alles vergrößerte Fotografien einer Frau in historischen Kostümen.

»Ein Flur neben diesem Zimmer?« fragte Bony Jim, der ihn auf der Inspektionstour begleitete.

»Weiß nicht. Nach vorn liegt das frühere Wohnzimmer der Lodding, hinten sind zwei Zimmer, die immer dunkel bleiben. Müssen unbewohnt sein.«

»Werden uns mal das Wohnzimmer anschauen.«

Jims schlanke Hand schloß sich um die Türklinke und drückte sie langsam nieder. Die Tür war verschlossen. In seiner anderen Hand blitzte etwas Stählernes, schob sich in das Schloß, die Tür ging geräuschlos auf. Finster lag vor ihnen der Flur.

Jimmy zog die Tür hinter sich zu, ohne sie abzuschließen. Bony schlich voraus zu der Wohnzimmertür. Auch die war verschlossen. Wieder drehte Jim einen Schlüssel um und öffnete.

Ihre Füße versanken in einem dicken, weichen Teppich. Die Taschenlampe enthüllte die glänzenden Flächen polierten Holzes, die Muster der Polsterungen, die Formen der kleinen Tische und einen Schreibtisch. Glasscheiben vor einem großen Bücherschrank wirkten wie kleine Spiegel. Jim ging an die Fenster, um nachzusehen, ob die Jalousien heruntergelassen waren.

Auch hier ein wuchtiger Kamin, dessen Rost hinter einem niedrigen Schirm mit Blumenmuster verborgen war. Über dem Sims hing ein Bild der Königin Viktoria in jungen Jahren. Sie ähnelte jemandem, den er kannte. Aber wem? Es war ein unsigniertes Ölgemälde. An einer anderen Wand hing, ebenfalls in Öl, ein Bild der Kaiserin Josephine oder der Madame Pompadour. Das Gesicht ähnelte dem der Königin Viktoria. Die Ähnlichkeit lag in den Augen. Bony blickte wieder die Königin Viktoria an. Ja, es waren die Augen – Augen, in die er schon einmal geblickt haben mußte.

Er hatte das Gefühl, daß ihr Blick ihm folgte, während er den Strahl der Taschenlampe über die Bücher im Schrank, den Schreibtisch und die Truhe gleiten ließ, die zwischen den beiden Fenstern stand.

Wieder stellte er sich vor das Bild der Königin Viktoria. Was fiel ihm nur an ihrem Mund so auf? Aha! Der sah dem Mund der Frau ähnlich, die Mills nach den Angaben von Mrs. Wallace gezeichnet hatte. Er lehnte sich an den Kamin und senkte die Taschenlampe, während er sich zu erinnern suchte. Da fiel der Lichtstrahl hinter den Kaminschirm, und Bony sah, daß auf dem Rost ein Haufen bunter Papierstreifen lag. Und zwischen ihnen glitzerte etwas wie Gold.

Er stellte den Schirm beiseite und nahm das Papier heraus: eine große Blechbüchse stand darunter. Jim hielt die Taschenlampe, Bony hob die Büchse heraus; sie trug kein Etikett. Das Metall war ziemlich sauber.

Bony drückte den Deckel auf. Der Lichtschein zeigte, daß die Büchse eine pulverige Masse mit Klumpen enthielt.

»Zyankali!«

»Ist ja allerhand. Reicht aus, eine ganze Armee zu vergiften.«

Sie stellten die Dose wieder unter das Papier und den Kaminschirm auf seinen Platz.

»Nun wollen wir uns das andere Wohnzimmer in diesem Stockwerk ansehen«, sagte Bony. Sie gingen in den Flur, der zur Diele führte. Hinter dieser bemerkten sie in einem anderen Korridor den Widerschein von Licht aus der Küche. Er war so hell, daß sie den Läufer auf dem Fußboden, den Garderobenständer, eine Truhe, einen Wandspiegel, einen kleinen Tisch, auf dem eine Vase mit künstlichen Blumen stand, die Haustür und die Wohnzimmertüren sehen konnten.

Leise durchquerten sie die Diele. Am Fuß der Treppe in das obere Stockwerk bemerkten sie eine Tür, zu der vier Stufen führten. Vor dem zur Küche führenden Korridor blieben sie lauschend stehen. Kein Laut kam aus der Küche, auch von oben keiner. Bony schätzte die Entfernung von ihrem Standort in der Halle bis zur Küche auf fünfzehn Meter. Eine Tür lag rechts von ihnen, links befanden sich zwei.

Wo konnte Mrs. Dalton sein?

»Bleib hier«, sagte Bony. »Ich will's riskieren, in die Küche zu schauen.«

Jim wartete. Er sah, wie Bony hinschlich, vor der Küchentür ein Weilchen stehenblieb und dann hineinging.

Die Küche war groß. Der Herd war auf Hochglanz poliert, der Tisch weiß gescheuert, im Geschirrschrank stand wie zur Zierde Porzellan mit einem grünen Muster. Im offenen Schrank neben dem Herd standen viele Töpfe und Pfannen. Ein hoher, schmaler Schrank enthielt Besen. Der Geschirrschrank hatte über einem Abstellbrett zwei Schubkästen. In einem lagen Bestecke und Servietten, im zweiten eine Säge, zwei Fleischermesser und ein Wetzstein. Unter dem Bord waren zwei neue Eimer und sechs leere Säcke. In einem anderen Schrank ein gebrauchter Eimer, Bohnerwachs und Scheuerlappen.

Die Säge war ganz neu, die Messer auch, der Wetzstein noch ungebraucht. Die Sachen waren hingelegt, wie man es im Schaufenster von Eisenwarengeschäften sehen kann.

Neben der Küche lag eine kleine Spülküche, doch Bony konnte sich nicht länger dort aufhalten, und er schlich wieder zu Jimmy zurück.

Zusammen durchsuchten sie das zweite Wohnzimmer, das nüchtern möbliert war und nicht wie das andere, früher von Muriel Lodding bewohnte, durch kleine persönliche Gegenstände den Eindruck von Behaglichkeit erweckte. Sie verließen den Raum, gingen wieder durch die Diele und setzten sich vorn in dem zweiten Korridor auf den Fußboden.

»Wollen's uns gemütlich machen beim Warten«, sagte Bony. »Wünschte, ich könnte rauchen. Was meinst du wohl, wozu die hier eine Säge und Fleischermesser gebrauchen wollen?«

»Na, Fleischer brauchen die doch zum Zerlegen.« Jimmy schwieg einige Sekunden, dann faßte er Bony beim Arm und fragte ihn: »Wo waren die denn?«

»In einem Schubfach im Geschirrschrank, hingelegt wie zum schnellen Gebrauch. Sind noch ganz unbenutzt. Sauber und – scharf.«

Wieder Schweigen. Dann sagte Jimmy: »Kann mir über den Geruch nicht klarwerden.«

»Ich müßte ihn kennen.«

Abermals schwiegen beide, lange Zeit. Holz knarrte, sofort waren beide auf den Füßen. Nochmals knarrte Holz unter einem Gewicht. Es kam jemand die Treppe herab. Da das Licht aus der Diele sie jetzt blendete, zogen sie sich instinktiv weiter in den Korridor zurück.

Sie hörten, wie die Tür an der Treppe aufging, und dann sahen sie – Königin Elisabeth die Stufen zur Halle herunterschreiten, als stiege sie vom Thron, um ihrem Grafen Essex wieder einmal gnädig zu verzeihen. Das Alter hatte ihr Gesicht mit Runen gezeichnet, aber ihre königliche Würde war großartig. Sie bog in den Korridor zur Küche ein. In jeder Hand hielt sie eine weiße Katze an den Hinterläufen. Die Tiere wehrten sich nicht, sie waren tot.

Sie konnte die Katzen nicht weiter als bis in die Küche gebracht haben, denn sie kam fast sofort zurück. Stieg die vier Stufen zu der Tür hinauf, schloß diese hinter sich. Das Licht erlosch, eine Stufe knarrte, dann noch eine, als sie die im Winkel nach oben führende Treppe hinaufging.

»Merke dir: die neunte und dreizehnte Stufe«, sagte Bony leise.

»Sind die Katzen tot – oder ich?« zischte Jimmy.

Minuten vergingen, es mochten fünf sein, da knarrte wieder die oberste von den zwei Treppenstufen.

»Herrjeh, jetzt kommt sie schon wieder runter!« raunte Jimmy.

Das Licht in der Diele flammte wieder auf, sie hörten, wie die Tür sich öffnete. Und sahen die Treppe herunterkommen – Marie Antoinette. Eine großartige Erscheinung. In jeder Hand trug sie eine Katze, die sie bei den Hinterbeinen hielt. Die Tiere waren tot.

Marie Antoinette verschwand in Richtung Küche, erschien gleich wieder – ohne die Katzen – und ging nach oben. Die Diele wurde wieder dunkel. Jim stöhnte.

»Wie viele noch?« fragte er erbittert.

»Königinnen oder Katzen?«

Nach längerem Schweigen fragte Jim in kläglichem Ton: »Was ist das bloß für ein Laden hier?« Keine Antwort von Bony. »Dann will ich's Ihnen selber sagen: ein Irrenhaus, nichts anderes. Müssen wir hier noch bleiben?«

Nochmals Schweigen, das diesmal durch ein Klopfen auf Holz unterbrochen wurde. Es war jemand an der Haustür.

26

»Zurück zum Schlafzimmer«, befahl Bony. »Fenster und Tür offenlassen, damit wir schnell rauskommen.«

Der Mann vor der Haustür – eine Frau konnte es eigentlich nicht sein – schlug wieder mit der Faust an die Tür, mehrmals und ganz grob. Das Haus verschluckte dieses Geräusch ohne Echo, in der eintretenden Stille klang das Knarren der Treppe fast ebenso laut wie das Klopfen an der Tür. Das Licht in der Diele ging an, die Tür an der Treppe wurde geöffnet.

Die Stufen herab kam Mrs. Dalton. Sie ging langsam, wie Schlafwandler sich bewegen, zur Haustür. Weit hinten im Korridor hörte Bony, wie die Kette abgenommen und der Schlüssel herumgedreht wurde. Als er die Frau wieder sah, ging sie gerade in die Mitte der Diele zurück und sagte schroff: »Komm herein!«

Die Tür wurde geschlossen, der Schlüssel umgedreht. Ein Geistlicher erschien, eine große gebeugte Gestalt mit weißem Haar und struppigem Bart. Die Hände, die den runden Hut umklammerten, waren groß und stark.

»Vergebung, daß ich Sie zu später Stunde besuche«, sagte er in süßlichem Ton. Die Stimme der Frau klang eisig.

»Wie rücksichtsvoll von dir, vorher anzurufen! Nachdem ich dich gestern abend beobachtet hatte, rechnete ich damit, daß du durchs Fenster kommen würdest.«

»Das war meine Absicht, jedoch überlegte ich mir, daß das im Hinblick auf mein Vorhaben unwürdig und nicht originell sei. Freue mich aber, Sie so wohl aussehend anzutreffen.«

»Ich kann dir wegen dieser Verkleidung kein Kompliment machen. Das Haar –«

»Gerade so, daß es für die Straßenbeleuchtung genügt. Verzeih mir.«

Der Bart verschwand, das weiße Haar war jetzt grau und kurz. Der Mann wurde größer, seine Haltung straffer. Ein Taschentuch kam zutage, mit dem er sich anscheinend den Schweiß vom Gesicht wischte. Nachdem er das getan hatte, war sein Gesicht das auf den Fotos in der Akte Tuttaway. Er stand da, als erwarte er Beifall, und sagte, da Mrs. Dalton nicht sprach: »Willst du mich nicht in dein Wohnzimmer bitten? Vielleicht eine kleine Erfrischung anbieten? Ich bin doch dein mit schweren Sorgen beladener Bruder.«

»Sag mir, weshalb du gekommen bist, und dann geh wieder.«

»Das braucht Zeit, liebe Henrietta. Guten Wein kippt man nicht hinunter. Wir wollen es uns gemütlich machen, denn es gibt viel zu besprechen, bis wir zum grandiosen Finale kommen. Hastige Bewegungen und zu schnelles Sprechen sind, sofern sie nicht den Zwekken der Schauspielkunst dienen, unziemlich. Also, geh bitte voraus.«

Dieselbe spöttische Stimme, die freche Verbeugung, das gezierte Getue altmodischer Theatralik. Der Busen der Frau wogte heftig, als habe sie den Atem angehalten. Resigniert zuckte sie die Achseln und wandte sich, dem Besucher den Rücken kehrend, zur Treppe. Ihr Gesicht war kalt, in dem geistesabwesenden Blick lag versteckter Triumph.

Sie ging hinauf, Tuttaway folgte ihr. Er ließ die Tür am Fuß der Treppe offen.

Mrs. Dalton gebot ihm, das Licht in der Diele auszumachen, indem sie auf den Schalter zeigte. Bony schlich in die dunkle Diele und beobachtete, wie die beiden hinaufstiegen. Bis auf einen Lichtschein aus einem der Zimmer war der obere Flur dunkel. Gegen dieses Licht hoben sie sich nacheinander scharf ab. Der Läufer auf dem Treppenabsatz dämpfte ihre Schritte, geräuschlos verschwanden sie aus Bonys Blickfeld. Dann hörte er sie in dem erleuchteten Zimmer sprechen, ohne die Worte verstehen zu können.

Er ging die Treppe hinauf und stellte sich auf dem Flur in den

Schatten. In dem erhellten Zimmer saßen die beiden sich an einem niedrigen Tisch gegenüber. Auf dem Tisch standen eine silberne Statuette – der Liebesgott Eros –, ein silberner Zigarettenkasten und mehrere Aschenbecher.

Tuttaway saß auf einem Stuhl mit gerader Lehne, seine Hände lagen gefaltet auf den gekreuzten Beinen.

Hinter Mrs. Dalton stand eine Couch, auf der neben einer Halskrause aus der Zeit Königin Elisabeths das Kleid lag, das ›Marie Antoinette‹ getragen hatte, und ein dunkelblauer Beutel mit roten Zugschnüren. Links von Tuttaway befand sich ein Kamin, auf dem Vorleger räkelten sich fünf weiße Katzen.

»Nach den langen Jahren, liebe Henrietta, freue ich mich ja so, dich wiederzusehen«, dröhnte die Stimme des Großen Scarsby. »Wie viele Stürme sind über den Atlantik gerast, seit wir uns trennten! Wie vieles versank im Schweigen der Zeit.«

»Ich freue mich nicht, dich wiederzusehen«, sagte Mrs. Dalton mit tonloser Stimme. Auch die folgenden Sätze sprach sie ohne hörbare Erregung. »Ich habe viele Männer nicht leiden können, doch gehaßt habe ich nur einen. Ich hasse und verabscheue dich so, daß keine Sprache die Worte hat, das auszudrücken.«

»Haß wärmt mehr als Liebe, meine Süße«, erwiderte Tuttaway sanft. »Und Haß hat Bestand. Glaube mir, ich weiß das. Und Warten schürt das Feuer des Hasses, auch das weiß ich, denn ich habe ja sehr lange gewartet.

Seit dem Moment, da ich in das Haus in London zurückkehrte und feststellen mußte, daß ihr fort wart, du und die liebe Muriel, habe ich nie daran gezweifelt, daß wir uns wiedersehen würden. Selbstverständlich war ich traurig, daß du mich im Stich gelassen hattest, aber daß Muriel mit dir davongegangen war, brach mir beinah das Herz. Du wußtest soviel von meinen Hoffnungen für sie und von meinem Ehrgeiz, aber in jener furchtbaren Stunde wurde dein Plan mir offenbar. Als wir uns zusammen nach Amerika einschiffen wollten, hast du Krankheit vorgetäuscht und alles darauf angelegt, daß Muriel mir ausreißen und heimlich wieder nach London zurückkehren sollte.«

Es klang, als sei der Mann dem Weinen nahe.

»Meine ganze Zuneigung zu dir, liebe Henrietta, galt dir nichts, war deinem verhärteten Herzen ganz gleichgültig. All meine Liebe für Muriel wurde verspottet und verhöhnt. Das Mädchen hatte große Talente, und ich hätte sie, trotz ihrer Halsstarrigkeit, in der ganzen Welt berühmt gemacht. Aber du warst eifersüchtig, du standst zwischen uns. Ich habe Muriel aus der Gosse aufgelesen, um eine große Künstlerin aus ihr zu machen, und du gedachtest, sie vor mir zu verbergen. Wie kurzsichtig und dumm! Gewiß, du warst schon immer verrückt, und ich hätte dir nicht trauen dürfen.«

»Nein, du bist es, der immer verrückt war, Henry.«

»Arme Henrietta«, sagte er in schleppendem Ton, während seine Augen dunkel wurden wie kleine Achate. »Jede Wahnsinnige hält sich ja für geistig gesund und alle anderen für verrückt, darin liegt schon der Beweis für den Wahnsinn. Bereits als Kind hattest du einen Spleen. Hätte nicht ich dich geliebt, dir vertraut, dich beschützt, so wärst du für geisteskrank erklärt worden wie die arme Hetty.«

»Ich bin nicht geisteskrank, Henry, sondern die Natur hat mir sogar Humor mitgegeben. Immer warst du es, der keinen Spaß vertragen konnte. Was sage ich – Spaß vertragen? Ein kalt berechnender Sadist ist einfach unfähig, einen Spaß zu erkennen. Der Sadist kann nur zerstören und frohlockt noch, wenn er Schönes vernichtet. So hast du Muriels Zuneigung zu dir abgetötet und sie stattdessen mit Furcht erfüllt. Sie ist dir dankbar gewesen, daß du sie aus der schmutzigen Mietskaserne herausgeholt, ihr den Besuch einer guten Schule ermöglicht, Ehrgeiz und Träume in ihr geweckt hast, aber du hast ihre Dankbarkeit getötet, weil du einfach nicht anders konntest als vernichten. Sie hatte mich lieb, aber sogar das mußtest du zerstören. Und zuletzt sie noch leiblich töten.«

»Aber, aber du wirst ja ganz melodramatisch! Sicher wirst du nun deinen lieben Bruder beschuldigen wollen, er hätte deine Katzen ermordet?«

»Weil ich wußte, daß du in dieses Haus eindringen würdest und auch, mit welchen üblen Absichten, habe ich sie getötet, damit du sie nicht martern kannst.«

»Und mit was hast du sie eingeschläfert?«

»Mit ein wenig von dem, was der Holzhändler mir freundlicherweise abgelassen hat. Es ist aber nichts mehr davon übrig, also wirst du mich nicht vergiften.«

Der Mann lachte in tiefen, glucksenden Tönen. Dann lächelte er und nahm, offenbar ohne zu sehen, was er tat, eine Zigarette aus dem Kästchen, legte sie auf die Tischkante, tippte mit dem Finger auf das überstehende Ende, und sie flog ihm zwischen die Lippen. Seine andere Hand fuhr in eine Westentasche und kam mit einem brennenden Streichholz wieder heraus.

»Verrückt? Selbstverständlich bist du verrückt, Henry. Du tobtest ja sogar mit Muriel, schlugst sie ins Gesicht, wenn sie ermattete. Hast sie an einen Stuhl gefesselt, wenn sie dir trotzte. Hast sie gezwungen zuzusehen, wie du ihr Kätzchen ertränktest. Hast jedes Tier gequält, das dir in die Hände fiel, und hast dabei gelacht. Immer schon warst du wahnsinnig!«

»Ich hatte die Absicht, liebe Henrietta, dich auf barmherzige Weise zu töten. Das will ich mir noch einmal überlegen. Natürlich wußtest du doch, daß ich es war, als die Zeitungen über den gläsernen Dolch schrieben?«

»Ich wußte, daß du hierherkommen würdest, wußte es in dem Augenblick, als du ausbrachst. Muriel wollte die Gegend verlassen, blieb aber um meinetwillen. Und ich habe gewartet. Auf dich!«

»Ein gläserner Dolch!« Tuttaway kicherte. Er zog einen roten Glasdolch aus seinen Haaren und einen zweiten, grünen, hinter dem Ohr hervor. »Weißt du noch, wie ich diese in dem einzigartigen Kuriositätenladen in Mailand gekauft habe? Du wolltest von den dreien, die ich erwarb, gern einen für dich selbst und einen für Muriel haben, aber ich wollte keinen hergeben, weil sie so schön aussahen, wie sie da auf der weißen Seide lagen. Aber ich versprach – und auch das wirst du noch wissen –, sie eines Tages mit euch zu teilen. Muriel sollte den blauen haben und du den grünen. Muriel hat ihren inzwischen bekommen . . .«

Mrs. Dalton entgegnete nichts, sie lächelte nur.

»Und sogleich sollst auch du deinen empfangen.«

»Du hättest nicht die Courage, dir den roten Dolch selbst in den Leib zu stoßen, Henry. Dazu kenne ich dich doch viel zu gut.«

»Den roten? Ah, Henrietta, der ist für das Mädchen, um dessentwillen ich leiden mußte. Sie hat geheiratet und ist nach England gegangen, wohin auch ich mich in einigen Wochen begeben werde.«

Die Dolche verschwanden, Tuttaway drückte seine Zigarette aus und nahm sich eine neue aus dem Kasten. Er streckte die Beine aus, schaute sich im Zimmer um und nickte, zufrieden über etwas, das Bony nicht sehen konnte.

»Ich bin nicht so dumm gewesen, meine ganzen Schätze in einer einzigen Höhle zu vergraben«, sagte er. »Viel Geld, ein paar wertvolle Brillanten sowie die Dolche habe ich in einem Banktresor, einen Teil meiner Kostüme und Kisten mit nützlichen Requisiten hatte ich an einem geheimen Ort sicher verwahrt. Damals war ich noch unschlüssig, was ich mit dir und Muriel machen sollte.

Einer, der genau wie ich unter der Unmenschlichkeit der Menschen zu leiden hatte, wurde entlassen. Mit dem verabredete ich, daß er mir Kleidung kaufen sollte – das, was ich jetzt anhabe –, sich einen Wagen für Selbstfahrer mieten und zu bestimmter Zeit an einem bestimmten Ort erscheinen sollte. Es war ganz einfach.

Unser Auto wurde zweimal angehalten, bevor wir die Stadt erreichten, und bei beiden Gelegenheiten hat sich die Polizei bei ›Seiner Ehrwürden‹ entschuldigt. Du siehst also, die suchten nach einem Irren, und ich bin eben keiner. Brauchte nicht mal einen albernen falschen Bart oder eine Perücke; habe bloß mein Gesicht rot geschminkt, meine Backen durch Gummipolster dick gemacht und mit irischem Akzent gesprochen. – Sehe ich da Bier auf dem Schränkchen?«

»Ich werde dir etwas zu trinken holen, Henry.«

»Bitte mach dir keine Umstände, liebe Henrietta.«

Die steife, gezierte Sprechweise der beiden, vor allem die Tuttaways, klang absurd, aber keiner ließ den anderen auch nur einen Moment aus den Augen. Nachdem Tuttaway sich erhoben hatte, um an das Schränkchen zu gehen, beobachtete Mrs. Dalton jede seiner Bewegungen, und an der Art, wie sie das machte, merkte Bony, daß Tuttaway dasselbe tat.

Mit einer Flasche Bier unterm Arm, in der Hand einen Becher, einen Flaschenöffner zwischen den Zähnen und den grünen Dolch in der anderen Hand ging Tuttaway wieder zu seinem Stuhl und setzte sich, ohne die Sachen vorher abzustellen.

»Und was hast du dann getan, Henry?« fragte die Frau.

»Euch gesucht, selbstverständlich. Festgestellt, daß ihr von Sydney nach Broken Hill verzogen wart. Wäre ich nicht so beschäftigt gewesen, das blöde Mädel in meiner Kunst auszubilden, so hätte ich euch schon in Sydney gefunden. Nachher mußte ich Vorsicht anwenden, als ich euch folgte. Mußte vermeiden, daß ihr – Muriel und du – irgendwie erfuhrt, daß ich über euch Erkundigungen einzog.

Was hast du doch für viele Katzen, liebe Henrietta! Überall Katzen. Wie dekorativ! Aber ein Zeichen von Irrsinn. Ich hätte dich für geisteskrank erklären lassen sollen, als du damals meine sämtlichen Westen verbranntest. Eine tolle Geschichte!«

Um Mrs. Daltons Mund zuckte es, sie sprach jetzt gedämpft, mit vor Leidenschaft bebender Stimme.

»Bist noch immer das schlampige, schlabbernde und speichelnde Untier. Mit dem Zeug zusammen hätte ich gleich deinen widerlichen Körper verbrannt, wenn ich damals gewußt hätte, was du Muriel angetan hast: sie gezwungen, diese schmierigen Dinger zu küssen, als sie dir Vorwürfe wegen der ekligen Flecke machte! Du hast sie fein gezähmt, nicht wahr, Henry? Hast ihr in Herz und Hirn so viel Angst eingeflößt, daß auch ich mit meiner Liebe ihr nicht helfen konnte. Du hast dich gegenüber Muriel ganz abscheulich benommen – wie ein Schwein.«

Das Kichern, mit dem Tuttaway antwortete, versetzte Bony in Spannung, während es Jim kalt den Rücken hinunterlief.

»Hättest doch wissen müssen, daß ich sie und auch dich schon fassen würde! Muriel brauchte ich nur einmal zu begegnen, als sie abends nach Hause ging. Und da kannte ich schon alle ihre Gewohnheiten, wußte, wo sie wohnte, und hatte auch sonst alles Wissenswerte über euch festgestellt. So ging ich mit ihr spazieren als es dunkelte, und erzählte ihr, wie leid mir alles tat und wie sehr sie mich mißverstanden hatte. Und sie verzieh mir, Henrietta. Als ich ihr erklärte, daß du schon immer nicht normal gewesen seist, da hat sie – nun, sie glaubte es mir. Ich habe die Kunst, Menschen zu bezaubern, auch unter der Ungerechtigkeit, die ich erleiden mußte, nicht verlernt. Und sie erinnerte sich auch der Lügen, die du ihr erzählt hast, Henrietta. Nachher sagte sie, wir seien auf dem falschen Wege. Sie war stark, du! War sie ja immer.«

»Und dann hast du sie getötet?«

»Sie sanft eingeschläfert, meine liebe Henrietta – sie hat nichts gespürt.«

Keine Sekunde ließ er den Blick von ihr. Sie atmete schnell, Entsetzen vor dem nahenden Tode, den sie in seinen Augen sah, schien sie erfaßt zu haben. Tuttaway zog den Becher heran, nahm das Bier und setzte den Öffner so an, daß er mit derselben Hand die Flasche fest auf den Tisch drückte. Als die Kappe absprang, schäumte das Bier auf, es bespritzte die Zigaretten in dem offenen Kästchen und schleuderte weißen Schaum über die Erosfigur. Tuttaway füllte den Becher, seine Linke griff nach dem Heft des grünen Dolchs.

Er trank, wobei Bier auf seine Weste tropfte.

»Ach, was bist du doch für ein ekliger Schmutzfink, Henry! Laß das! Um Himmels willen, laß das!« Mrs. Daltons Stimme wurde zu einem Kreischen. »Mein ganzes Leben lang – mein ganzes Leben habe ich diese widerlichen Manieren mit ansehen müssen.«

Nur ein Aufblitzen in seinen Augen deutete an, was bevorstand, aber milde sagte er: »Entschuldige bitte, Henrietta. Wie unachtsam von mir . . .«

Tuttaway setzte den halbgeleerten Becher ab, griff in die Rocktasche nach einem Taschentuch, blickte an seiner Weste hinab, wischte die Biertropfen ab und steckte eine Ecke des Taschentuchs in den Pastorenkragen. Während er sich wieder Bier nachschenkte, grinste er Mrs. Dalton höhnisch an.

»Tja, meine liebe Schwester, ich werde dich nun verlassen müssen.« Grünes Glas wirbelte blitzschnell um seine Hand. »Ich kann einfach den Gedanken nicht ertragen, daß dich hier bestimmt jemand beseitigen wird, wenn ich nicht dafür sorge, daß dies unmöglich ist. In einer Gegend wie hier kann sich der Mensch nie sicher fühlen. Ich werde es rasch und sanft vollbringen, denn du bist ja meine Schwester, und wir haben unseren Spaß zusammen gehabt.«

»Benimm dich nicht wie ein Narr, Henry!«

»O nein! Das kommt nicht in Frage!«

»Du weißt doch wohl, daß du tot bist?«

»So, bin ich das, liebe Henrietta?«

»Natürlich, du bist nur noch ein Geist.«

Der ›Geist‹ lächelte breit, tief gurgelte Gelächter in seiner Kehle. Er stand auf. Auch die Frau erhob sich, wie durch seinen Blick gezwungen. Tuttaway ergriff lachend den Becher mit Bier und verneigte sich vor seiner Schwester. Der Dolch lag flach auf seiner rechten Hand.

Mrs. Daltons Gesicht war aschgrau.

Bony gab Jim einen Wink, ihm in das Zimmer zu folgen. Die beiden, die sich über den Tisch im Auge behielten, hätten ihre Beobachter leicht entdecken können, wären sie nicht so stark aufeinander konzentriert gewesen.

»Ich werde genau zielen. Diese Geisterhand wird nicht fehlen.« Die Stimme des Mannes klang jetzt noch tiefer und mächtiger. »Nun, da wir voneinander scheiden, will ich dir zärtlich Lebewohl sagen. Ich trinke auf die Frau, die schon als junges Mädchen verrückt war! Auf die Tugendhafte, die ihre Katzen mordete, wenn sie ihre Rollen als Königin Soundso spielte! Auf die Irrsinnige, deren langes Leben zu Ende ist, auf die Jahre, die hinter ihr liegen, und auf die schönen Zeiten. Auf –«

»Lieber Henry! Mach Schluß und trinke nach deinem Spruch. Und bitte – bitte, lieber Henry – schlabbere nicht deine Weste voll, sonst werde ich tatsächlich noch wahnsinnig!«

Tuttaway brüllte in höhnischer Freude. Bony beobachtete die Hand, die den Dolch hielt. Jim Nimmo stand dicht hinter ihm. Mrs. Dalton sah keinen von beiden, sie sah nur George Henry Tuttaway, und Tuttaway sah nur sie.

»Gnädige Frau, auf Ihre allerbeste Gesundheit!« rief er und trank.

Die Hand hob den Dolch empor und über die Schulter zurück

zum Wurf. Bony sprang zu, landete auf dem Tisch, dann krachte er mit seinem ganzen Gewicht gegen den Großen Scarsby.

Mrs. Dalton schrie: »Lassen Sie ihn! Schauen Sie ihn doch an! Er will nicht glauben, daß er tot ist!«

Tuttaway keuchte gräßlich. Er kam wieder auf die Füße. Der Dolch entglitt seiner Hand, fiel zu Boden. Seine Zähne entblößten sich in einem fürchterlichen Grinsen, während sein Körper sich nach hinten bog und die Beine unter ihm einknickten. Mrs. Dalton begann zu lachen, leise und fröhlich wie ein Kind.

Wann? Wie? Die Flasche war vorher noch nicht geöffnet gewesen, denn der Inhalt hatte kräftig gesprudelt, als sie so plump aufgemacht wurde. Nicht ein einziges Mal hatte die Frau Gelegenheit gehabt, ihre Hand über die Flasche oder den Becher zu führen, da Tuttaway ständig ihre Bewegungen beobachtete – bis auf die eine Sekunde, als er seine bespritzte Weste ansah. Bony war nichts entgangen, und doch . . .

Mrs. Daltons Gelächter wurde zu einem heiseren Schnurren.

»Steh auf, Henry, und laß dich noch einmal töten!« rief sie. »Lieg nicht so tolpatschig da! Aufstehen mußt du, damit ich dich zum zweiten Male töten kann. Das ist die einzige Freude, die du mir bereitet hast. So klug bist du stets gewesen, nicht wahr, Henry? Klug! Der Große Scarsby! Haha! Der Große Haufen Unrat! Der Große Tropf! Sieh her, Henry: meine kleine Spritze mit dem Gummisauger von einem Schnuller, der einen tüchtigen Druck erzeugt. Sieh's dir an, Henry! Erhebe dich und schau her – ich will's dir vormachen.«

Sie goß rasch Bier in den Becher und füllte die Spritze, ohne Bony und Jim, die neben ihr standen, zu beachten.

»Die Spritze war mit einer Zyankalilösung gefüllt, lieber Henry, sie wird quer in der Handfläche gehalten. Kannst du sie so sehen? Nein. Schnelligkeit der Hand täuscht das Auge, das hast du selbst mich gelehrt. Du willst nicht aufstehen? Na schön, dann empfange es auf deinem schmutzigen Rücken liegend.«

Beide Männer beobachteten die rechte Hand der Frau, und beide glaubten sich nur einzubilden, daß ein dünner Strahl in den offenen Mund des toten Mannes geschossen sei.

27

Polizeidirektor Pavier betrat um 8.45 Uhr sein Dienstzimmer. Bevor er sich an den Schreibtisch setzen konnte, kam seine Sekretärin herein und meldete, Inspektor Stillman bitte dringend, vorgelassen zu werden.

Pavier setzte sich und fingerte an der noch ungeöffneten Frühpost herum, eine scheinbare Unhöflichkeit, mit der er nur Zeit gewinnen wollte.

»Äh . . . hm. Ja, Miss Ball, sagen Sie dem Inspektor, er kann gleich hereinkommen.«

»Na, Stillman, was gibt's?« fragte er gemessen, als der Inspektor vor ihm stand.

»Ich habe gestern nachmittag gegen fünf Uhr zwanzig Bonaparte abgelöst«, sagte Stillman knapp wie auf dem Zeugenstand. »Leider kann ich weder Sergeant Crome noch Oberwachtmeister Abbot finden. Auch die anderen Beamten sind nicht zur Stelle. Und nach der Akte Tuttaway habe ich vergeblich gesucht. Jetzt ist es fast neun Uhr, und im Büro der Kriminalabteilung ist noch kein Mensch. Das darf ich wohl als einen ungewöhnlichen Zustand bezeichnen, Sir.«

»Hm.« Pavier ließ den Brief, den er geöffnet hatte, als Stillman sprach, auf den Tisch fallen. »Wenn ich recht verstehe, haben Sie Bonaparte gestern nachmittag abgelöst?«

»Ganz recht, Sir«, erwiderte Stillman, dem das Glitzern in den Augen des anderen zur Vorsicht riet.

»Ich darf vorausschicken, daß ich in diesem Polizeibezirk der leitende Beamte bin, Stillman. Im übrigen hoffe ich, daß Bonaparte Ihnen gesagt hat, Sie könnten sich zum Teufel scheren. Er darf jedenfalls beanspruchen, von mir selbst über die brieflichen Anweisungen aus Sydney informiert zu werden.«

»Ich denke, es war vereinbart –«

Bony trat ins Zimmer.

»Morgen, Sir!«

»Guten Morgen, Bonaparte!« antwortete Pavier, während Stillman mit Eleganz zurücktrat, um in vollem Überblick zu genießen, wie dieser Emporkömmling hinausgefeuert wurde. »Wie ich höre, hat Stillman bereits mit Ihnen über eine Anweisung gesprochen, die er aus Sydney mitgebracht hat. Hm . . . äh . . . hier ist sie übrigens.«

»Bitte bemühen Sie sich nicht, Sir«, sagte Bony, indem er einen Stuhl zum Schreibtisch zog und sich mit dem Rücken zu Stillman setzte, dem kein Stuhl angeboten wurde. »Ich fliege mit der

Maschine um elf Uhr zwanzig heute vormittag nach Brisbane zurück und muß noch Mrs. Robinow bitten, den Weg für einen meiner romantischen Freunde zu ebnen. Hier ist der Bericht über die für Ihre Abteilung geleistete Arbeit, und ich würde gern auch mündlich berichten in Gegenwart von zwei Ihrer Beamten, die vorzüglich mitgearbeitet und bemerkenswerte Initiative bewiesen haben. Würden Sie so freundlich sein, Sergeant Crome und Oberwachtmeister Abbot rufen zu lassen?«

Direktor Pavier machte das telefonisch und warf beim Sprechen einen Blick auf die Beschriftung des Kuverts, das Bony ihm überreicht hatte. Es war an ihn adressiert und trug die Anmerkung: ›Stenografische Notizen und Reinschriften‹. Die Handschrift war die seines Sohnes.

Crome und Abbot kamen herein, Pavier blickte fragend Bony an, der die beiden aufforderte, sich zu setzen. Stillman blieb weiter stehen, keiner nahm von ihm Notiz.

»Also, Sir, wir haben diese Mordfälle geklärt«, begann Bony in energischem Ton. »Im Leichenhaus haben wir den Mörder von Muriel Lodding und in der Arrestzelle die Mörderin von Goldspink, Parsons und Gromberg. Mein Bericht umfaßt die von uns seit meiner Ankunft getätigten Ermittlungen, und Sie werden ihn, so hoffe ich, klar im Ausdruck und journalistisch prägnant finden. Wie ich soeben schon erwähnte, spreche ich mit Freude meine Anerkennung aus dem Sergeanten Crome, der sehr bereitwillig in höchst brauchbarer Weise mitgearbeitet, und dem Oberwachtmeister Abbot, der gleichen Eifer und große Klugheit bei der Aufklärung bewiesen hat.

Ich will jetzt rasch die Hauptpunkte hervorheben. Im Bericht werden Sie mehrere Zusätze über die Familiengeschichte der Tuttaways finden. Tuttaway ist zweifellos sein ganzes Leben geisteskrank gewesen, galt aber, da er in seinem Beruf, der gewisse Fähigkeiten verlangt, ein ›Ventil‹ fand – wenn ich so sagen darf –, allgemein nur als exzentrisch. Wie wir wissen, ist er als Zauberkünstler berühmt geworden.

In den ersten Jahren seiner steigenden Erfolge begleitete ihn auf den Tourneen seine Schwester Henrietta. Sie konnte ebensoviel wie er, und beide waren in ihrem Metier ohne Zweifel bedeutende Könner.« Das Wort ›Metier‹ sprach Bony Inspektor Stillman ›zuliebe‹ mit besonderer Betonung aus. »Henrietta Tuttaways beste Leistung auf der Bühne war die Personifizierung von fünf oder sechs historischen Königinnen, wobei sie Kostüme und so weiter so schnell zu wechseln vermochte, daß die Zuschauer glaubten, eine

Reihe von Königinnen vorbeischreiten zu sehen. Außerdem war sie groß in allerlei Zaubertricks, die schnelle und sehr gewandte Hände verlangten.

Henrietta gibt zu, daß sie ihre Bühnenerfolge ihrem Bruder verdankt. Als junges Mädchen schon zeigte sie Anlagen zur Geisteskrankheit, doch ihr Bruder scheint sie geschickt vor allen ernsten Schwierigkeiten bewahrt zu haben. Schließlich kauften sie sich ein Haus in London im Stadtteil Ealing, und in den Haushalt dort führte Tuttaway das junge Mädchen ein, das wir als Muriel Lodding gekannt haben. Er hatte die Absicht, sie so gut auszubilden, daß sie in einer seiner Szenen anstelle von Henrietta auftreten konnte. Muriel Lodding konnte sich aber für die Tätigkeit nicht begeistern, und Tuttaway, von Natur aus grausam, peinigte sie. Die bekannte Affäre im Staat Viktoria, wo er ein Mädchen gefangenhielt, war nur die Wiederholung eines früheren Falles.

Henrietta faßte eine tiefe Zuneigung zu Muriel Lodding und machte es sich zur Aufgabe, sie so gut wie möglich vor ihrem Bruder zu beschützen, doch mit den Jahren wurden bei ihr die geistigen Störungen so bedenklich, daß Muriel sich große Sorge um sie machte. Aus diesem Grunde hat Muriel, während sie auf der Tournee durch die Vereinigten Staaten war und Henrietta in dem Hause in Ealing blieb, die Truppe im Stich gelassen und ist nach England zurückgekehrt, und innerhalb weniger Tage befanden sich beide Frauen auf einem Schiff nach Australien. Nach der Ankunft änderten sie ihre Namen und gaben sich als Schwestern aus.

Eines Tages erfuhren sie, daß der Große Scarsby wieder in London, und alsbald auch, daß er in Sydney eingetroffen sei. Sie fanden Zuflucht in Broken Hill, und hier schien Henrietta, die behauptet, die Witwe eines gewissen Dalton zu sein, sich gesundheitlich zu erholen.

Muriel Lodding lebte ständig in großer Angst vor George Henry Tuttaway, der sadistische Gewalt über sie hatte. Als er aus dem Gefängnis entwich, wollte sie gern mit Mrs. Dalton das Land verlassen, eventuell sogar nach England zurückkehren. Der einfachen Möglichkeit, daß sie sich nur an Sie, Sir, hätte zu wenden brauchen, um von der Polizei vor diesem Mann geschützt zu werden, stand offenbar entgegen, daß Mrs. Dalton entschlossen war, in Broken Hill zu bleiben und selbst mit ihrem Bruder abzurechnen. Wir fanden griffbereit im Schubfach eines Küchenschranks eine Säge, zwei Fleischermesser und mehrere leere Säcke, und wir wissen heute, daß Mrs. Dalton diese Sachen zehn Tage nach Tuttaways Ausbruch gekauft hat.

Es läßt sich nicht beweisen, ob Muriel Lodding sie im Verdacht gehabt hat, die Mörderin der drei Männer zu sein. Mrs. Dalton erklärt jedenfalls, daß die Lodding damit nichts zu schaffen gehabt habe, aber ich neige zu der Ansicht, daß sie Verdacht geschöpft hat, da jeder der drei Männer innerhalb von zwei Tagen nach Anfällen, unter denen Mrs. Dalton litt und die Miss Lodding veranlaßten, sich krank zu melden, vergiftet wurde. Wir wissen, daß die Lodding einmal Mrs. Dalton begegnete, wie diese in Verkleidung gerade nach Hause kam. Daß sie, wenn das einen bestimmten Verdacht in ihr erregt hat, davon nichts der Polizei meldete, ist vielleicht erklärlich, weil sie sich Mrs. Dalton zu tiefer Dankbarkeit verpflichtet fühlte.

Auf Mrs. Dalton wirkte sich die Nachricht von Tuttaways Ausbruch in die Freiheit nach Doktor Hoadlys Meinung in erneuten Geistesstörungen aus, bei denen sie der Aufsicht bedurfte. Nach jeder Krise dieser Art, wenn die Lodding das Gefühl hatte, ruhig wieder zum Dienst gehen zu können, traten die Verstandestrübungen bei Mrs. Dalton sozusagen ins zweite Stadium, in dem sie nicht so sehr geistesgestört war, daß sie öffentlich als Königin Viktoria zu posieren versuchte, sondern genügend bei Verstand, um das Gefaßtwerden bei der Ausführung der Giftmorde durch Verkleidungen zu verhindern.

Das Motiv zu diesen Morden an den drei Männern liegt in ihrem krankhaften Haß auf ihren Bruder. Er ist erzeugt worden durch mehrere unangenehme Eigenarten Tuttaways, hauptsächlich, weil er sich viele Jahre beim Essen und Trinken wie ein unerzogenes Kind benahm. Was für einen normalen Menschen nur ein Kieselstein des Anstoßes gewesen wäre, fachte in Mrs. Dalton einen Vulkan an, der ausbrach, als der Mann aus dem Gefängnis entwich. Es wurde für sie der Anlaß, nach Männern zu fahnden, die mit ihm in dem einen Punkt Ähnlichkeit hatten, und diese zu vergiften gab ihr zeitweilig die Befriedigung, das, was sie so verabscheute, vernichtet zu haben.

Sie benutzte eine kleine Injektionsspritze, die sie, mit ihrer beruflich geübten Geschicklichkeit, so in der Hand verbarg, daß sie das Gift aus einer Entfernung von einem Meter verspritzen konnte. Die beiden ersten Opfer waren bereits ausgewählt. Gromberg, das dritte Opfer, hatte sie auf der Straße gesehen und war ihm ins Hotelvestibül gefolgt, und O'Hara hatte sie beim Trinkbrunnen beobachtet. Sowohl Miss Isaacs wie Mr. Goldspink kannten Mrs. Dalton, aber sie verstand sich so vollkommen zu verkleiden, daß weder Goldspink noch eine seiner Angestellten sie an dem Nachmittag erkannten, als er von ihr vergiftet wurde. Parsons besuchte das Café regelmäßig. Sie ging auch oft dorthin – als Mrs. Dalton –, doch als sie ihn vergiftete, wahrscheinlich in Verkleidung. An dem Nachmittag, als sie Gromberg vergiftete, hatte sie nach einem Opfer gesucht und war, da sie manchmal im Laden von Mrs. Goddard eingekauft hatte, auf die Idee gekommen, sich kleine Gummipolster in die Backen und die Nasenlöcher zu schieben, um dieser Frau ähnlich zu sehen.«

Bony berichtete weiter über die Geschichte der gläsernen Dolche, von der Begegnung Tuttaways mit seiner Schwester in ihrem Hause und was dort vorgegangen war.

»Alles steht in meinem Bericht, Sir, dem Doktor Hoadlys vorläufiger Bericht beigefügt ist. Nach seinem Urteil wäre Mrs. Dalton unbedingt als Geisteskranke zu bezeichnen. Goddard mit seinem Lager von Giften und anderen fragwürdigen Besitztümern überlasse ich Ihnen zu weiterer Nachforschung. Und zu ermitteln, wo Tuttaway sich zuletzt aufgehalten hat, bliebe auch noch eine Aufgabe für Sie.

Um abzuschließen: Tuttaway, der Poseur und Schauspieler, mußte sich in Broken Hill Handschuhe kaufen, wo diese ebenso selten getragen werden wie Zylinderhüte. Abbot hat George Henry Tuttaways Steckbrief aus dem Archiv zutage gefördert, wobei er lediglich auf der Beschreibung fußte, die jemand gab, der den Mann beim Kauf der Handschuhe gesehen hatte. Der Griff des zur Ermordung der Lodding benutzten Dolches wurde, wie Crome ermittelt hat, beim Gartentor von Mrs. Daltons Haus gefunden. Und ich selbst erinnerte mich, daß ich Miss Lodding beobachtet hatte, wie sie an ihrem Schreibtisch nachdenklich mit einem Bleistift spielte. Der Stift flitzte wie von selbst zwischen ihren Fingern hin und her, so schnell, daß er die Hand förmlich wie braunes Wasser zu umfließen schien. Darin sah ich das erste Bindeglied zwischen ihr und dem Großen Scarsby, dem Zauberkünstler.

Hier hat es sich um Fälle gehandelt, die nicht nur Intelligenz, sondern auch Geduld erforderten. Wir sind auf vielerlei unlogische Vorgänge und Gedankengänge gestoßen, die sich nur erklären lassen durch den kranken Geisteszustand beider Mörder, die aber an sich so auf der Hand liegen, daß ich sie in diesem, meinem mündlichen, Bericht übergehen kann. Damit, Sir, wäre meine Aufklärungsarbeit abgeschlossen. Mein schriftlicher Bericht ist in besonders gewandter Form zu Papier gebracht worden von Mr. Pavier junior, der – davon bin ich überzeugt – in seiner Zeitung dafür sorgen wird, daß Ehre gegeben wird, wem Ehre gebührt.«

Bony stand auf und lächelte den Polizeidirektor an, der sich auch erhob. Vielleicht ahnte er, wie der Bericht abgefaßt war, denn er sagte mit ungewöhnlicher Herzlichkeit: »Meine Herren, ich beglückwünsche Sie. Und Ihnen, Bonaparte, unser aller besonderer Dank.«

Bony schüttelte Crome und Abbot die Hand. Mit Pavier zusammen begleiteten sie ihn bis zum Ausgang, und als Bony sich vom Polizeidirektor verabschiedete, sagte er: »Auf Wiedersehen! Ich werde bald wieder hier aufkreuzen. Werde nämlich demnächst als Trauzeuge bei der Hochzeit eines Einbrechers erwartet.«